AF124941

Die Macht des Geldes kann tödlich sein, zumindest
aber ist sie unberechenbar und einflussreich!

Achim Steinheimer

Briefwechsel mit einem Selbstmörder

Bibliografische Information der Deutschen National-bibliothek:
Die Deutsche Nationalbibliothek verzeichnet diese Publikation in der Deutschen Nationalbibliografie; detaillierte bibliografische Daten sind im Internet über http://dnb.dnb.de abrufbar.

TWENTYSIX – Der Self-Publishing-Verlag
Eine Kooperation zwischen der Verlagsgruppe Random House und BoD – Books on Demand

© 2017 Achim Steinheimer

Herstellung und Verlag:
BoD – Books on Demand, Norderstedt

ISBN: 978-3-740727505

Vorwort

Die folgende Geschichte hat sich in einigen Teilen wirklich so zugetragen, wie ich diese geschildert habe. Andere Teile ergeben sich aus den Gedanken, der Phantasie, den Ängsten und den Träumen des Geschichtenerzählers. Die einzelnen Personen mit ihren Namen und Verhaltensmustern sind natürlich frei erfunden. Ebenso die Beschreibung ihrer körperlichen und charakterlichen Eigenschaften und Herkunft, die dem Geschichtenerzähler ein bisschen die Würze seines Werkes ausmachen. Vielleicht dient die Erzählung auch ein wenig seiner Psychohygiene, um das möglicherweise Erlebte und Gehörte besser zu verstehen. Vielleicht auch, um dem geneigten Leser einige Denkanstöße aus der beruflichen Erfahrung mit drei Diplomen und drei Jahrzehnten im öffentlichen Dienst zu vermitteln, damit unsere Welt ein bisschen weniger bürokratisch, dafür verständnisvoller und humaner wird respektive werden sollte, als es Teile unserer Gesellschaft derzeit erleben, durchleben oder gar vorleben.

Keinesfalls sind diese zuweilen überspitzt erscheinenden Beschreibungen jedoch beleidigend, diskriminierend oder gar überheblich gemeint. Vielleicht dienen sie ja dazu, dem Leser negative Erlebnisse auf diesem übertriebenen, fast spöttisch anmutenden Weg der Darstellung, leichter Geschichte in seinemLeben werden zu lassen.

Wer Anstoß daran findet, darf diesen gerne behalten. Ich brauche diesen nicht.
Herzlichst

Achim Steinheimer

Prolog:

Auf unserer schönen und dicht bevölkerten Welt gibt es zuweilen von Gott gesegnete Landschaften bei deren Betrachtung sich besondere Gefühle in den Herzen von uns Menschen regen oder bemerkbar machen.

Zu einer solchen Landschaft gehört auch das Rheintal. Von der Quelle bis zur Mündung in einer besonderen Vielseitigkeit, sowohl von Fauna und Flora als auch von seiner Bevölkerung her. Hier wirken die Bäume immer ein klein wenig grüner und voller als woanders. Das Gras scheint satter und bewundernswerter - bis man nach einem Tagtraum in eben diesem Gras feststellt, dass dessen Flecke auf dem guten Hemd sich ebenso wenig herauswaschen lassen, wie die Grasflecke aus anderen Regionen der Republik.

Die Sonne strahlt hier heller als anderswo, allerdings ohne die Grasflecke aus dem guten weißen Hemd zu bleichen.

Vor allem am südwestlichen Knick des großen Stroms liegt hier eine Landschaft, der schon Goethe und Brentano ihre Aufwartung machten und die Kaiser Karl für den Weinbau im Auge hatte, weil er vom gegenüber liegenden Ufer beobachten konnte, dass hier der Schnee früher taute.

Die Menschen wirken hier in diesem kleinen Landstrich fröhlicher und geselliger, was zuweilen dem guten Wein zugeschrieben wird, aber auch in den frühen, im allgemeinen nüchternen Morgenstunden auftritt und daher durchaus nicht nur einem Alkoholspiegel entspringt.

Diese Entspanntheit hängt wohl eher mit dem höheren Maß an Gelassenheit und Zufriedenheit im Herzen und im Geiste der Bewohner dieser Region zusammen, denn die Wirkungen der Landschaft übertragen sich gerne in die Sinne der Menschen.

Ähnliche Verhaltensmuster finden sich auch in Österreichs schöner Wachau oder auch in der italienischen Poebene.

Allerdings weisen die Menschen im Rheintal, neben einer besonderen Fröhlichkeit auch eine Charakterstärke auf, die anderen zuweilen nicht einfach erscheint. Denn sie sind von einer Ehrlichkeit und einer Offenheit geprägt, die dem Rest der Weltbevölkerung ein Zusammenleben leicht und angenehm macht - mit Ausnahme der Leute, die eben nicht so ehrlich sind und das unter bösen Umständen auch schon bewiesen haben oder zumindest den Anschein erweckten, wie es formaljuristisch heißt.

Diese Leute werden hier im Rheingraben nicht unbedingt als Menschen angesehen, weil sie durch die erfahrene oder vermutete Unaufrichtigkeit das Attribut „Mensch" von der hiesigen Bevölkerung nicht vergeben wird.

Die folgende Geschichte spielt an einer Stelle des Rheines, an der sich das Wasser des Flusses in seiner ganzen Vielfältigkeit zeigt. Einmal blau und schäumend durch die Engen der Uferregulierungen und der Felsen fließend, teilweise grün flach, sanft strömend, plätschernd, als ob der Gott des Weines Bacchus gleich lächelnd aus dem Wasser entsteigen wolle, um sich seiner göttlichen Bestimmung gemäß am edlen Rebensaft zu laben.

In einer Landschaft in der Goethe und Brentano zu Hause waren und nicht nur die Weine an den Südhängen liebten, sondern auch romantisch verträumt an den Ufern dieses Stromes saßen, hat in einer späteren Zeit zuweilen auch das Streben nach Macht seinen Einzug gehalten. Die Attraktivität der Landschaft bereitet nicht nur den „Ureinwohnern" Freude, sondern führt allein durch ihre Anwesenheit und die Beschreibung in den unterschiedlichsten Schriften zu den Begehrlichkeiten der aufstrebenden Bevölkerung hier zu wohnen und zu arbeiten. Der Ureinwohner nennt diese sehr gerne „Hergeloffene", was aber keinesfalls den Hintergrund der Boshaftigkeit spiegelt, sondern mehr eine kleine, schmunzelnde Nuance der Verdeutlichung eines Unterschiedes im Zeitalter der Globalisierung anzusehen ist und mehr die Vermutung nähren soll, dass das Verhalten der Ureinwohner und ihrer Nachkommen hier noch nicht komplett Einzug in deren Geisteshaltung gefunden hat.

Was einen großen Teil dieser Bevölkerung am Rhein vereint - und hier spielt es vielfach keine Rolle, ob es sich um Urgewalten des Rheintales oder Hergeloffene handelt - ist der Glaube an Gerechtigkeit und das Streben nach derselben. Ebenso wie die Verletzlichkeit der Menschen, wenn diese eine Ungerechtigkeit erfahren. Eine erlebte Ungerechtigkeit mag dieser Menschenstamm zwar irgendwann einmal verzeihen, vergessen aber wird er diese nie. Sie prägt sich ein, wie die Grundverletzung eines Kindes und begleitet den Rest des Lebens, zuweilen auch als Déjà-vu. Immer jedoch weckt sie den Widerspruch. Nicht nur den des Betroffenen, von dem ein Widerspruch ja generell zu erwarten ist bzw. zu erwarten sein sollte, sondern auch von der Mitbevölkerung, die dieses gerne mitträgt und so einen fast schon familiär anmutenden Schulterschluss mit dem Mitbürger bildet.

Eine kleine zu vernachlässigende Randgruppe ist die klassische Gruppe der Tratschbasen beiderlei Geschlechtes. Sie haben immer alle Informationen aus erster Hand und erheben die eigenen Gedankengänge und Mutmaßungen zu Vorkommnissen in der Region mit den abschließenden Worten „ Es kann ja gar nit anders sein" auf die Ebene der absoluten Wahrheit.

Auch hier gilt:" Ich liebe den Verrat, aber hasse den Verräter".

I

Es war einer der üblichen Herbstmorgen die einen wunderbaren Tag vorhersagten. Der Sonnenaufgang spiegelte sich im großen Strom und lies einzelne Nebel über dem Wasser aufsteigen. Die leichten Wellen wirkten noch frischer und das Wasser noch klarer, als dieses an Sommertagen der Fall war. Eine angenehme Frische zog über die Uferpromenade. Diese Herbstluft hatte etwas blühendes, blumiges, vitales. Gemeinsam mit dem Geräusch der Wellen, die ans Ufer schlugen, zeichnet dieses Streben der Natur gemeinsam mit der Landschaft verantwortlich für die gepriesene Rheinromantik, in der sich bereits die deutschen Dichter verloren hatten.

Einerseits ließ die Luft um diese Tageszeit einen leichten Mantel angemessen erscheinen, machte aber auch schon deutlich, dass man diesen den Rest des Tages über dem Arm tragen musste und in der Wärme der Mittagsstunden dann doch als Last empfinden würde. Die Wärme dieses Tages war irgendwie sichtbar, aber leider noch nicht zu fühlen.

Kommissar Kaspar mochte diese Stunden am frühen Morgen, allerdings nicht, wenn er zu einem Einsatz gerufen wurde.

Solche Tageszeiten waren seiner Auffassung nach zum Genießen gedacht und nicht um den Tod eines Menschen aufzuklären.

Ein Spaziergänger mit Hund hatte einen unter die Bezeichnung „reiferer Herr" fallenden Leichnam auf einer Bank dicht am Ufer des Flusses bemerkt und gleich Polizei und Notarzt gerufen.

Der Notarzt war noch früher zur Stelle als die Polizei und hatte leider erfolglos versucht, den „reiferen Herrn" zurück ins Leben zu holen.

Noch immer saß der Verstorbene aufrecht auf der Bank und hatte seinen Blick über den großen Fluss ein wenig nach dem Sonnenaufgang flussaufwärts ausgerichtet. Lediglich der aufgeschnittene Ärmel des Mantels und des Sakkos ließen die Rettungsversuche erkennen, ansonsten wirkte der Mann ausgesprochen elegant, wie ein normaler Spaziergänger, der ein bisschen Ruhe sucht.

Trotz des Todes wirkten seine Augen nicht leer, eher zufrieden in die Ferne blickend, die Gesichtszüge vollkommen entspannt.

Der Mann wirkte ausgesprochen gepflegt. Die Haut schien rosig, frisch, keine Leichenflecken – als sei er zwischen den Welten. Nicht mehr am Leben, aber auch nicht richtig tot.

Er saß mit übereinander geschlagenen Beinen. Sehr diszipliniert in seinem Trenchcoat über dem grauen Anzug und dem dazu passenden Homburg auf dem Kopf. Neben ihm lehnte ein schwarzer Stock mit silbernem Griff und leichte schwarze Lederhandschuhe lagen auf der Bank. Er trug Halbschuhe im Budapester Stil. Dem Anschein nach maßgefertigt.

Eine elegante Erscheinung, die in der Menge der anwesenden Polizisten der Spurensicherung und den Rettungssanitätern in Ihren Overalls und Rettungswesten besonders positiv auffiel und in dem Bild der Aktivitäten ruhte, - wie von einem anderen Stern.

Kommissar Kaspar hatte seinen Blick schweifen lassen und zunächst die gesamte Situation in sich aufgenommen.

Kommissar Finkenberg, Partner und jeweils zweiter ermittelnder Kommissar, stand seit einer Weile ruhig neben ihm. Außer einem „Guten Morgen" hatten diese beiden sich noch nicht ausgetauscht. Lediglich einen Becher Kaffee, den Finkenberg immer in der Thermosflasche bei sich führte.

Peter Kaspar wandte sich nun Dr. Ott, dem heute diensthabenden Notarzt zu, der bereits seit einer Weile ebenfalls neben ihm stand und ihn in der Aufnahme des Schauplatzes nicht störte. Er kannte Peter Kaspar lange genug und schätzte seine Arbeitsweise, die von einer ausgeprägten Ruhe gekennzeichnet war. Niemals geriet er in den Jahren, die sie beide sich kannten, in Hektik. Er versuchte immer, alles von allen Seiten zu durchdenken.

„Todesursache?" fragte Kaspar, die linke Augenbraue leicht hebend, den Notarzt. Recht wortkarg, aber er war ja auch noch vor dem ersten Kaffee, den er noch immer in der Hand hielt ohne davon zu trinken, und deswegen überhaupt nicht dynamisch war, eher ein bisschen miesepetrig oder „knieselig", wie es Dr. Ott, auch Internist und Pathologe des hiesigen Krankenhauses und Gerichtsmediziner dieses kleinen Landstriches, zu bezeichnen pflegte.

>Wohl Zyanid Vergiftung. Orale Aufnahme. Wir haben einen kleinen Frischhaltebeutel in der rechten Manteltasche gefüllt mit Rosinen und den Beeren des Kirschlorbeers gefunden, die der Tote wohl in vollem Bewusstsein und Kenntnis der Wirkung auf der Bank sitzend zu sich genommen hatte. Daher rührt auch die rosige Gesichtsfarbe, die ihn wie zwischen den Welten vermuten lässt.

Näheres bitte erst nach der Obduktion. Ich wundere mich noch über die starke Auswirkung der Beeren. Ich vermute noch eine weitere toxische Substanz.

Es war nur ein leichter Bittermandelgeruch feststellbar, als wir den Verstorbenen so angetroffen haben. Ich habe zwar gleich Dimethylaminophenol verabreicht, allerdings war die Vergiftung wohl soweit fortgeschritten, dass das Leben des Patienten nicht mehr zu retten war. Der Tod muss irgendwann zwischen 06:00 h und 07:00 h eingetreten sein, vermutlich kurz vor unserem Eintreffen hier vor Ort.

Bericht folgt kurzfristig nach der Obduktion und geht vorab per E-Mail zu. Ich mach´ mich mal vom Acker und bereite alles vor. Die Leich´ kommt ja gleich.<

Die Spurensicherung suchte die nähere und weitere Umgebung auf Hinweise und mögliche Beweise ab.

Kaspar prüfte gerade noch die Innentasche des Sakkos und fand die Brieftasche des Verstorbenen. Elegantes Leder, Eelskin, so wie es dieses nur in den USA zu kaufen gibt. Allerdings verfügte der Verstorbene über deutsche Papiere.

Doktor Jonathan Sibelius Constantin von Kadenbeerg. Mit drei e, so wie der Pfeiffer aus der Feuerzangenbowle von Spoerl mit seinen drei f. Kaspar musste dann doch am frühen Morgen ein wenig schmunzeln, als er in dieser traurigen Situation die Parallele zu Spoerl´s Feuerzangenbowle zog.
56 Jahre alt, promoviert wohl als Bau-Ingenieur, nach den Visitenkarten in der Brieftasche noch weitere Diplome als Architekt, Kunsthistoriker, Betriebswirt, Finanzwirt, Gutachter für Immobilien mit Europäischer Zulassung usw.

In der Brieftasche fanden sich auch die Wagenpapiere. Jede Menge Wagenpapiere. Aber meist historische Fahrzeuge oder Youngtimer, wie diese neudeutsch genannt wurden. Der ausgesprochen gepflegte Opel Senator B, der oben seitlich an der Straße geparkt war, gehörte wie bereits vermutet zu Doktor von Kadenbeerg, denn in der anderen Jackentasche befand sich neben dem Mobiltelefon auch der dazugehörige Schlüssel. Erkennbar an dem Opel–Logo und dem für das Baujahr typische Birnchen, um das Türschloss anleuchten zu können, denn die Autoschlüssel waren damals noch nicht up to date mit den heutigen Fernbedienungen.

Der Wagen war ausgesprochen aufgeräumt. Kein Krümel oder gar ein Stäubchen. Noch nicht einmal ein Hinweis auf Gebrauchsspuren. Phänomenal. Der gepflegte Eindruck des Leichnams des Doktors von Kadenbeerg setzte sich hier fort.

Wohl einer dieser Menschen, die sterben, wie sie lebten, Aufrecht und mit Stil, aber ohne Aufhebens.

Er war auf dessen Wohnung und die weiteren Ermittlungen gespannt.

Diese lag auf der anderen Seite des Flusses in einem anderen Bundesland und normalerweise außerhalb seiner Zuständigkeit. Allerdings konnte in Absprache mit dem dort zuständigen Kommissariat kurzfristig die erforderliche Inaugenscheinnahme geklärt werden.
Die Mitarbeiterin im Innendienst bekam per Anruf von seinem Mobiltelefon die entsprechende Anweisung, damit er sich gleich mit der nächsten Fähre auf den Weg machen konnte.

Er wollte aber nicht sofort aufbrechen. Irgendetwas hielt ihn hier an Ort und Stelle dieses verstorbenen

Menschen, der auch im Tod noch so viel Ausstrahlung hatte, bis dieser mit dem Leichenwagen in die Gerichtsmedizin abtransportiert war. Er fühlte sich aus unbekannter Ursache dem menschlichen Beschützerinstinkt verpflichtet. Ein ihm unbekanntes Gefühl der Verpflichtung, da er sich überwiegend von Fakten und nicht von Emotionen in seinem Berufsleben leiten ließ.

Finkenberg war bereits wieder zurück zur Spurensicherung, um dort weiter zu ermitteln und hatte anschließend noch einen Termin im Präsidium.

Er öffnete Doktor von Kadenbeergs Wagen, dessen makelloser Lack silbrig in der aufgehenden Sonne glänzte. Am vorderen Kotflügel spiegelte sich regelrecht das Rot der aufgehenden Sonne, die sich in gleicher Stärke im Wasser spiegelte. Der Wagen wirkte regelrecht drapiert, wie Kommissar Kaspar mit nachdenklichem Gesicht feststellte.

Er warf einen Blick rund in dem Wagen und bemerkte, dass auf dem Velours des Beifahrersitzes auffällig eine schwarze Mappe aus feinem Leder lag, deren Inhalt durch einen geschlossenen Reißverschluss gesichert war.

Das weckte natürlich die Aufmerksamkeit von Kommissar Kaspar. Er nahm in dem Wagen auf der Beifahrerseite Platz, die Beine draußen, schaute kurz in das Handschuhfach und öffnete dann die Mappe, die er bereits interessiert in die Hand genommen hatte, als er sich niedersetzte.

Darin enthalten war ein vielseitiges Manuskript, fein säuberlich getippt und mehrere, an unterschiedliche Personen adressierte und frankierte Briefe.

15

Der kriminaltechnische Anschein des Suizides wird sich vermutlich bestätigen. Welche Akribie in dessen Vorbereitung.

Kommissar Kaspar widmete sich dem Manuskript, das sein Interesse weckte. Zart gelbes Papier mit Wasserzeichen, darauf in Arial mit jeweiliger Datumsangabe die einzelnen, fast schon protokollarischen, tagebuchähnlichen Vermerke des Doktor von Kadenbeerg, die für Kommissar Kaspar ausgesprochen interessant waren und er noch im Wagen sitzend sofort anfing zu lesen.

II

Angefangen hatte alles mit der Planung eines Altenpflegeheimes für die Heimatgemeinde, dessen Idee seit Jahren in der Politik schwelte, aber keine Umsetzung oder Durchsetzung fand. Es wurde immer nur geredet und geplant, aber eine Finanzierung scheiterte letztendlich immer an den schwachen Haushalten der Stadtverwaltung, die in ihrer Politik für alles immer Geld zu haben schien, nur nicht für das notwendige zum Wohl der Bürger. Wählerinteresse gilt immer nur kurz vor den Wahlen und ansonsten gilt im Allgemeinen durch die Couleur aller Parteien „der Wähler steht bei uns im Mittelpunkt! – Und damit jedem im Weg." Nachdem der Doktor verschiedene Personen der Kommunalpolitik, die sich für Entscheidungsträger hielten, in den einzelnen Gesprächen und Verhandlungen kennen lernen durfte, war schon ein wenig die des Planers Doktor von Kadenbeerg eigene Überzeugung gewichen, dass dieses Altenpflegeheim von der Politik ohne Gewinnabsicht entstehen sollte. Am Anfang aller Verhandlungen war nur noch nicht klar, wer sich welchen Gewinn von wem versprach.

Der Doktor kommentierte das in seinen Unterlagen nicht weiter. Allerdings hatte jeder, der zwischen den Zeilen lesen konnte, den klaren Eindruck, dass es in diesen Reihen regionalen Machtgehabes nur um den Ruhm ging, Initiator dieser Immobilie gewesen zu sein. Die Bedürfnispyramide nach Maslow, die oberen Punkte menschlicher Bedürfnisse waren nicht immer erbaulich für die Gattung Mensch und führten aus seiner Erfahrung durchaus zu Reaktionen, die tödlich enden konnten.

Der erste Investor, Direktor Eduard Spaller, ein kleiner, hagerer Herr mit dunkelblauem Sakko, Chinopants und

Segelschuhen, legte großen Wert auf den ausgeschriebenen Zuschuss aus dem Budget der Stadt, den der Bürgermeister Peter Scheimann, ein erzkonservativer Politiker wegen der angespannten Haushaltssituation der Gemeinde auf das äußerste verteidigte.

„Herr Direktor Spaller, Sie können mich noch so lange mit Dackelaugen anblicken, aber den Zuschuss stellt die Stadt erst dann zu Verfügung, wenn ein entsprechender Baufortschritt feststellbar ist, damit auch eine Fertigstellung der Altenheimanlage sichergestellt ist."
Der segelnde Direktor war darüber natürlich nicht erbaut.

Aus Gründen der menschlichen Gier, die zu mannigfaltigem geschäftlichem Engagement führt, dessen Vielzahl der Projekte dann immer das Abgleiten ins Chaos und in den Bankrott befürchten lässt, erschien ihm dieser Zuschuss wichtig.

Er konzentrierte sich in der darauf folgenden Argumentation auf den Erhalt einer „Anschubfinanzierung".

„Der Zuschuss erhöht bei der finanzierenden Bank der Altenheimanlage doch das Eigenkapital und führt nicht nur zu einem günstigeren Zinssatz des Darlehens und so zu einer entsprechend höheren Rendite für den Investor, sondern auch zu einer günstigeren Kostenmiete für den Betreiber, der sich dadurch schneller finden ließe".

Der segelnde Direktor stellte mit einem Goethezitat dann auch noch seine Ehrlichkeit zur Schau:

„Schon gut! Nur muss man sich nicht allzu ängstlich quälen;
Denn eben, wo Begriffe fehlen,

Da stellt ein Wort zur rechten Zeit sich ein.
Mit Worten lässt sich trefflich streiten,
Mit Worten ein System bereiten,
An Worte lässt sich trefflich glauben,
Von einem Wort lässt sich kein Jota rauben.

Ich will Sie doch nicht berauben Herr Bürgermeister, ich will nur den größtmöglichen Erfolg für die Anlage und Ihre Wähler sicherstellen. Wir haben große Erfahrung im Bau von Altenpflegeheimen, gerade in diesen Tagen findet die Grundsteinlegung eines unserer neuen Projekte in Isny in Bayern statt und Sie sind herzlich dazu eingeladen, sich selbst ein Bild davon zu machen."

Dabei legte er ein Schulbubengesicht auf, das zum Ausdruck bringen sollte, wie erfolgreich er doch in seinem Metier war.

Fehler war nur, dass das von ihm gebrauchte Zitat von Mephisto in Goethes Faust stammte und damit so unpassend war, wie der Elefant im Porzellanladen.

Bildung lässt sich nicht darstellen. Entweder man hat sie oder man hat sie nicht. Ebenso wenig wie Mephisto tauglich erscheint, geschäftliche Seriosität zu demonstrieren.

Dummes Geschwätz macht misstrauisch. – Insbesondere den Doktor von Kadenbeerg.
Wenige Tage später erfuhr er, dass die Kapitaldecke des Investors Direktor Spaller eher gegen Null ging und für das Projekt im ehemaligen Königreich bereits die Finanzierung nicht zu realisieren war und deswegen die Grundsteinlegung verschoben werden musste. Dass dem Pfarrer in Bayern, dessen Projekt es war, Versprechungen gemacht wurden, die nicht gehalten werden konnten und sollten. Der Vorstand der Kir-

chengemeinde des kleinen Ortes hatte natürlich seine regionale Kirchenverwaltung als Betreiber gewinnen können und stand unter entsprechendem Erfolgsdruck für die Fertigstellung seines Pflegeheimes.

Die durch den Generalunternehmer gewährte „Anschubfinanzierung" für die Altenpflegeanlage der Heimatgemeinde des Doktor von Kadenbeerg, die mit dem vertraglich vereinbarten Honorar des Generalunternehmers verrechnet werden sollte und über das Grundbuch dinglich gesichert war, stand auch nicht mehr am Rhein zur Verfügung, sondern war in das Land des räuberischen Bergvolkes geflossen, damit die Versprechungen hier gehalten und der Erfolgsdruck gelindert werden konnten. Wie weiter zu erfahren war, wurde dort der aktuelle Landeschef durch ein politisches Urgestein geschaffen, der zufällig der Vater des Segeldirektors war. Hier drohte also gegebenenfalls auch noch der Kampf gegen politische Seilschaften.

Es war eine große Gewissensentscheidung, diese Erkenntnisse zu kommunizieren, auf die Verträge mit dem Segeldirektor zu verzichten und mit der Projektierung des Altenpflegeheimes wieder von vorne anfangen zu müssen.

Aber in seiner Heimatgemeinde kann kein Risiko und ein späteres Scheitern des Projektes eingegangen werden, das später, gerade aufgrund seiner beruflichen Tätigkeit und auch der vorhandenen Sozialneider, untrennbar mit seinem Namen verbunden bleibt.
Nichts ist so vergänglich, wie die guten Leistungen von gestern und nichts bleibt so untrennbar in den Köpfen der Menschen haften, wenn dieses zu einem späteren Zeitpunkt gegen einen anderen verwendet werden kann um sich selbst in ein tadelloses Licht zu rücken. Ein Verhaltensmuster, das gerade auf dem

Lande, in dessen Vertrautheit der Bürger untereinander, von größter Bedeutung zu sein scheint.

Diese Nachricht führte natürlich bei dem Generalunternehmer zu blankem Entsetzen, weil der Geschäftsführer gegenüber den Gesellschaftern für diese Anschubfinanzierung in der Verantwortung stand und das Geld jetzt in ein anderes Projekt geflossen war, für das bei ihm kein Auftrag bestand und nun nicht mehr zur Verfügung stand.

In dieser ungeklärten Situation tauchte ein erneuter Investor auf. David Bilcker von einer gleichnamigen Limited mit Sitz an der französischen Grenze. Das Ltd. auf der Visitenkarte war so dünn gedruckt, dass es auf dem grauen Papier in seinem etwas dunkleren Grauton nicht auf den ersten Blick zu erkennen war. Der war jetzt nicht Direktor einer Wirtschaftsprüfungsgesellschaft, er war Eigentümer seiner Firma.

Allerdings war die eingeholte Kreditauskunft dann auch dreimal A, während der Segeldirektor zu diesem Zeitpunkt bereits auch seinen Bürgen mit in das finanzielle Unglück gezogen hatte. Der renommierte Anwalt und Freund des Segeldirektors kämpfte gerade um seine Existenz.

III

David Bilcker war in den Augen des Doktor von Kadenbeerg auch so ein Pseudogelackter in ähnlichem Styling wie der Segeldirektor. Auch das blaue Jackett und die Chinopants, nur keine Segelschuhe sondern Halbschuhe. Und dann der Saarländer Dialekt. Aber eine Limited - 35,00 Euro Gründungsgebühr und das Risiko des Heimfalls an die Krone von England, wenn den steuerlichen Erfordernissen in England nicht nachgekommen wird.

Peter Kaspars Gedanken schweiften gerade beim Lesen etwas ab, weil am Rande der Notizen ein feiner, in grüner Tinte gehaltener, handschriftlicher Vermerk zu lesen war.

„Unsere Firma ist eine Limited in England und mein Mann der Geschäftsführer – ach ich weiß überhaupt nicht, was ich dem heute Mittag noch kochen soll." so ein möglicher Dialog der getreuen Ehefrau des saarländischen Briten in der Phantasie des Doktor von Kadenbeerg. Meist greifen sich diese Ehefrauen, die auch heute noch gerne auf dem Standesamt promovieren, mit halb geöffneter Hand von hinten an den Haaransatz im Nacken um die Dauerwelle zu stützen und das ondulierte Haar in den gewünschten Sitz zu bringen.

Der verstorbene Doktor von Kadenbeerg hatte allem Anschein nach, die gleichen Angewohnheiten wie Peter Kaspar, nämlich dass ihm in gewissen Situationen oder beim Anblick von Personen zwar nie geführte, aber mögliche Dialoge durch den Kopf glitten und so zu einer für Außenstehende nicht nachvollziehbaren Erheiterung seiner selbst führten.

Die vorhandene Auskunft durch die Ratingagentur war ja nun allerbestens, was zur Zerstreuung der Bedenken des Geschäftsführers des „Generalübernehmers" des Bauprojektes Altenpflegeheim führte. Auch von Kadenbeerg hatte einfach keine sachlichen Argumente und persönlich zu agieren war nicht seine Intension.

Ein merkwürdiges Gefühl blieb jedoch.
Durch einen diskreten Schubs des Geschäftsführers wurde er aus seinen Gedanken gerissen.

>Na bei einem solchen Rating aus den Geschäften der Vergangenheit kann doch unserem gemeinsamen Erfolg nichts im Wege stehen<, so der Geschäftsführer des Generalübernehmers.

Der kleine Saarbrite lächelte verschmitzt und wirkte mindestens zwanzig Zentimeter größer.

Doktor von Kadenbeerg lächelte ebenfalls.

>Aber vor den Erfolg haben die Götter den Schweiß gesetzt und der wird auch hier, trotz des guten Ratings, von Nöten sein.<

Es gab für ihn keine andere Möglichkeit, seine Sorge und seine gedankliche Abwesenheit zu überspielen.

Dieser kleine Herr in immer den gleichen Klamotten, immer das gleiche blau karierte Hemd und die grüne Fliege dazu, der so welterfahren tat und von seinen Leistungen berichtete.

Meist begann er seine selbstdarstellenden Sätze mit den klassischen Saarländer Worten „isch han" und fing dann an zu referieren, um schließlich in einen huldvollen Unterton zu verfallen, der, unterstrichen mit entsprechender Gestik und Gesichtsausdruck, doch den persönlichen Erfolg und das Können unterstreichen sollte.

Auffallend war, dass dabei nie ein Augenkontakt zu seinem Gegenüber bestand. Und wenn dieser einmal aufflackerte, dann nur für kurze Momente, denn unser kleiner Saarbrite wich einem Blickkontakt immer sehr schnell aus.

Auch das wirkte nicht positiv auf den mit preußischer Disziplin arbeitenden und verhandelnden Doktor von Kadenbeerg.

Im weiteren Verlauf der Protokollnotizen wurden die Vertragsverhandlungen zu dem Projekt im Heimatstädtchen und einem weiteren, neuen Projekt am anderen Flussufer beschrieben und deren Kalkulation festgehalten.

Die Sorgfalt und die Präzision mit der von Kadenbeerg an diese Projektentwicklung herangegangen war, ließ Kommissar Kaspar, der in seiner Garderobe und seiner Art auf den ersten Blick ein wenig zerfahren und chaotisch wirkte, dann doch leicht erschauern. Diese Menschen wirkten auf ihn immer etwas unheimlich und streberhaft.

Dennoch interessant zu lesen.

Im weiteren Verlauf war folgender Dialog handschriftlich am Rande mit grüner Tinte vermerkt:

„Herr Bilcker, wenn Sie einen Vorschuss von fünftausend Euro für das neue Projekt am anderen Flussufer nicht zahlen können, dann haben Sie weitaus größere Probleme, bei der Vielzahl der Projekte, die Sie gerade betreiben" – „Touché, Herr Doktor von Kadenbeerg, da haben Sie allerdings recht."

Zwei Seiten weiter war dann ein Vermerk, dass der Betrag in Höhe von € 5.000,00 bar in der Kanzlei des Notars bezahlt werden sollte.

Vermerke ließen allerdings den Schluss zu, dass eine Problemstellung, wie ursprünglich vermutet, nicht bewiesen werden konnte.

War der vermutete Suizid ein Suizid oder sollte es nur nach Suizid aussehen? Kommissar Kaspar war sich noch nicht schlüssig und las interessiert weiter.

Er überflog die weiteren Seiten und stellte dann fest, dass der gewünschte Betrag dann doch bar beim nächsten Termin gezahlt wurde und dann für das weitere Projekt ein Notartermin stattfand.

In der Folge wurde aber auch beschrieben, dass seitens des Saarbriten keinerlei Anstrengungen mehr festzustellen waren und das Projekt seitens des Vertragspartners dann doch gekündigt wurde. Wobei die Bezeichnung ‚Saarbrite' in Anführungszeichen vermerkt war, was dem Ausdruck dann doch das Despektierliche nahm und eher scherzhaft wirken lies. Parallel dazu entwickelte sich wohl auch das Projekt in der Heimatgemeinde negativ, denn hier wurde plötzlich ein sogenannter Freund eingeschaltet, der mit dem Saarbriten noch eine GmbH hatte.

Nach den folgenden Vermerken war das Projekt plötzlich in anderen Händen in eigener Rechtsform, ohne dass die geschlossenen Verträge mit dem Saarbriten angepasst wurden.

Ein Rechtsstreit entbrannte.

Wie allgemein üblich wurde ein Anwalt beauftragt.

Es fand wohl auch in dessen Kanzlei eine Sühneverhandlung mit negativem Ergebnis statt. Aber daraus ein Mordmotiv zu interpretieren wäre kühn. Wenn das umgekehrt der Fall wäre, müsste man ansatzweise dieser Frage nachgehen.

Interessant war, in den Aufzeichnungen des Doktor von Kadenbeerg zu lesen, dass es zu einer Gerichtsverhandlung im Saarland kam, weil dieses vertraglich als Gerichtstand vereinbart war. Der Saarbrite Bilcker hatte zwischenzeitlich seinen Wohnsitz nach Frankreich verlegt, um mit einem Insolvenzverfahren bereits nach einem Jahr fertig zu sein, statt wie in der Bundesrepublik Deutschland sieben Jahre Wohlverhalten den Gläubigern gegenüber zeigen zu müssen. Bei einer Forderung des Doktor von Kadenbeerg in Höhe von für Kommissar Kaspar schwindelerregenden sechshundertfünfzigtausend Euro eine durchaus gerechtfertigte Überlegung. Allerdings auch in betrügerischer Absicht, so musste der strafrechtlich geübte Kommissar das schon sehen.

Interessant und eine neue Erfahrung war für ihn auch, dass der Anwalt mit dem Mandat des Doktor von Kadenbeerg nicht nur als Anwalt fungierte. Wie aus den Protokollnotizen zu erfahren war, war er auch Stadtverordnetenvorsteher in der Heimatgemeinde und damit auch in den Sachverhalt des Altenpflegeheimes detailliert von zwei Seiten eingeweiht und informiert. Außerdem war er auch noch Aufsichtsrat der ortsansässigen Bank, die ja auch ein Interesse an solchen Projekten hat.

Das erschien aber doch schon sehr gegen das Antikorruptionsgesetz und vor allem gegen die Berufsethik der doch immer so korrekt erscheinenden Anwälte zu verstoßen. Sie, deren beruflicher Habitus gerade in Verhören der Vergangenheit Kaspar immer den Eindruck vermittelte, dass auch dieser Berufsstand dem Glauben unterliege, die Sonne schiene ausschließlich aus den Hintern der Anwälte und Staatsanwälte. Und so viele graue und schwarze Schafe des rektalen Sonnenlichtes wurden durch sein Kommissariat schon der Unehre überführt.

In den neuen Bundesländernnennen wir es Seilschaften. Bei den Bajuwaren ist es die Amigogesellschaft, und hier im Westen wird die Nase gerümpft und vornehm „oh nein, oh nein" gehüstelt, aber nach gleichen Verhaltensmustern verfahren.

Wie immer taten sich auch hier Abgründe für unseren Kommissar auf.

Er schaute bei diesem Gedanken nachdenklich in die inzwischen aufgegangene Sonne und bewunderte den Fluss in seinem wunderbaren Licht und den sanften Wellen, die leise an die Uferböschung schlugen.

Eine innere Behaglichkeit durch die Sonne auf der Autoscheibe, den angenehmen Sitz und seinem Mantel stieg in ihm auf, gleichzeitig aber auch das steigende Interesse an dem hier gegebenen Fall. Selbst wenn sich der vermutete Suizid des Doktor von Kadenbeerg bestätigen sollte, so war hier aber wohl wegen ein oder gar mehrerer wirtschaftlicher Verstöße und Korruption zu ermitteln.

Das erste Urteil der Gerichtsverhandlung war hier im Protokollordner des Doktor von Kadenbeerg abgeheftet.

Kommissar Kaspar konnte es kaum fassen, aber zum ersten Verhandlungsgegenstand, dem Projekt über dem Fluss, befand der Richter „non liqued" – konnte nicht ermittelt werden.

Das zweite Verfahren ging dann zugunsten des Doktor von Kadenbeerg aus. Der Vorschuss von fünftausend Euro musste an Bilcker zurück bezahlt werden und wurde dann mit der vertraglich vereinbarten und vom Gericht bestätigten Zahlung Bilcker´s an Doktor von Kadenbeerg in Höhe von zehntausend Euro verrechnet.

Eine schon merkwürdig anmutende Rechtsprechung aus Sicht von Kommissar Kaspar.

Das dritte Verfahren mit der Hauptsumme steht nach den hier vorliegenden Vermerken und dem hier abgehefteten Schriftverkehr mit der Anwaltskanzlei, die Doktor von Kadenbeerg zwischenzeitlich gewechselt hat und klugerweise nach Bayern ging, noch aus.

Was Kommissar Kaspar auch nicht bekannt war und was er jetzt hier als handschriftlichen Vermerk lesen durfte war die Tatsache, dass seit dem Wegfall der Notaranderkonten die Anwälte und Notare hier im Bundesland mit Auflage der Anwaltskammer Konten bei den Sparkassen unterhalten müssen. Natürlich innerhalb eines Rahmenvertrages der Anwaltskammer, damit lediglich überschaubare Kosten für die Anwaltskunden entstehen.

Sehr interessant, gerade unter dem Aspekt, dass der bisherige Anwalt Aufsichtsrat einer Bank in der Region war.

Welche Verflechtungen. Sein alter Lehrmeister würde jetzt sagen; „ Da graust´s der Sau!".

An dieser Stelle war ein entsprechender Trennstreifen eingelegt, und der folgende Teil erschien noch interessanter zu sein. Auf den ersten Blick häuften sich hier nämlich die Vermerke des Doktor von Kadenbeerg mit grüner Tinte auf den Unterlagen und Briefen.

Das wollte er aber nicht hier im Wagen lesen. Vor allem auch, weil die Spurensicherung dabei war, ihre Arbeit zu beenden und der Leichnam gerade in das gerichtmedizinische Institut des Doktor Ott zur Obduktion verbracht wurde. Das Auto wurde ebenfalls sichergestellt und bei der Spurensicherung verwahrt. Der Tieflader kam gerade die Straße am Flussufer entlang gefahren.

Kommissar Kaspar nahm die Akte aus dem Wagen an sich und ging in Richtung seines alten Volvo 242 der 100 Meter entfernt parkte.

Er wollte sich erst die Wohnung des Doktor von Kadenbeerg ansehen und für den Rest des Tages, sofern möglich, das Aktenstudium weiter fortsetzen.

Ihm war nicht entgangen, dass sechshundertfünfzigtausend Euro noch immer offen standen. Die Akte sollte in Kopie an das Dezernat „Wirtschaftsstraftaten" zu Marliese Westerhage als zuständiger Dezernentin, die hier sicher entsprechende Ansätze finden würde.

Inwieweit die Ermittlungen gegen den Saarbriten erfolgreich sein würden, konnte er jetzt nicht ermessen, wohl aber vermuten, denn er und Marliese Westerhage waren Lehrgangskollegen aus der Ausbildung zum Kommissar.

IV

Kommissar Kaspers Volvo verlies die Fähre am anderen Rheinufer und fuhr erst ein Stück Autobahn, die der Volvo mit seiner kleinen Maschine sehr tapfer unter die Räder nahm. In einer entsprechenden Schleife verlies er die Autobahn, um durch eine kleine Gemeinde zur B 50 zu gelangen. Der Weg war herrlich. Der Wald, teilweise Felder, die Sonne, das offene Schiebedach – ein Tag zum Helden zeugen.

Als würde man in den Urlaub fahren.

Nach einer Stunde war er am Haus des Doktor von Kadenbeerg angekommen.

Ein Wohnviertel etwas außerhalb. Große Grundstücke mit herrlichem altem Baubestand, langen Auffahrten und großen Garagen. Die Häuser von Rhododendren, Funkien und Hortensien umgeben und an den geschützten Stellen noch blühend oder noch einmal blühend. Große, gepflegte Rasenflächen, Terrassen mit Bruchsteinplatten belegt und mit Springbrunnen geziert. Hinter den Häusern direkt der Wald.

Ein Dienstwagen der Polizei stand schon vor dem Haus. Noch bevor Kommissar Kaspar die Tür seines Wagens öffnen konnte, wurde die Tür des Dienstwagens des anderen Bundeslandes geöffnet. Ein elegantes Bein an dessen Ende sich ein ebenso eleganter Pumps aus Velourleder befand, wurde herausgesetzt. Wow. Das zweite Bein war nicht weniger elegant und der Rest umwerfend. Eine ausgesprochen elegante Dame in schwarzem Rock, weißer Bluse und mit roten Haaren verlies gerade den Wagen und kam strahlend auf ihn zu:
„Guten Morgen, ich bin Sandra Mayrhofer, Kommissarin an der hiesigen Dienststelle und habe den Auftrag,

30

Sie hier bei der Begehung zu unterstützen. Wollen wir hinein gehen?

„Aber gerne", antwortete Kommissar Kaspar.

Er öffnete mit dem Schlüssel aus der Manteltasche des Doktor von Kadenbeerg die Eingangstür des recht hohen Zaunes, der zusätzlich mit einer hohen Hecke aus Kirschlorbeer unterstützt wurde. Zumindest war jetzt klar, woher die Beeren zwischen den Rosinen stammten. Eigene Ernte, garantiert Bio.

Auf dem Grundstück führte nach dem Eingangstor links eine Einfahrt aus Rasensteinen mit weißem Kies zu einer Halle hinter einer massiven, großen Eiche und rechts zu einem modernen Wohnhaus mit gelbem Putz und dunkelgrünen Läden an den bodentiefen Fenstern und Türen. Umgeben war das Haus mit einer Bruchsteinterrasse zu der der Bruchsteinplattenweg, den Kommissarin Mayrhofer und Kommissar Kaspar schweigend hinauf gingen, führte.

Auf der Terrasse standen die passenden dunkelgrünen Blumenkübel bepflanzt mit dunkelroten Geranien. Bemerkenswert, dass diese frisch gegossen waren und sich an keinem der Kübel eine welke Blüte befand.

Die Terrasse war absolut sauber gefegt.

Eine weiße Haustür führte an der Nordseite in das Haus. Beide schlossen die Tür auf und waren mehr als überrascht.
Sie betraten eine große Halle mit weißem Marmorfußboden und leicht cremefarbenen Wänden. Ausgestattet mit einem Jugendstilsofa mit Hinterwand und Spiegel, passendem Tisch, Stühlen und einer stilgerechten Anrichte. Auf der Glasplatte des Tisches stand ein schwarzer Zylinder mit weißen Tulpen und ein

silberner Becher mit drei Füllfederhaltern der Marke Pelikan.

Das ganze Haus spiegelte diese elegante Ausstattung. Eingerichtet mit Antiquitäten, die Wände immer passend zu den jeweiligen Möbeln in Pastellfarben gestrichen. Die Bilder echt, viele Skulpturen und Schalen, die Stiftebecher alle aus Silber und mit edlen Schreibgeräten darin. Alles in allem ein sehr ästhetisches Bild und Ambiente.

Nicht ein Stäubchen war in diesem Haus zu finden, geschweige denn der Ansatz einer Unordnung.

Sandra Mayerhofer zog gerade einen Umschlag mit der Aufschrift Testament aus einer der Schubladen des Sekretärs, der im Schlafzimmer stand, während Peter Kaspar noch ein wenig in der Faszination des Hauses und der Einrichtung schwelgte. Selten dass er sich so von den Fakten eines Falles ablenken lies, aber das hier sprach zunächst einmal gegen einen Suizid.

Sandra Mayrhofer überflog die Kopie des handschriftlichen Testamentes und den beigefügten Brief im Original, jedoch ergab beides keinen Hinweis auf einen Suizid. Lediglich Urkundenrolle und Aktenzeichen des Nachlassgerichtes waren hier nochmals aufgeführt, für den Fall des eintretenden Todes und die Adressen, die im Trauerfall durch die Angehörigen zu benachrichtigen waren.

Ein Lehrstück in Sachen Ordnung.
Warum aber das handschriftliche Testament?

Der Rundgang durch das Haus führte in den Hauswirtschaftsraum, aus dem vernehmlich Geräusche drangen. Sandra Mayrhofer und Peter Kaspar verständigten sich durch Zeichensprache und gingen nur noch auf

Zehenspitzen. Leise öffneten sie die nur angelehnte Tür des Hauswirtschaftsraumes.

Ihnen gegenüber ragte ein überdimensionaler Hintern in einer schwarzen Jeans aus einem Einbauschrank. Darunter rote Sneakers mit der Aufschrift einer Schuhmarke auf der Sohle, deren Werbung in den Kindheitstagen Kommissar Kaspars „Reintreten und Wohlfühlen" lautete. Er musste leise kichern.

Ob das jetzt auch für das hier überpräsente Rektum galt?

Sein Kichern machte das Rektum aber aufmerksam und ließ Sandra Mayrhofer sehr ernst in seine Richtung blicken.

Ausgesprochen behände kam der Rest der prall gefüllten Jeans zum Vorschein. In der Hand einen Handfeger, den die daran befindliche Dame recht autoritär in die Höhe hob.

„Joy Putzikam, was machst Du hier? Beinahe hätte ich zugeschlagen. Hätte zartem Mädchen wie Dir sicher geschadet" sprach ein Engelsgesicht, dass so überhaupt nicht zum anderen Ende des Körpers passen wollte, zu Sandra Mayrhofer bis der im Sinkflug befindliche Handfeger Kommissar Kaspar bemerkte und sich wieder in Schlagposition erhob. „ Seid Ihr rumänische Diebesbande? Dann macht Euch fort, hier holt ihr nichts. Rufe ich nach Polizei!"
„Schon da", konterte Peter Kaspar, zeigte seinen Dienstausweis und stellte Sandra Mayrhofer vor, die immer noch auf den erregt wirkenden Handfeger starrte.
„Und wer sind Sie?"

„No, bin ich Rosalia, hab´ ich korrekte Papiere und Doktor mich angemeldet".

„Aha, die Putzfrau."

„No, nix Putzfrau, bin ich Raumpflegerin bei Doktor von Kadenbeerg."

Dieser ungarische Dialekt war einfach reizvoll.

„Wann haben Sie Doktor von Kadenbeerg zuletzt gesehen?

No, gestern Morgen. Habe ich geputzt Garage und abgestaubt Autos. Mache ich jeden Mittwoch."

Dabei öffnete die Perle des Hauses die Tür neben dem Einbauschrank in dem sie sich befand und schaltete das Licht am Schalter neben der Tür ein. Eine Decke voller eingelassener Halogenstrahler, eine penibel saubere Garage mit weißen Fliesen und jede Menge Oldtimer und Youngtimer. Bilder an den Wänden, Polstergarnitur und Schreibtisch zwischen den Autos, Tür-Fenster-Elemente zum Garten hin, dazwischen ein Mal- und Zeichentisch, auf dem eine begonnene Kreidezeichnung lag und eine Staffelei, auf der sich ein angefangenes Ölgemälde befand, das teilweise mit einem Tuch abgedeckt war.

Auf dem Tisch der Sitzgruppe lag eine Geige.

Wohnzimmer, Atelier und Garage in einem –wow.

Obwohl alle diese Räume im Haus vorhanden waren, war das hier wohl das Wohlfühlzimmer für private Stunden.

In der hinteren Ecke war ein Platz frei – hier fehlte wohl der Senator.

Das Ambiente sprach allerdings wieder gegen einen Suizid. Ein Pedant, der seine Kreidezeichnung und sein Ölgemälde nicht vollendet und die Geige nicht wegpackt?

Kommissar Kaspar wollte gerade den Raum betreten als sich Rosalia vor ihm aufbaute. >Schuhe sauber? Doktor hat nicht gerne, wenn jemand hier in diesen Raum geht.<

Er zog seine Schuhe aus - einer solchen Autorität muss der Mann gehorchen.

Er spürte die Fußbodenheizung und sah sich kurz am anderen Ende des Raumes um.

„Vermissen Sie etwas hier? Ist etwas anders als gestern?", fragte er Rosalia. – „No, Opel Senator ist weg. Das ist ein wenig ungeweehnlich in dieser friehen Stunde."

„Es wird jetzt vielleicht ein bisschen traurig für Sie, aber wir haben Ihren Herrn Doktor von Kadenbeerg heute Morgen tot auf einer Parkbank am Rhein gefunden. Wirkte er auf Sie depressiv? Verstört? Gab es ein Ereignis in seinem Leben, das ihn möglicherweise einen Selbstmord hat begehen lassen?"

Er drehte sich um und sah, dass Rosalia anfing zu weinen. Das blanke Entsetzen stand ihr im Gesicht. Sie wechselte mehrfach die Farbe und wirkte einer Ohnmacht nahe. Das war nicht gespielt. Sandra Mayrhofer reichte ihr einen Hocker und zwang Rosalia behutsam, sich darauf zu setzen, bevor sie noch lang hinschlug und die Ambulanz gerufen werden musste.
„No, er war zwar ruhiger, aber doch freehlicher Mensch. Hat nur lustige Stücke musiziert, freehlich gemalt. Das traurigste Musikstück das er heerte, war die Cäcilienmesse von Charles Gounod. Glaube ich nicht, dass er gemacht hat Selbstmord.

Nicht mein Doktor. Hat er doch alles gehabt, was er sich winschte. War er bescheidener Mann, kann keine Winsche mehr gehabt haben.

Ist doch alles da, viele Autos, gutes Essen, scheene Möbel".

Der Rest ging in ihren Tränen unter.

Sandra Mayrhofer rief jetzt doch sicherheitshalber einen Notarzt, der der guten Perle des Hauses schon etwas zur Beruhigung geben sollte, damit ihr das Gefühlsleben nicht vollends entgleiste, denn diese Trauer war echt.

Sie warteten, bis der Notarzt da war und Sandra Mayrhofer fuhr Rosalia noch nach Hause, nachdem das Wohnhaus abgeschlossen und versiegelt worden war.

Kommissar Kaspar fuhr zurück ins Präsidium. Es war eine wunderbare Fahrt. Der Wald verfärbte sich langsam, aber die Sonne war noch warm genug. Es war kaum Verkehr und er genoss diese Dienstfahrt ein wenig, gerade so viel, dass es aus dem Anlass heraus nicht amoralisch wirkte.

Im Präsidium angekommen ging er in sein Büro im zweiten Obergeschoß und vertiefte sich an seinem Schreibtisch in den Ordner des Doktor Jonathan Sibelius Constantin von Kadenbeerg.
Die dort gemachten Aufzeichnungen glichen einem penibel geführten Tagebuch und machten es sehr leicht, in den Sachverhalt einzusteigen. Hier waren die kriminalistische Vorstellungskraft und die Erfahrung des Kommissar Kaspar ausgesprochen hilfreich.

V

Von der Kündigung aller Bankenkredite hatte Doktor von Kadenbeerg nur durch eine Fotokopie an einem Schreiben der Bank an seine Lebensversicherungsgesellschaft wegen eines Auskunftsersuchens erfahren. Obwohl die Kündigung bereits sechs Wochen zurück lag, waren ihm die Originale nicht zugegangen. Kein Einschreiben, was bei einer Entscheidung solcher Tragweite geboten erschien, noch ein normaler Brief lagen ihm vor.

Als ersten Schritt prüfte er die beiden Postmappen erneut, ob auch wirklich hier kein solches Schreiben übersehen wurde, im zweiten Schritt benachrichtigte er seinen Anwalt über diese Maßnahme und in einem dritten Schritt teilte er diesen Vorgang der Bank mit und bat um einen Gesprächstermin.

Gerade hatte er vor dem Verwaltungsgericht das Verfahren gegen seinen bisherigen Dienstherren gewonnen. Ein sehr sozialneidischer neuer Mitarbeiter der Pensionsbehörde hatte ihm nach mehr als dreißig Jahren Dienstzeit die Pension einbehalten, weil er der Auffassung war, dass Doktor von Kadenbeerg durch seine Nebentätigkeit, die allerdings seit mehr als zwanzig Jahren ohne weitere Auflagen genehmigt war, genug verdiene und auf die Pension nicht angewiesen sei.

Genau dieser Mitarbeiter hatte auch das Testat des Mediziners, das an den begutachtenden Amtsarzt adressiert war und zur vorzeitigen Pensionierung führen würde, selbständig unter Missachtung des Adressaten geöffnet und in einer für jedermann zugänglichen Laufmappe durch die Behörde weitergeleitet.

Dabei war dieser Herr noch der Auffassung, sein Handeln sei rechtens. Einer dieser typischen Yuppies in Boss–Anzügelchen, gegeeltem Haar und Tiroler Landluft aus dem Steckdöschen im Gesicht, das von einem Drei-Tage-Bart geziert wurde.

Das ganze Auftreten vermittelte deutlich, dass diese Entscheidungsträger, wie sie sich selbst zu nennen pflegen, sich vierundzwanzig Stunden am Tag mit der Überzeugung durch das Leben mogeln, die Welt könne nicht auf sie verzichten.

Von Kadenbeerg war, nachdem er alles nochmals genau nachgerechnet hatte, bei der Bank mit viertausendvierhundert Euro im Rückstand, eben weil ihm jetzt die Pension fehlte und er gerade nicht mit Eigenkapitalmitteln entsprechend liquide war. Sein Immobilienvermögen betrug nach den vorliegenden Gutachten bereits mehr als eine Million Euro. Die drei durch diese Bank finanzierten Immobilien ergaben hier noch einen Wert von einer halben Million, die Verbindlichkeiten und Nutzungsrechte in Abzug gebracht. Die restlichen Immobilien waren lastenfrei.

Er glaubte an die Vernunft, die siegen würde, denn durch die gerichtlich zugesprochene Nachzahlung von sechs Pensionen war er ja locker wieder in der Lage, diese Summe der Bank zu zahlen und die offenen Posten nachzuzahlen. Per E-Mail bereitete er das zu führende Gespräch vor und bat seinen Steuerberater, mit dem er seit langem auch befreundet war, an diesem Gespräch als Zeuge teil zu nehmen. In ihm war nämlich ein gewisses Misstrauen gegen die Ziele der Bank gewachsen seit er als „entwicklungsfähiger Kunde" von der Bank eingestuft war und deswegen von einem Betreuungscenter betreut wurde und nicht mehr vom bisherigen Filialleiter, mit dem er immer sehr zufrieden war und dessen Verdient es war , dass er seit Geburt bei dieser Bank Kunde war und blieb.

Seither hatte die Lebensweisheit des Urgroßvaters, „wenn Dir ein Bankier ein Gefallen tun will, setz´ Dich auf Deine Brieftasche, das kostet Geld" ein hohes Maß an Bedeutung gewonnen.

Es klingelte häufig das Telefon und immer hatte das Betreuungscenter Ideen, was ihm noch im Portfolio fehlte. Er selbst stufte diese Ideen allenfalls als Einfälle ein und verweigerte sich diesen Produkten. Deshalb galt er bei der Bank zwischenzeitlich als beratungsresistenter Kunde, der sich doch tatsächlich weigerte, den Investmentbanker reich zu machen und diesem behilflich zu sein, die von der Bank gesetzte Quote zu erfüllen und sein eigenes Konto mit Provisionen für diese Verkäufe aufzufüllen. Der Bankier war ja schließlich jung und brauchte das Geld.

Der kurzfristige Termin mit der Bank rückte näher und er traf sich mit seinem Steuerberater und Freund Harald im Parkhaus.

Gemeinsam gingen Sie zur Bank über die Straße und wurden vom Empfang in ein kleines Büro an der Ecke der Halle geführt, in dem sie beide Platz nahmen.

Verabredet waren sie mit einem Karlheinz Schmidt. Karlheinz in einem Wort. Außergewöhnlich. Was sich wohl für ein Mensch hinter dieser kleinen Außergewöhnlichkeit verbarg? Von Kadenbeerg hatte immer solche Gedanken bei Ersttreffen mit Menschen und es entwickelten sich Vorstellungen in seinem Gehirn, die sich dann auch automatisch mit Dialogen anreicherten. Welcher Sprache würde sich sein Gegenüber wohl bedienen, wie mag er sich kleiden, wo mögen wohl seine Schwachpunkte im Leben sein.

Er war noch ganz in seinen Gedanken versonnen, da wurde der erste Schwachpunkt deutlich. Rums flog die Tür auf und prallte gegen den dahinter etwas zu dicht abgestellten Kleiderständer. Im Türrahmen stand ein circa eins fünfundsiebzig großes Menschenkind im üblichen grauen Anzug, weißem Hemd und bordeauxfarbener Krawatte.

„Guten Morgen, mein Name ist Schmidt, mit DeeTee." Beim Blick auf die Krawatte setzte sich in den Gedanken von Kadenbeergs die regionale Färbung der Sprache durch. „Passend zum Kopp".

Welch ein Hypertoniker setzte sich hier ihm gegenüber und schlug mit lautem Klatschen den Aktenordner auf den Tisch.

Doktor von Kadenbeerg hatte bereits die Überzeugung, dass dieses Gespräch kein gutes Ende nehmen würde, ja bereits zu Ende war, bevor es angefangen hatte. Er bedachte bereits weitere Schritte, als der anderthalbstarke Bankier mit DT am Ende ein Resümee des Sachverhaltes referierte und sich mehr und mehr zum Steuerberater ausrichtete.

Harald, der Steuerberater, hörte aufmerksam zu.

>Also, mir sehn hier keine Möglichkeit mehr, die Geschäftsbeziehung weiter fordsesetze, mer wolle Sie hier nit mehr habbe<, erklärte Herr Schmidt, mit DT. >Ja aber ich kann die gewünschten Viertausendvierhundert Euro in Kürze, nach dem Geldeingang meiner einbehaltenen und jetzt per Verwaltungsgericht wieder zugesprochenen Pension, bezahlen und dann kann ich mir in Ruhe ein neues Kreditinstitut suchen. Ferner gehe ich davon aus, dass ich, nachdem Sie Ihrem Bankenwunsch, mich nicht mehr haben zu wollen, so deut-

40

lich äußerten, auch die bereits berechneten Vorfälligkeitsentschädigungen in Höhe von fünfundvierzigtausend Euro nicht erheben<, entgegnete von Kadenbeerg.

>Na, das Geld wollen wir nicht mehr haben, wir halten an der Kündigung fest. < Schmidt mit DT wurde „hochdeutschiger" – aach gnädige Frau, habbe sie auch Mäus´ uff em Spoichä? Da waren sie wieder, die geistigen und niemals ausgesprochenen Dialoge des Doktor von Kadenbeergs in feiner grüner Tinte, die Peter Kaspar so nahe waren.

>Ferner stelle ich hier für das Protokoll fest, dass ich die Auffassung vertrete, dass mir die von Ihnen vorgenommene Kündigung - bewusst sprach er hier in der Einzahl, - nicht korrekt zugestellt wurde. Ich habe lediglich Kenntnis darüber durch eine Fotokopie erlangt, die einem Schreiben an meine Lebensversicherung beigefügt war. Ein solches Schreiben gehört meines Erachtens, gerade aufgrund der Tragweite der Entscheidung, per Postzustellungsurkunde dem Geschäftspartner zugestellt, damit dessen Kenntnis und Handlungsbereitschaft sicher gestellt ist<, so von Kadenbeerg.

Der Herr Schmidt bekam einen extrem roten Kopf, oder besser Möckel, wie die Württemberger zu sagen pflegen und drohte augenblicklich zu explodieren, was er dann sprachlich auch tat.
>Des brauch' ich mer von Ihne nit saache zu gelosse, dann wär'n jo fünf Briefe verlorn gange. Unser Gespräch iss hier zu Ende. Ich geh noch mit an die Tür. <, so der Bankus Errektus in seiner vollen Autorität.
Sehr schnell wurden sie hinaus komplementiert.
Fünf Kündigungen dachte von Kadenbeerg noch, als Harald leise feststellte: >Der war uns jetzt nicht wohlgesonnen! <

>Wie kommst Du jetzt darauf? < so von Kadenbeerg mit nachdenklichem Gesicht.

Getrennt voneinander fuhren sie nach Hause. Immerhin stand das Weihnachtsfest vor der Tür und in dieser Zeit bewegte sich in der Republik ohnehin nicht viel. Die Leute waren viel zu sehr mit Vorbereitungen und Familienstreitigkeiten beschäftigt, als jetzt noch kurzfristig gerichtliche Entscheidungen herbeiführen zu können.

Im Allgemeinen eine Zeit der Besinnlichkeit, warum sich nicht einmal besinnlich um Bankkredite kümmern.

Zu Hause angekommen stellte von Kadenbeerg gleich alle erforderlichen Bankunterlagen zusammen. Als ordnungsliebender Mensch hatte er die dazu notwendigen Kopien immer auf dem aktuellen Stand in einem eigens dafür angelegten Ordner und musste diese lediglich neu kopieren. Das sparte Zeit. Ein Begleitschreiben als Kreditantrag war schnell verfasst, eine Selbstauskunft hatte er als erfahrener Gutachter und Immobilienmakler neutral als Formular im Computer und musste lediglich die erforderlichen und belegbaren Zahlen erfassen.

An alle Immobilien finanzierenden Banken wurden diese Anträge gestellt, führten aber immer zu einer Ablehnung, denn sein bisheriges Kreditinstitut hatte bereits jedes der fünf Darlehen als gekündigt in die Schufa eingetragen.
Wofür Schufa wohl stand? Schutzgemeinschaft finanzierender Anstalten, denn wie eine Anstalt führte sich die Bank gerade auf.

Es gab keine Chance mehr, die Immobilien anders zu finanzieren. Selbst ein eingeschalteter professioneller Finanzierungsvermittler für Baufinanzierungen, der früher gerne und oft Geschäfte mit von Kadenbeerg machte, gab sich keine große Mühe mehr, sondern erging sich nunmehr im Gestammel heißer Luft.

Der freie Fall hatte wohl begonnen.

Verursacht durch einen von Neid geprägten Mitarbeiter seiner ehemaligen Behörde und dem Saarbriten, der ihn um den Lohn seiner Arbeit betrogen hatte.

VI

Es war noch früh am Morgen. Doktor von Kadenbeerg kam gerade mit seinen beiden Jagdhunden aus
den Weinbergen nach Hause. Als er um die Ecke bog
stand ein merkwürdiger Mann vor seiner Haustür. Es
war nicht nur merkwürdig, wie der Typ aussah, sondern auch, wie er vor die Haustüre gekommen war,
denn das Gartentor war abgeschlossen.

Der Kerl in dem Hawaii-Hemd und der kurzen Bermuda
klingelte in einer Tour. Hat der sie noch alle?

Doktor von Kadenbeerg betrat sein Grundstück von
der Einfahrt her und ging den kleinen Gartenweg neben dem Haus hinter den Fliederbäumen entlang.

Der farbig gekleidete Unbekannte bemerkte ihn nicht.
Erst als er ihn hinter dem Fliederbaum stehend an-
sprach.
>Was tun Sie hier? Vor allem, wie kommen Sie hier
rein, wenn das Gartentor abgeschlossen ist? <
>Ich bin Gerichtsvollzieher und habe hier einen Titel
gegen Sie. <
>Woher wollen Sie wissen, dass ich Ihr Delinquent
bin? <

Um kein Aufsehen zu entfachen, denn es ist immer
ungewiss, wie sich Leute mit einer so extrovertierten
Garderobe verhalten, bat Doktor von Kadenbeerg diesen merkwürdig anmutenden Würdenträger gerichtli-
cher Autorität in sein Haus, aber zunächst einmal lediglich in das Treppenhaus. Das war geräumig genug
und bot auch einen Tisch mit Sitzgelegenheit, wenn
auch nicht von der ausgesprochen komfortablen Sorte.
Ferner hatte er nicht die Absicht, dem Herrn überhaupt
einen Platz anzubieten.

Er bat, den Dienstausweis zu zeigen.

>Ich habe einen Titel gegen Sie. <

>Das mag sein, dennoch möchte ich bitte Ihren Dienstausweis sehen, ich kenne Sie ja gar nicht. <

Widerwillig zeigte Reginald Mohl seinen Dienstausweis und legte gleichzeitig den Titel der Bank vor.

Von Kadenbeerg prüfte erst den Dienstausweis und las dann den Titel des Gerichtsvollziehers. Dieser wurde zusehends nervöser und ungehaltener, eben weil von Kadenbeerg so genau las und prüfte.

>Das hat alles seine Ordnung. < so der Gerichtsvollzieher.

>Das prüfe ich gerade und es stellt sich mir die Frage, wieso die Bank und das Amtsgericht hier einen Titel von zweihunderteinunddreißigtausend Euro fordert, wenn die Darlehenssumme für das Haus nur noch fünfundneunzigtausend Euro beträgt.

>Das ist so in Ordnung. < so der farbig umhüllte staatliche Vollstrecker, der seine Auffassung wie eine Langspielplatte oder ein Sittich mit eingeschränkter Sprachbegabung andauernd wiederholte. Das Hemd machte einem regelrecht schummrig vor den Augen, so bunt war das Ding. Und dann erst diese blaugrüne Bermuda. Die an einen Strand mit viel Sonne und leicht bekleideten Mädchen gehörende Hose war wahrscheinlich bei ihrem Erscheinen auf dem Krabbeltisch bei einem Warenhaus in der Stadt schon unmodern. Und so lief der im Dienst herum.

Bestehen denn in Deutschland keine Disziplin mehr und vor allem eine Kleiderordnung, dass einem ein solcher Vertreter der Jurisprudenz zugemutet wird?

>Ich beanstande den Titel als nicht korrekt und bitte mir eine Aufstellung vorzulegen, wie sich die in dieser Vollstreckung geforderte Summe in Einzelbeträgen zusammensetzt. <

>Ich sagte, die Forderung Ihrer Bank ist korrekt. Ich gehe davon aus, dass Sie einer Durchsuchung widersprechen. <

>Welcher Durchsuchung?<

>Ihrer Wohnung, um sicher zu stellen, dass Sie keine zweihunderteinunddreißig Euro hier versteckt haben.<

>Selbstverständlich widerspreche ich dem und bitte Sie, jetzt zu gehen. <

>Ich komme wieder! Ich will die Eidesstattliche Versicherung, da fackel ich jetzt nicht lange. <

Jetzt verfiel er auch noch in einen Berliner Dialekt und ergänzte hinter jedem Satz das regional gefärbte „wa". Er stakste die Treppe hinunter. Der Herr trug Sneakers in Beige, passend zu den weißen Tennissocken an seinen Füssen.

Graf von Kadenbeerg hingegen trug sogar auf dem Hundespaziergang Budapester, lange Jeans und ein kurzarmiges, pastellgelbes Hemd mit Kent–Kragen. Er duftete schon morgens um neun nach einem seltenen und edlen Herrenparfum, während der farbig gekleidete Amtsträger eine verbrauchte körperliche Frische verströmte.

Doktor von Kadenbeerg wirkte gefasst bis der Gerichtsvollzieher unter seinem verärgerten Blick wieder über den Zaun geklettert und die Haustür geschlossen war.

Danach machte sich nach diesem Erlebnis eine deutliche Nervosität in ihm breit. Nicht nur, dass ein Gerichtsvollzieher ihn besuchte, was alleine schon ausreichend gewesen wäre, nein, er forderte im Auftrag der Bank auch noch mehr als das doppelte der Kreditsumme von ihm.

Der Landkreis hier hatte nur noch ein kleines Amtsgericht. Das Gebäude war einer Villa Kunterbunt ähnlich und nur mit einem Präsidenten, einem Richter, einem

46

Rechtspfleger, zwei Gerichtsvollziehern, Sekretariatskräften und dem Wachpersonal besetzt.

Er ging in sein Arbeitszimmer in der zweiten Etage und suchte die Kreditunterlagen.

Aus den geschlossenen vertraglichen Unterlagen zu dem Immobilienkredit ergab sich die im Titel genannte Summe nicht annähernd. Auch erschloss sich ihm nicht, wieso jetzt der Gerichtsvollzieher vor der Tür stand, denn er hatte angeboten, die Rückstände zu begleichen. Seines Erachtens bestand ja nun Einigkeit dahingehend, dass er sich einen anderen Finanzierer suchte, was allerdings deutlich erschwert wird durch die Tatsache, dass ihm die Sparkasse schon einen Schufa-Eintrag verpasst hatte. Nach deren Auffassung zahlt ein Schuldner seine Darlehensraten schon dann nicht, wenn er sich weigert, eine überzogene Vorfälligkeitsentschädigung zu begleichen und hier eine andere Auffassung vertritt. Erschwerend kam der Rückstand der zwei tatsächlichen Raten durch die Verzögerung beim Verwaltungsgericht hinzu.

Hier sah er keinen rechtlichen Ansatz um die Sparkasse zu bremsen.

Das alles machte ihn außergewöhnlich nachdenklich, Existenzängste machten sich in ihm breit.

Und der Ärger mit dieser Bank entstand nur wegen einer telefonischen Entgleisung des neuen Leiters des Betreuungszentrums, das für von Kadenbeerg zuständig war. Woraufhin der Doktor ihn maßregelte, seine Unterlagen für das Altenpflegeheim seiner Heimatgemeinde zur Endfinanzierung der Wohnungen für das betreute Wohnen durch seine bisherige Hausbank zurück forderte und dieses dem Vorstand mit mangelndem Anstand ihres Mitarbeiters begründete.

Das führte natürlich dazu, dass der Klüngel der Bank jetzt Front gegen ihn machte.

Auf eine solche Situation war er als behüteter Erstgeborener und Beamter durch das Leben, ja sein Leben, nicht vorbereitet worden.

Allerdings glaubte er auch nicht an eine Ausweglosigkeit, denn unter vernünftiger Betrachtung musste es auch für diese zerstrittene Geschäftssituation eine klare und für alle Parteien akzeptable Lösung geben. Dennoch machte sich bei ihm mehr und mehr eine schlechte Stimmung breit.

Zeitlebens hatte er nicht nur die Anwandlung, sich zu bestimmten Situationen Personen und deren Dialoge oder die Dialoge zu Personen vorstellen zu können, sondern auch das geistige Privileg, gewisse Vorahnungen für mögliche Szenarien zu entwickeln.

Und irgendwie wollte sich hier keine positive Sichtweise einstellen.

Solche Überlegungen kosten Kraft und Energie. Er fühlte sich ausgelaugt und ausgesaugt.

Er machte es seinen Hunden nach und legte sich ein wenig auf die Chaiselongue in seiner Bibliothek und begann über seine Situation zu sinnieren.

Aber das Sinnieren ließ ihn keine Ruhe finden. Nach Shakespeares Romeo und Julia galt „Schlummer bettet sich nie da, wo Sorgen walten" und der Gerichtsvollzieher, so witzig dieser in seinem Aussehen und seiner Garderobe wohl war, so machtbesessen wird er auch sein. „Wer wählt schon ein Gerichtsvollzieherdasein als Beruf? Dabei dieser abgöttische Glaube an den Titel, keinen Widerspruch zu dulden oder sich den Gedanken des Delinquenten zu öffnen, scheint hier ein Fehler zu sein. Ein Fehler, der die uneingeschränkte Macht über andere einschränken könnte. Eine Macht, die sich die Republik importiert hatte, nach dem Zusammenbruch des Arbeiter und Bauernstaates nebenan und dem Zusammenschluss mit diesem gescheiterten Staat mit der reinen Beherrschung seiner Bürger und einer zwischenzeitlich gefallenen Mauer, damit in Vorzeiten keiner der Beherrschten davonlaufen konnte. Nicht zu vergessen der Stab von menschlichen Spürhunden, die auch noch jede Gesinnungsabweichung unter den Mitbürgern erkundeten und verpetzten. Keine Gefühlsebene im Handeln. Das was der Titel und die Rechtspflegerin oder der Richter sagen, hat seine Richtigkeit und ist der Religion gleichzusetzen. Wir weichen davon nicht ab. Unsere Berufung ist es, das Recht anzuwenden, das wir Amtsträger als Recht erachten.

Genau dieser Grundsatz führt aber im Irrglauben dazu, dass die Auffassung der gleichmäßigen Rechtsausübung unter dem Strich betrachtet, dann doch nicht der Gleichmäßigkeit entspricht, wie sich Justitia unter ihrer Augenbinde das so vorgestellt haben mag. Nicht immer ist die Waage im Lot.

Bei von Kadenbeergs besonderem Glück im Leben wird dieser Herr der Justiz voll durchgreifen, um seine Satisfaktion zu haben."

Von Kadenbeerg rechnete mit dem schlimmsten und das machte ihn nicht ruhiger. Ganz im Gegenteil.
Er erhob sich und nahm sicherheitshalber ein paar Beruhigungstropfen. Nach einer Tumoroperation und einer Sepsis war er dahingehend ohnehin sehr angegriffen und musste besonders auf sich achten.

Für heute konnte und wollte er nichts mehr arbeiten. Jede Form der Kreativität war ihm durch dieses Ereignis mit dem Staatssittich abhandengekommen.

Er fütterte seine Hunde, aß selbst eine Kleinigkeit und entschloss sich, einen langen Spaziergang mit den Hunden zu machen. Die Sonne schien und da war der alte jüdische Friedhof oben am Wald gerade das richtige Ziel um in Ruhe nachzudenken.

Er ging auf Seitenwegen, fern der Menschen, die ihm vielleicht begegnen könnten. Er beteiligte sich nicht an dem ländlichen Tratsch und war auch nicht an diesem interessiert.

Nach dem heutigen Ereignis und seinen grauenvollen Überlegungen empfand er die Situation mehr als beschämend und hatte das Gefühl, dass ihm ab sofort jeder diese finanziellen Probleme ansah.

Es war ein Vorteil dieser reinen Feldwege hier in der Region, dass diese, bedingt durch die fehlende Asphaltdecke, wunderbar mit Gras bewachsen waren und so sich nur für festeres Schuhwerk und nicht für Stöckelabsätze oder diese so modernen Sneakers, also Turnschuhe mit lausigen Sohlen, eigneten.

Das dünnte die Nutzer dieser Wege deutlich aus und war Garant für einen ungestörten Spaziergang aus dem Ort heraus Richtung Wald.

Was er wohl von der Justiz zu erwarten hatte? Das regionale Amtsgericht war bekannt dafür, dass Richter bereits das Urteil in der Mappe hatten, wenn diese die Verhandlung eröffneten.

Dass hier Personal beschäftigt war, das den Gerichten der Landeshauptstadt mit seinen Leistungen eher nicht genügte oder sich in die Ruhe des Landlebens zurückgezogen hatte, war ein lang anhaltendes Gerücht.

Doktor von Kadenbeerg kannte das aus seiner aktiven Zeit im öffentlichen Dienst, denn er hatte vor seinem Studium und seiner Promotion dort eine Ausbildung gemacht, die ihm fachlich sehr als Basis für seine spätere berufliche Tätigkeit als Immobiliensachverständiger zu Gute kam. Allerdings nur fachlich, beruflich hatte er teilweise auch Leute kennen gelernt, die im zwanzigsten und einundzwanzigsten Jahrhundert noch nicht verstanden hatten, dass Preußens Gloria längst vorüber war.

Gerade jetzt erschien ihm der Vorwurf, der ihm einmal von einem dieser Menschenkinder gemacht wurde, kein guter Beamter gewesen zu sein, direkt als Kompliment.

Aber gerade das machte in seinen Gedanken diese Situation für ihn entsprechend schwer. Er wusste, dass er ein Mensch war, der sein Mäntelchen nicht nach dem Wind hängt, oder wie es sein Urgroßvater in seiner typisch direkten Art immer auszudrücken pflegte:" Wer immer mit der Herde läuft, hat meist jede Menge Ärsche vor sich." Ja ja, der alte Kaspar Heinrich, der zu Kaisers Zeiten geboren und aufgewachsen war und anschließend wirklich ein Beamter unter Preußens Gloria sein sollte, war dieses eben nicht. Wie sich genau aus der soeben im Geiste zitierten Haltung vermuten ließ, war der Urgroßvater auch nicht gerade von der Sorte Unterwürfigkeit, wie diese heute im öffentlichen Dienst gewünscht ist und eine Karriere sichert.

All dieses ließ ihn einiges befürchten.

Zwischenzeitlich war er an seinem Ziel angekommen. Auf seinem Findling vor dem Friedhof sitzend und den Blick auf seine Heimatgemeinde genießend, stärkte in ihm jedoch den Willen, das durchzustehen und den Kampf aufzunehmen.

Seine wirtschaftlichen Zahlen stimmten, die Klage um die Außenstände war eingereicht. Er wollte sich nicht am Anfang schon geschlagen geben.

Allerdings war sein Geist nur noch auf dieses Problem konzentriert. Keine entspannende Phase war mehr feststellbar.

Ihn bewegte einfach die Angst, alles zu verlieren. Was wäre dann, wer kümmert sich um die Tiere? Wohin kämen diese im schlimmsten Fall?

Ein großer Teil seines Lebens würde in Zukunft wohl von dieser Panik begleitet sein und nur sehr schwer belächelte Vergangenheit in seinem Leben werden.

Es ist schon verwunderlich. Banken verleihen Geld zu entsprechenden Zinssätzen, die Gewinne für das Geldhaus sichern. Dann wird mit den Gewinnen spekuliert oder gar Hedge-Fonds gegründet und entsprechende Produkte unter dem Namen einer im Eigentum der Untergesellschaft der Bank stehenden Fondsgesellschaft emittiert. Und wenn sich das Produkt am Markt nicht wie gewünscht entwickelt, dann ist die Bank systemrelevant und muss deswegen vom Staat, sprich vom Steuerzahler, mit Risikodarlehen gestützt werden, damit das selbst geschaffene Risiko nicht zum Risiko der Bank wird.
Hat der mittelständische Unternehmer jedoch Forderungsausfälle und kommt dadurch in die Klemme, so ist er nicht systemrelevant und erfährt keine Unterstützung oder gar Gnade. Nach dem Bürgerlichen Gesetzbuch hat der Unternehmer immer Geld zu haben.

Von Kadenbeerg erkannte, hier nicht systemrelevant zu sein. Allerdings in der Vergangenheit mit vielen Steuergeldern, die nicht in die Firma thesauriert werden konnten, Staat und Banken in der Europäischen

Schuldenkrise unterstützt zu haben. Seit sieben Jahren hielt die Europäische Schuldenkrise nun schon an und die Europäische Zentralbank betrieb noch immer die Geldpolitik des Aufkaufs von Anleihen der Staaten, die diese nicht zurückzahlen konnten. Sie betrieb immer noch eine Geldpolitik der niedrigen Zinsen, um die Banken zur Darlehensvergabe und die Unternehmen zu Investitionen zu animieren, um das Wirtschaftswachstum der europäischen Mitgliedsstaaten zu fördern. Aber die systemrelevanten Banken zierten sich mit der Vergabe von Darlehen und nutzten die niedrigen Zinsen anderweitig.

Er hätte einmal besser eine ausländische Gesellschaft gegründet, statt hier im Land als Einzelunternehmer in der Verantwortung zu stehen.

Das kann ihm jetzt zum Verhängnis werden. Anstand wird nicht immer belohnt.

Auf dem Rückweg, auf genauso einsamen Feld- und Waldwegen wie der Hinweg, fasste er den Entschluss, sich in fachmännische ärztliche Hilfe zu begeben. Seit der Tumoroperation in recht jungen Jahren war er zuweilen schon am Rande einer Depression, die er immer durch Angenehmes zu unterdrücken wusste.
Ein klassisches Cabriolet erfüllte hier voll und ganz seinen Zweck. Eine Fahrt mit offenem Verdeck führte immer zu positiver Laune, und ließ die Nachbarn neidisch blicken.

VIII

Die Hausärztin hatte Doktor von Kadenbeerg an eine Psychiaterin verwiesen. Der erste Termin war schon recht interessant und amüsant. Diese Kopfschrumpfer und Couchdiagnostiker sind eine Spezies für sich. Die empfohlene Doktor Katharina Weißengraiser machte da keine Ausnahme beziehungsweise war die Ausnahme in die andere Richtung aus Sicht des normal denkenden Menschen oder zumindest aus der Sicht eines Menschen der sich für normal denkend hielt.

Die Praxis war in einer kleinen Villa mit einer großen, romantischen Birke vor der Tür.

Nach dem Klingeln öffnete sich die erste Tür automatisch Und von Kadenbeerg betrat einen kleinen Gang. Die zweite Tür wurde von der Ärztin geöffnet, nachdem sich die erste Tür geschlossen hatte.

Eine kleine Blondin in langer und ebenso weiter Lederhose und feinem, weißem Rüschchenblüschen sowie den passenden Raulederpumps. Das einzige, was einer geschmacklichen Verirrung gleich kam, war der schwarze BH unter der weißen Bluse.

>Nehmen Sie im Wartezimmer Platz, ich habe noch einen Patienten im Sprechzimmer. <

Das Wartezimmer war mit netten antiquarischen Möbeln ausgestattet und die Zeitungen darin waren fast genauso antiquarisch, wie Haus und Möbel. Feststellbar war ein Hang zur Astrologie, denn die entsprechenden Zeitschriften und Bücher lagen überall verstreut.
Von Kadenbeerg fasste natürlich keine der Zeitungen an. So hygienisch erschien ihm das Wartezimmer nicht

und er hatte ja nun das Prinzip, generell in Wartezimmern nichts anzufassen, nach Möglichkeit noch nicht einmal die Türklinke.

Grund dafür war sein Hygienefimmel. Auch behandlungsbedürftig, wie er sich schmunzelnd dachte.

Nach ungefähr einer Viertelstunde kam die Doktorin.
>Entschuldigung, aber ich hatte noch einen sitzen. <
<Sie meinen hoffentlich den Patienten! <
>Aber sicher doch.<

Gemeinsam betraten sie das Sprechzimmer.

Von Kadenbeerg nahm auf dem Stuhl vor dem Schreibtisch Platz, möglichst ohne dessen Lehnen zu berühren. Er saß so aufrecht, als habe er einen Besenstiel verschluckt.

Dr. Weißengraiser goss sich eine exorbitante Tasse schwarzen Kaffees ein. Dem Patienten wurde keine Tasse angeboten. Nicht dass er eine hätte haben wollen, er hätte ohnehin nicht aus einer der möglicherweise angebotenen Tassen trinken können.
Aber ein Akt der Höflichkeit wäre das Anbieten gewesen.

Von Kadenbeerg berichtete auf Anfrage zunächst aus seiner Jugendzeit, dem Verhältnis zu den Eltern, der bisherigen beruflichen Karriere, seinem Verhältnis zu dies und das und die Psychiaterin hörte zu oder tat zumindest so.

>Aha, noch einer, der immer nur gemusst hat< war der Kommentar am Ende der ersten Sitzung, gepaart mit einem debilen Grinsen.

>Ich schlage vor, wir machen zunächst zwei Sitzungen wöchentlich und schauen dann, wie es läuft. <

Typisch amerikanisches System der Gewinnmaximierung.

>Hach, ich muss hier raus! Sie sind heute Gott sei Dank mein letzter Patient. Ich muss hier raus, ich halte das hier nicht mehr aus. Früher hatte ich ja noch gesetzlich versicherte Patienten, heute mache ich nur noch Private. Och ich muss hier raus! <

Was eine Lamorianz, dachte von Kadenbeerg und war wieder viel zu höflich erzogen, um das zu beanstanden. Normalerweise sollte man brüllen, „dann geh doch" um sich nicht auch noch mit den Problemen anderer Leute, sprich der Doktorin, befassen zu müssen.

>Wer therapiert jetzt hier wen? < so die Frage des Herrn von Kadenbeerg. Es entlockte der Psychiaterin nur ein Schmunzeln, aber sie hatte wohl verstanden, dass er sich von ihr Hilfe erhoffte und nicht zur Lösung der anstehenden Praxis- oder Finanzamtsprobleme beitragen wollte, nur weil er sich aufgrund seiner beruflichen Ausbildung und Erfahrung dazu eignen mochte.

Der weitere Verlauf der Sitzungen war ähnlich. Im Rahmen seiner Erzählungen der jeweiligen Situationen und Sorgen erarbeitete von Kadenbeerg sich selbst mögliche Lösungsmöglichkeiten, die er dann aber auch befolgte und versuchte, in die Tat umzusetzen.

Dennoch war seine Situation durch den Besuch des Gerichtsvollziehers so belastend, dass sich in ihm zuweilen der Wunsch nach einem Freitod regte. Genau das war der Grund, warum er sich in diese freiwillige Behandlung begab.

In seinen Kindertagen gab es eine Werbung für einen Weichspüler. Eine sorgende Mutter rätselte über das Verhalten ihrer Kinder und dabei trat ihr Gewissen neben sie und fragte, ob sie denn auch den richtigen Weichspüler genommen habe.

Das Gewissen gab dann natürlich auch die Lösung.

Genau das spiegelte die geistige Situation des Doktor von Kadenbeerg wieder. Ebenso, wie die fiktiven Dialoge zu den Menschen, die ihm begegneten oder deren Unterhaltung untereinander in den jeweiligen Dialekten.

In der Vergangenheit, gerade kurz vor der Tumoroperation, hatte er sich schon mit dem Thema des freiwilligen Ausscheidens aus dem Leben ausführlich auseinander gesetzt. Gerade im Hinblick auf ein Siechtum, bedingt durch die Erkrankung mit einem überdimensionalen Gehirntumor, war ihm klar geworden, dass er sich dann lieber einer Sterbeagentur anvertrauen würde oder aber freiwillig mit entsprechendem Hilfsmittel aus dem Leben scheiden wolle.

Sterben kann nicht so schlimm sein, wie ein Leidensweg mit Schmerzen sowie körperlichem und geistigen Verfall oder gar einer Bewegungsunfähigkeit, gerade weil ihm bei der Erstdiagnose eine solche Möglichkeit durch den Radiologen eröffnet wurde.

Er hatte diese Überlegungen rein sachlich und emotionslos angestellt. Die Psychiaterin teilte dieses jedoch nicht.

Die Gespräche in den folgenden Terminen waren mehr und mehr von einem Überengagement geprägt, das eine generelle oder alltägliche Suizidgefahr unterstellte, die von Kadenbeerg so nicht sah. Für ihn war immer noch das Ereignis maßgebend, das eine solche Überlegung auslöste, nicht der generelle Wunsch, aus dem Leben zu scheiden.

>Dabei ist es immer eine Frage, wie belastend ein Ereignis vom Individuum empfunden und welche Aussichtslosigkeit dann damit in Verbindung gebracht wird. So sehe ich das für mich. Ich sehe mich nicht generell suizidgefährdet. Ich halte das auch für eine Frage der Bildung und des Respekts vor dem Leben und der Schöpfung, denn auch Glaubensfragen spielen hierbei eine Rolle. Ein Mensch, der noch Vertrauen in das Werk des liebenden Gottes hat, so wie ihn die Bibel beschreibt, wird an einen Suizid keinen Gedanken verschwenden. Je nach Religionszugehörigkeit sieht er hier entweder Aufgaben oder Prüfungen, die ihm Gott auferlegt hat. Andere sehen in den Schicksalsschlägen das Wirken Satans, das den einzelnen Menschen getroffen hat. Wieder andere suchen ihr Heil nicht in der Bibel, sondern in der Astrologie und richten ihr Leben nach den Sternen und den damit verbundenen mundanen Ereignissen, die prophezeit sind.

Maßgebend ist auch, dass ich bisher ein sehr gutes Leben hatte und nein, dem Einwand, dass ein Gehirntumor und eine Sepsis die Bezeichnung „gut" in Frage stellen, stimme ich nicht zu. Ich entnehme das ihrem erhobenen Zeigefinger und dem von mir hier jetzt nicht zugelassenen Wunsch, meinen Ausführungen zu widersprechen.

Sehen Sie, als Mensch mit einem guten Leben, der nichts für das Alter oder später aufgeschoben, sondern seine Wünsche, die ich für bescheiden halte, sich immer dann erfüllt hat, wenn dies möglich war, hat man nicht die Hoffnung, dass noch etwas Besseres kommt. Man ist zufrieden. Das Leben ist für einen rund. Man klammert sich nicht an die Hoffnung, etwas verpasst zu haben. Einem zufriedenen Menschen fällt es aus meiner Sicht leichter, nicht allzu sehr am Leben zu hängen, sondern dieses auch loslassen zu können.

Sich damit für bestimmte Situationen eines menschlichen Lebens auseinanderzusetzen halte ich für einen einigermaßen intelligenten Menschen für durchaus legitim, ja sogar für vernünftig. Wir Menschen sind alleine nur deswegen auf dieser Welt, um am Ende unseres Lebens zu sterben. Wir entscheiden doch lediglich wie und nehmen den Zeitpunkt etwas vorweg, auch wenn das unter religiösen Gesichtspunkten eine Todsünde ist. <

Hier musste von Kadenbeerg dann doch einmal grinsen. Im Zusammenhang mit dem kleinen Referat über den Freitod dann auch noch von einer Todsünde zu sprechen, war nicht nur ein nettes Wortspiel, sondern führte auch zur Sprachlosigkeit Dr. Weißengraisers.

Dr. von Kadenbeerg wurden die Versteigerungsankündigungen für sein gesamtes inländisches privates Immobilienvermögen zugestellt. Er ließ dieses durch seine Anwälte kurz prüfen, sah aber zunächst keine Chance, das zu verhindern. Jedenfalls so lange die Klage beim Verwaltungsgericht nicht zu einer Erstattung der zurück behaltenen Pensionsbeträge führte, wie es ihm sein Anwalt aufgrund des Urteils versichert hatte.

Allerdings waren vorher noch entsprechende Gutachten zu erstellen.

Er ließ es also zunächst geschehen.

Zwischenzeitlich kam dann auch wieder der geliebte Gerichtsvollzieher. Dieses Mal in langen Hosen. Das Hemd war allerdings wieder abscheulich und keinesfalls von der Art, wie es einer Amtsperson geziemen würde.

>Ich komme, um Sie aufzufordern, die eidesstattliche Versicherung abzugeben. Hier sind die Formulare, die Sie mir ausgefüllt zum festgesetzten Termin vorzulegen haben. Der Termin steht drauf, Sie kommen dann ins Amtsgericht in mein Büro. <

Von Kadenbeerg verspürte das Gefühl, die Hacken zusammen knallen zu müssen und Jawohl zu rufen. Aber diese Form deutschen Humors war diesem Herrn mit Sicherheit fremd und es war für die Zukunft sicher förderlich, auf jedwede Form von Spott und Ironie zu verzichten.

Dennoch erschien Widerspruch angezeigt.

>Bedauere, aber das beabsichtige ich nicht zu tun. Mir ist der Grund hierfür nicht klar, denn die Immobilien sind dinglich gesichert und ich habe zu viele Forderungen, deren Ausfall nicht bestätigt ist. Allein aus der Projektierung des Altenpflegeheimes steht mir ein Honorar gemäß der mir vorliegenden Verträge in Höhe von sechshundertdreißigtausend Euro zu - plus die Nachzahlung meiner Pension, die das Verwaltungsgericht zwischenzeitlich verfügt hat. Warum soll dieser Offenbarungseid erforderlich sein? Nur weil ich mich weigere, die überhöhte Forderung der Bank widerspruchslos hinzunehmen? Ich bin schon der Auffassung, bei Verstand zu sein. Verbunden mit einem gesunden Rechtsempfinden, so dass ich diesen Sachverhalt beurteilen kann und diesen so nicht hinnehmen werde. <

>Sie füllen das aus und kommen zu dem Termin, da fackel´ ich nicht lange, wa. <

>Ich darf Sie bitten, mein Haus zu verlassen. < war die knappe Antwort von Doktor von Kadenbeerg.

Er sah sich das Formular kurz an und stellte fest, dass die Fragen umfangreicher waren, als er sich diese vorgestellt hat.

Auffallend war die Frage, ob er Lebensmittelvorräte im Hause habe, die für einen Zeitraum von mehr als vierzehn Tagen ausreichend wären. Sind die noch ganz dicht? Bekommt er diese dann abgenommen, um sie dem Gericht oder sonst jemandem zur Verfügung zu stellen? Das erschien ihm alles nicht normal. Er legte die Formulare zur Seite und widmete sich der Post, die er aus dem Postfach der Postagentur geholt hatte.

Hier war ein weiterer Brief der Bank, der ihn im Zusammenhang der heutigen Ereignisse sehr interessierte.

Hierin war die Empfehlung enthalten, einen Makler mit der Verwertung seines Wohnhauses zu beauftragen und gleichzeitig wurde auch ein solcher empfohlen. Nicht die eigene Immobiliengesellschaft, nein, eine andere Gesellschaft aus der Stadt. A – Z Immobilien in der Kaiserallee, beste Lage in der Innenstadt.

Gleichzeitig war ein weiterer Brief in seiner Post, der ihm von den Anwälten der Bank in der Stadt zugesandt worden war. Diese erklärten ihr Mandat durch die Bank und empfahlen ebenfalls, das Haus doch über einen Makler zu vermarkten.

In Kenntnis seiner eigenen Situation hatte von Kadenbeerg aber schon einen Makler beauftragt und einen Exklusivvertrag unterzeichnet. Er wusste, dass das Haus wohl unter diesen Voraussetzungen nicht mehr zu halten war und wollte auch die Gelegenheit nutzen, sich von diesem Haus, das er, gebunden an die familiären Verträge, mittlerweile mehr als Last, anstatt als Wohltat empfand.

Seine Mutter lebte noch und hatte nach dem frühen Tod seines Vaters einen neuen Lebensgefährten. Das führte zu den klassischen Problemen, die zwar im Erbauseinandersetzungsvertrag klar ausgenommen waren, aber jetzt nicht mehr zählten. Sollte er seine Mutter jetzt auf Einhaltung des Vertrages verklagen? Welches Niveau wäre das denn? Jedenfalls nicht das seine.

Noch in diesen Gedanken versonnen fiel sein Blick auf die Briefbögen des Anwaltes und des empfohlenen Maklers A - Z Immobilien, Anwaltskanzlei Ambriage und Zyklianski.

A – Z und beides mit Anschrift Kaiserstraße. Er schaute sich die Briefbögen näher an und stellte fest, dass die beiden Anwälte Dr. Joseph Ambriage und Dr. Ladislav Zyklianski anscheinend die Ehemänner der beiden Gesellschafterinnen der Maklergesellschaft A-Z waren. Susanne Ambriage und Grethe Zyklianski residierten im gleichen Haus wie die Anwälte. Das konnte kein Zufall sein.

Rechtlich war das mit Sicherheit einwandfrei gestaltet, denn es waren ja zwei unterschiedliche Gesellschaften und Gesellschafter. Den Austausch gemeinsamer Interessen als Pillowtalk sah das deutsche Gesetz nicht vor und schloss es deshalb auch nicht aus.

Nach dem moralischen Verständnis des Doktor von Kadenbeerg war das nicht einwandfrei.

Er lehnte deshalb mit recht freundlichen Worten und unter Hinweis auf den bereits bestehenden Exklusivvertrag mit einem Makler seiner Wahl eine Beauftragung der empfohlenen Firma ab.

Diese Machenschaften auf der rechtlichen Ebene belasteten ihn sehr. Er glaubte an den Rechtstaat und an dessen Kernkompetenz, Auseinandersetzungen von zwei Parteien zu schlichten oder per Urteil korrekt zu regeln.

In Deutschland geschah dieses ja anhand von bestehenden Gesetzen und deren routinierter Anwendung in gleichgeschalteten Fällen durch gleichartige Rechtsprechung.

Das Individuum wurde dabei nicht berücksichtigt, vielmehr fand eine sachliche Einzelfallbetrachtung des Sachverhaltes statt. Dieses war die gebotene Rechtsanwendung seit der Auflösung der Radbruchschen Formel, die Gustav Radbruch, Justizminister des Deutschen Reiches, entwickelt hatte. Er vertrat die Auffassung, dass zuweilen der Richter im Konflikt zwischen Recht und Gerechtigkeit steht und unter bestimmten Umständen gegen das Gesetz entscheiden müsse, um Gerechtigkeit auszuüben. Im Falle der Verleugnung der Gerechtigkeit, so die These Gustav Radbruchs, entbehre das Gesetz überhaupt der Rechtsnatur.

Die Gleichheit der Anwendung macht den Kern der Gerechtigkeit aus.

Das war anders, als im anglikanischen Recht, wie zum Beispiel in den USA. Hier schreiben Richter mit den jeweiligen Urteilen immer an der Rechtsgeschichte des Landes mit. Diese Richter schaffen so mit den jeweiligen Urteilen ständig neue Präzedenzverfahren und binden sich nicht nur an Paragraphen. Hier erfolgt keine sture Anwendung des reinen Gesetzes, sondern auch die Berücksichtigung des jeweiligen Individuums auf Basis einer gewachsenen Rechtsprechung, die in die Argumentation und die Rechtsfindung mit einfließt.

Das würde sich Doktor von Kadenbeerg jetzt wünschen, denn die Einzelfallbetrachtung könnte sich dann auf seine Person beziehen und nicht auf die einzelnen Immobilien, die auch noch unabhängig voneinander gesehen werden.

Gustav Radbruch mag wohl in seinem Leben einige Probleme gehabt und gelöst haben, existentielle waren wohl nicht dabei.

Trotz aller Sorgen bemühte sich von Kadenbeerg, seine Immobilien bei einer anderen Bank zu finanzieren, um aus diesem Schlamassel heraus zu kommen. Hinderlich war dabei natürlich der Schufaeintrag, den er anhand der Unterlagen und Streitigkeiten mit seiner Bank zu erklären versuchte.

Er war auf dem Rückweg von einem Finanzierungsberater und -vermittler in der Stadt.

Auch so ein Provisionshascher, der den Kunden gerne eine Finanzierung verkaufte, wenn der Kunde alle Unterlagen vorlegen konnte und eine entsprechende Bonität gegeben war.

Diese Unterlagen wurden dann bei einer Bank eingereicht und das Ergebnis dem Kunden mitgeteilt. Die Verkaufsprovision bezahlte natürlich der Kunde durch einen entsprechenden Aufschlag auf seine Finanzierung.

Aber welche Wahl hatte von Kadenbeerg? Er musste in dieser Notlage alle Register ziehen und jede Möglichkeit ausnutzen, die sich ergab. Er hatte keine große Wahl, wenn er mit einem blauen Auge davon kommen wollte.

Allerdings hatte er schon Bedenken inwieweit sich ein Engagement des Vermittlers überhaupt zeigen würde. Aufgrund des Schufaeintrages war das ja keine einfache Aufgabe für ihn, wie er das an sich so gewohnt war. Er müsste jetzt hart verhandeln, um erfolgreich zu sein.
Die Erfahrung aus seinen früheren Immobiliengeschäften zeigte, dass die Banken und vor allem deren karri-

erebewussten Mitarbeiter mit vasallischem Glauben an diese Institution behaftet waren und in der Regel solche Fälle nur mit verhaltenem Engagement bearbeiteten. Frei nach dem klassischen Bankenmerkmal: „Haste nix, dann biste nix!". Das was, wieso und warum war in der Regel vollkommen uninteressant. Risiko war nicht gewollt und Schufaeintrag bedeutete Risiko. Ein leichtes Spiel hatte also eine Bank mit ihren Kunden, wenn diese nicht folgten, wie es ihnen befohlen wurde. Von der Schufa wurden ja keine Hintergründe geprüft. Der Kunde musste sich gegen den Eintrag langwierig mit der Bank auseinander setzen und hatte selbst keine Chance, Meldungen für Einträge dort zu machen, denn Geschäftspartner der Schufa sind ausschließlich Kreditinstitute und finanzierende Unternehmen.

Ein ungerechtes, aber von vornherein zu Lasten des Bankkunden angelegtes Verfahren mit engen Grenzen, die sich in der Gesellschaft nicht wesentlich anders organisieren ließen.

Einen Eintrag gegen seinen Schuldner David Bilcker konnte von Kadenbeerg hier nicht erwirken, weil er nicht zu den Geschäftspartnern der Schufa gehörte und auch nach deren Regularien nie gehören würde.

Mit einer schlechten Schufa war es ihm noch nicht einmal möglich, einen Handyvertrag zu bekommen. – Was soll's, er kaufte seine Handys ohnehin und mit einer Prepaid Karte war das Telefonieren für ihn sowieso preisgünstiger.

Es war ein ausgesprochen sonniger Tag und von Kadenbeerg genoss die Fahrt zurück.

Er hatte sich für seinen Mercedes S entschieden und hatte das große Schiebedach weit geöffnet. Der Wagen war untypisch in silberblau und funkelte traumhaft in der Sonne. Damit war für ihn ein Wunsch in Erfüllung gegangen. Er leistete sich diesen Wagen aus einer umfangreichen Studie für ein zu errichtendes neurochirurgisches Klinikum in der Ukraine.

Ein wunderbarer Tag mit Hoffnung und Freude, den anscheinend nichts verderben konnte.

Er bog in den Kreisel vor seiner Heimatgemeinde ein, als ihm ein dunkelblauer Mercedes Sprinter vor sich auffiel. Der Fahrer hatte eine merkwürdige Fahrweise. An der Bushaltestelle fuhr er rechts ran. Von Kadenbeerg fuhr vorbei und wollte sich den Tag durch einen solchen Idioten, der jetzt hinter ihm war, nicht verderben lassen.

Er bog in seine Einfahrt ein und das Garagentor öffnete sich elektrisch.

Merkwürdig, der blaue Sprinter parkte direkt vor seiner Einfahrt. Egal, er wollte ohnehin mit den Hunden das um diese Zeit übliche Gassi machen, danach wird der Wagen schon wieder weg sein.

Als er aus der Garage kam, waren jede Menge merkwürdiger Leute in seiner Einfahrt versammelt. Ungepflegt in Kleidung, Auftreten und körperlicher Hygiene.

Jetzt keimte doch der Zorn in ihm hoch. Mit durchdringender Stimme war er noch zehn Häuser weiter zu hören:
>Können Sie mir erklären, was Sie hier suchen? <
Der Satz war noch nicht zu Ende gesprochen, als der Herr Gerichtsvollzieher sich in der Einfahrt aufbaute. Reginald Mohl in klassischem Waikiki–Hemd über hornhautumbrafarbener Jeans und pergamentfarbenen Tretern.

Wie eine elastische Binde mit Kindertrostpflaster.

>Herr von Kadenbeerg, ick vähafde Sie wejen Nichtab-
jabe der eidesstattlichen Versicherung.<
Allein der Dialekt brachte von Kadenbeerg schon in
Rage und die Verhaftung ließ ihn innerlich erbeben.
Aber er hatte gelernt, Contenance zu bewahren und
äußerlich war ihm nichts anzumerken.
>Für Sie heißt es bitte Doktor von Kadenbeerg, Herr
Molch und Sie gestatten, dass ich zunächst mit mei-
nem Anwalt telefoniere. <

Als er die Haustür aufschloss, drängte sich die ganze
Meute vor und hinter ihm ins Haus als gäbe es Frei-
bier. Er verbat sich das zwar, aber das war zwecklos,
wie er lautstark durch den Gerichtsvollzieher zu hören
bekam.
Er hatte in seiner Wut ausgesprochen böse Gedanken.
So müssen sich die Bürger des gescheiterten Arbeiter-
und Bauernstaates gefühlt haben, wenn die Stasi zu
Besuch kam.

Anscheinend ist das in einem Rechtstaat auch nicht
anders, wobei hier nur der Rechtsglaube die ausfüh-
rende Maßgabe ist oder besser sein sollte. Aber Recht
ist auch von den Personen abhängig, die mit Fach- und
Sachverstand die geltenden Gesetze neutral und
gleichmäßig anwenden sollen.

Ein weiterer Vergleich aus der Historie drängte sich
auf. Nur trugen diese Leute schwarze Ledermäntel. Sie
versuchten damals, gemeinsam mit dem österreichi-
schen Anstreicher, ein tausendjähriges Reich zu
schaffen, was ihnen bedingt gelungen ist. Seine Re-
gentschaft dauerte nur knapp zwölf Jahre, aber in
tausend Jahren wird man noch von dem Scheissdreck
reden, den dieser Irre angerichtet hat.

So wie sich die Hilfsmannschaft des Herrn Mohl im Haus verteilte, die Ausgänge blockierte und von Kadenbeerg auf Schritt und Tritt folgte, empfand dieser keinen Unterschied zu diesen Herren vergangener Zeiten.

Ausgerechnet er, der mit seiner liberalen Erziehung und Gesinnung immer für die Demokratie und die Freiheit des einzelnen eingetreten war.

Sein Anwalt riet ihm, die eidesstattliche Versicherung abzugeben und von Kadenbeerg griff sich einen Stift und füllte die Formulare aus. Er schrieb in grün, wie sich das für Sachverständige und Firmenchefs gehört. >Ihre Uhr bitte. < >Wie bitte? < >Ihre Uhr, das ist eine Rolex. < >Wer sagt das? < Von Kadenbeerg gab widerwillig seine Armbanduhr in die speckigen Hände des Gerichtsvollziehers, der den Unterboden der Uhr anschaute und triumphierte: >Das ist nur ein Plagiat! <

Er gab die Uhr zurück. Von Kadenbeerg nahm sein Taschentuch und wischte die Uhr komplett ab, bevor er weiter die Formulare des Gerichtsvollziehers ausfüllte. So ein Schwachmatiker. Die Rolex war mehr als fünfundzwanzig Jahre alt. Zwischenzeitlich eine Antiquität und Sammlerstück und damals hatten die Uhren aus dem Hause Rolex die Registriernummer auf der Innenseite des Uhrendeckels und des Gehäuses. Die Uhr war original. Alles gesprochen, was das Erfüllen der Dienstaufgabe betrifft. Ein bisschen Ahnung sollte man schon haben. Es war nicht seine Aufgabe, den Sittich dahingehend aufzuklären. Zuweilen war es gut, im richtigen Moment zu schweigen. Aber wer wird schon Gerichtsvollzieher. Wieder verdrängten boshafte Gedanken die Aufmerksamkeit des Doktor von Kadenbeerg. Dieses Thema hatte er bereits mehrfach durchdacht und fand dann doch wieder zu seiner Konzentration zurück.

Er hatte ja alle seine Werte, die das umfangreiche Formular abfragte, im Kopf. Ein gutes Zahlengedächtnis.
Er schrieb natürlich auch alle Forderungen in die eidesstattliche Versicherung und gab diese gemäß seiner schriftlichen Erklärung unter Vorbehalt ab.

>Dat gibt es nich. <, so der Gerichtsvollzieher.
>Bedauere, aber ich behalte mir hier eine Rücknahme vor und werde das prüfen lassen. Davon werden Sie mich nicht abhalten und jetzt habe ich Ihren Wunsch erfüllt und darf Sie bitten auf der Stelle mein Haus zu verlassen. Noch ist es mein Haus und jetzt raus! <

Doch ein bisschen die Contenance verloren. Schadet nichts.

Von seinem Vater war von Kadenbeerg ja sprachlich sehr diplomatisch erzogen worden. So nach dem Motto „wenn Sie jetzt das und das tun, würde ich das sehr bedauern", als Hinweis für den Gegenüber, dass einem eine geplante Handlung auf das äußerste missfällt und Konsequenzen der negativen Art drohen. Aber wer versteht das heute noch? Sagen sie das zu jemandem, denkt der Gegenüber „mir doch egal, wenn der das bedauert". Allgemein verständlicher im einundzwanzigsten Jahrhundert ist eher die Formulierung „wenn du das jetzt machst, dann gibt's aufs Maul". Das führt erfahrungsgemäß zu der Haltung „Regen Sie sich doch nicht auf, alles in Ordnung, wir machen das ja nicht."
So auch hier. Die absolut deutliche Ansage führte dazu, dass die Bagage sekundenschnell aus dem Haus war und zwei Beamte sich auch noch anständig verabschiedeten.

Von Kadenbeerg lüftete die Räume durch, um den Geruch von Gasthaus, ungewaschenen Haaren und Schweißfüßen, für ihn der Geruch des Widerwärtigen, aus dem Haus zu bekommen.

Er nahm ein paar Beruhigungstropfen mit einem Schluck Sekt, anschließend seine Hunde und wanderte wieder einmal zum alten jüdischen Friedhof weit oben in den Weinbergen am Wald.

Jetzt war der schöne Tag doch noch versaut worden.

Das Problem war aber nicht die Erfüllung der rechtlichen Erfordernisse, die nun unumgänglich waren. Zugegebenermaßen war er ja auch so blöd gewesen und hatte den Termin vergessen, Welche Auswirkungen sollte die Abgabe der eidesstattlichen Versicherung noch haben, die Schufa war doch ohnehin schon schlecht. Kommt´s doch darauf auch nicht mehr an. Wie idiotisch war er eigentlich. Das war jetzt überflüssig und er nicht ganz unschuldig daran, dank der Vergesslichkeit und des fehlenden Eintrages in seinem Timer mit „to do Liste", was er selbst verbockt hat.

Genau genommen ärgerte ihn ja nur, dass er wieder einmal "musste", so wie es seine Psychiaterin schon diagnostiziert hatte. Der Zwang und die Macht, die andere über ihn hatten störten ihn mehr als alles andere.
Er hatte das Bedürfnis, laut zu schreien, aber bei seinem Glück kommt dann gerade jemand um die Ecke der ihn gut kennt.

Ein Scheißtag durch eigene Dummheit.

Diese eidesstattliche Versicherung wurde dann durch die Justiz in den einschlägigen Mitteilungsblättern veröffentlicht. Allerdings nur, dass ein Doktor Jonathan Sibelius Constantin von Kadenbeerg die eidesstattliche Versicherung abgelegt hatte. Nicht veröffentlicht wurde, dass die Forderungen in Beitreibung die Verbindlichkeiten bei weitem überstiegen und nur ein Liquiditätsengpass vorlag. Das wurde schlichtweg verschwiegen.

Von nun an konnte von Kadenbeerg noch nicht einmal mehr Socken im Internet bestellen. Nicht, dass er das gebraucht oder gewollt hätte, aber die Möglichkeit dazu wurde ihm ungerechtfertigt genommen.

Von der Veröffentlichung erfuhr er durch Zufall. Freund Holger gab ihm in einem Nebensatz spöttisch zur Kenntnis, welche Probleme von Kadenbeerg mit seiner Bank hatte. Er war Buchhalter bei einer Wohnungsbaugesellschaft, mäßig erfolgreich und hatte schon als junger Mann in der Spielbank sein Vermögen verspielt und sich durch seine Spielsucht auch noch verschuldet. „Dann warst Du es doch, der die eidesstattliche Versicherung abgegeben hat.", so seine Ansage in einem zufälligen Gespräch bei einem Rundgang mit den Hunden. Danach begann er herzhaft, fast schadenfroh, zu lachen und ein Ende des Gelächters war nicht in Sicht. Von Kadenbeerg konnte die Menschen nicht ändern, die um ihn herum waren, aber er konnte ändern, wer um ihn herum war und entfernte sich still. Diese Stille sollte eine lange Weile vorhalten.

X

Die Tage gingen so dahin und Doktor von Kadenbeerg rechnete täglich mit dem schlimmsten. Der
Gang zum Briefkasten oder zum Postfach war jedes
Mal ein Gang nach Canossa. Noch am Briefkasten oder
vor dem Postfach stehend blätterte er immer seine
Post durch und prüfte die Absender und ob auch er der
Empfänger war. Immer öfter passierte es, dass er fal-
sche Post im Postfach hatte oder dass Briefe, auf die
er wartete, nicht ankamen. Das Postfach über ihm
gehörte einem Kulturverein. Wie schnell war die Post
im Falschen Postfach gelandet.

Auch heute war wieder so ein Tag der gemischten
Gefühle und der Erwartung etwas unangenehmem.

Seelisch war der Wunsch nach dem Ende dieser Situation bestimmend, kräftezehrend, motivationsraubend.
Dennoch entwickelte von Kadenbeerg immer wieder
die Kraft, sich dem zur Wehr zu setzen und die erforderliche Resilienz um an dem ihm vom Leben so um-
fangreich gebotenen Problembereich nicht zu zerbre-
chen. Diese Gratwanderung zwischen Widerstand und
klarem Denken raubte jede Menge Energie, was ihn
teilweise am Schreibtisch in Gedanken versinken ließ,
die sich deutlich mit seiner Zukunft auseinandersetz-
ten. Was würde noch alles passieren? wo wird er lan-
den? Muss er eventuell zukünftig mit seinen Tieren
unter der Brücke leben? Diese Ängste brachten ihn
zuweilen an den Rand der Verzweiflung. Mit ein paar
Tropfen der Wundermedizin der Psychiaterin wurden
sie aber wieder in ihre Schranken verwiesen, so dass
das Denken innerhalb weniger Stunden frei von ihnen
war und sich an der Realität orientierte.

Hier war insbesondere die Erziehung, immer die
Contenance zu bewahren und sich nicht von Neben-

sächlichkeiten leiten zu lassen, ausgesprochen hilfreich.

Zwei Bekannte aus dem Tennisklub hatten sich aus gleichem Anlass bereits das Leben genommen. Erziehung und der eigene Anspruch an ein gradliniges, aufrechtes und korrektes Leben hat diesen beiden Herren den Entschluss freiwillig aus dem Leben zu scheiden gebracht. Beide waren Kunden der gleichen Bank wie von Kadenbeerg.

In einer freizeitorientierten Gesellschaft, war es nicht einfach, diese konservativen Werte zu verteidigen und auch aktiv zu leben. Gesellschaftlich war dieses, so die subjektive Ansicht des Doktor von Kadenbeerg, keine Vorbildhaltung mehr, sondern eher als Querulantentum bewertet.

Wieder einmal war er recht unbeschwingt auf dem Weg zum Briefkasten, bevor er dann zum Postfach gehen wollte.

Und im Briefkasten war wieder einer der netten dunkelgelben Umschläge, die die Beschlüsse des Gerichtes dem jeweiligen Delinquenten mitteilten. Er steckte diesen Umschlag diskret ein, damit die Nachbarn nicht gleich alles mitbekamen, denn in seiner Straße gab es keinen Spatz der ungesehen dieselbe hinunter fliegen konnte. Immer gab es irgendwen, der hinter feinen Stores lauerte, um Erkenntnisse für Klatsch und Tratsch zu erlangen.

Er ging aufgeregt in sein Büro und öffnete den Brief. In einem Beschluss teilte das Amtsgericht mit, dass auf Wunsch der Banken der Rechtsanwalt Friedrich Liebergaad als Zwangsverwalter bestellt wurde und zukünftig keine eigenen Entscheidungen mehr getroffen werden können, ohne den Anwalt um Zustimmung zu bitten.

Das war für von Kadenbeerg die Entmündigung. Abhängig zu sein, fragen zu müssen, nicht frei und schnell entscheiden zu können war ihm als Kind schon ein Greul.

Er näherte sich damit gerade dem nächsten Tiefpunkt seines Lebens. Die Konzentration für die heutige Arbeit hatte sich gerade verabschiedet und er verspürte ein leichtes Zittern in den Extremitäten. Per Fax reichte er den Brief sofort mit einem handschriftlichen Vermerk neben dem Eingangsstempel an seinen Anwalt weiter. Einfach nur zur Kenntnis, denn es besteht das Recht der Bank, eben das zu verlangen und bei Amtsgericht zu beantragen.

In einem weiteren Brief, der ebenfalls im Briefkasten lag, hatte sich der Zwangsverwalter bereits zum Besuch angekündigt. Verletzend, dass man als Delinquent als letzter von diesen Maßnahmen erfährt, denn der Zwangsverwalter muss ja deutlich früher von der Entscheidung des Amtsgericht Kenntnis erlangt haben, sonst wäre es unmöglich gewesen, die beiden Briefe gleichzeitig zuzustellen.

Er notierte den Wunschtermin des Zwangsverwalters, der bereits am übernächsten Morgen sein sollte und bestätigte diesen kurz der Kanzlei per Telefax.
Es war gegen elf Uhr am Morgen und genug der schlechten Nachrichten. Er musste jetzt ein wenig entspannen, um nicht vollends verrückt zu werden.
Die Hunde mussten wieder einmal dran glauben, ein längerer Spaziergang war angesagt.

Der Tag des Besuches des Zwangsverwalters war da und ein kleiner leasingsilberner BMW fuhr vor. Sehr dynamisch stieg ein junger Mann aus diesem Wagen aus, zu dem der Vorname Friedrich so überhaupt nicht passen wollte.

Aber das Liebergaad schien auf eine sehr nordische Herkunft der Familie hinzuweisen. Und dann erst die vornehme Blässe dieses kleinen dürren Mannes. Das ließ auf nichts Gutes schließen. Einer der Juristen die nur über den Büchern hocken und überlegen, wie sie die Gegenpartei aufs Glatteis führen können, um siegreich zu sein.

Das Lauern hinter dem Vorhang hatte dann doch etwas für sich. Er konnte sich auf das was in den nächsten Minuten folgen würde vorbereiten.

Es klingelte. Die Hunde bellten dieses Mal außerordentlich laut und verhielten sich nervös und aufgeregt. Ungewohnt. Er öffnete die Tür und der Homunkulus betrat die Szene. Mit prüfendem Blick schaute er sich im Treppenhaus um und bat dann um die Besichtigung des Hauses, für das er zuständig war.

Von Kadenbeerg führte ihn wohl oder übel durch die Räume.

Liebergaad richtete sein Augenmerk aber mehr auf die Antiquitäten statt auf die Räumlichkeiten.

Im Erdgeschoss war eine gesonderte Wohnung noch mit einem Wohnungsrecht für die Mutter des Doktor von Kadenbeerg belegt. Das wusste der Zwangsverwalter auch schon und hatte alle entsprechenden Unterlagen in einer Kladde zusammengefasst. Das wird kein Zuckerschlecken mit diesem kleinen Rechtsverdreher.

Was er wohl plant? Von Kadenbeergs Mutter hatte nach dem Tod seines Vaters einen neuen Lebensgefährten und die Wohnung diente mehr als Möbellager, denn die beiden waren häufig auf Reisen. Für von Kadenbeerg erträglich, denn es war auch hier wie in allen Familien. Söhne betrachten die Lebensgefährten Ihrer Mütter mit großem Argwohn und können schwer vom Vater ablassen. Insbesondere im Elternhaus, wenn diese Konstellation von der Familie im Wege der vorweggenommenen Erbfolge so gestaltet wurde.

Von Kadenbeerg beendete den Termin so schnell als möglich und vor allem ohne unhöflich zu wirken.

Schrittweise geleitete er den Herrn Zwangsverwalter während des Gespräches zur Haustür. Einige Sprachfetzen des Monologs des Herrn, wie hieß er jetzt noch gleich, drangen an sein Ohr.

>Es ist uns selbstverständlich als führende Kanzlei auf diesem Gebiet klar, dass Leute dieser Region, die sich uns unterwerfen müssen, durch besondere Umstände und meist durch Dritte in diese Situation geraten sind ….<
Von Kadenbeerg schaltete ab, denn dieses, wie der Bayer zu sagen pflegt, „Anwanzen" verhieß nichts Gutes. Diese Leute sülzten daher, um nachher kontra zu machen und dem Delinquenten mehr als zu schaden.

„Unterwerfen", als würde sich von Kadenbeerg unterwerfen. Er lebte gerade heraus nach dem Motto „ich verbeuge mich selten und unterwerfe mich nie."
Bis er sich unterwirft, fließt eher das Wasser im großen Fluss den Berg hinauf.

Demut hatte von Kadenbeerg nur vor seinem Schöpfer.

Und nur vor dem, denn nach von Kadenbeergs Auffassung war gegen das Prinzip eines Gottesglaubens nicht das mindeste einzuwenden, wozu dazu aber eine Kirchenzugehörigkeit erforderlich war, erschloss sich diesem Freigeist eher nicht.

Die geschichtlichen Ereignisse der Glaubenskriege und das Segnen von Kanonen hatte bereits in jungen Jahren im Schulunterricht sein Unverständnis geweckt. Wenn es nur einen liebenden Gott gibt und jede Nation ihre Kanonen segnet um die andere Nation zu besiegen und Menschenleben zu vernichten, wo bleibt da die Liebe, die Nächstenliebe und wo der liebende Gott?

Sicher kannte er auch die These, dass Satan, der auf die Erde geschleudert wurde, diese negativen Ereignisse bewirke.

Aber was nutze ihm das. Andauernd standen „Satanchen" vor seiner Tür und wollten das, was er nicht hergeben wollte, trampelten auf seiner Ehre herum und behandelten ihn wie einen Pennäler.

Das schien dieser Gesellschaft zu Eigen, nur auf dem herum zu trampeln, der bereits am Boden liegt. Bei anderen, stärker erscheinenden, hat diese Gesellschaft mehr das Symptom „Schiss in de Büx".

Tage später erwies sich dieser Verdacht gegen den Zwangsverwalter als bestätigt. Er forderte die mit im Haus lebende Franziska Gräfin von Kadenbeerg auf, die Wohnung zu räumen oder aber einen entsprechenden Mietzins zu bezahlen. Trotz des Wohnungsrechtes – da lief etwas nicht in der Norm.

Es fand eine Sühneverhandlung im kleinen Amtsgericht statt, an der von Kadenbeerg im Auftrag mit Vollmacht seiner Mutter teilnahm.
Jedes Angebot, das von Kadenbeerg machte, wurde vom Zwangsverwalter immer mit einem „nein" belegt und abgelehnt.

Da war sie, die Bestätigung der Vermutung, dass mit diesem Mann Ungemach drohe. Wieder mal ein Satanchen.

Die Verhandlung wurde als gescheitert erklärt und von Kadenbeerg ging innerlich wutentbrannt nach Hause.

Es dauerte nicht lange und durch das kleine Amtsgericht wurde ein Räumungsbefehl ausgestellt und die Zwangsräumung angedroht.

Selbstverständlich hatte Doktor von Kadenbeerg gegen diesen Räumungsbefehl Widerspruch eingelegt, der innerhalb weniger Tage abgewiesen wurde und dann im Weiteren durch den Rechtsbehelf der sofortigen Beschwerde beim Landgericht verfolgt werden musste.

Als Begründung führte er die Besonderheit an, dass seine Hausbank nachrangig nach dem Wohnungsrecht dinglich im Grundbuch gesichert war. Dieses Kuriosum war bei der Finanzierungsverhandlung mit der Hausbank entstanden. Als der zuständige Bearbeiter Matthias Losch fragte, in welcher Rangstellung die vereinbarte Finanzierung gesichert werden solle, antworte von Kadenbeerg frech mit „nach dem Wohnungsrecht" und Losch war einverstanden. Damit blieb die erste Rangstelle unbesetzt.

Nachdem der Architekt während der Bauphase bemerkte, dass seine Kalkulation auf Nettobeträgen

basierte und er die Umsatzsteuer in die Herstellungs-
kosten des Umbaus nicht aufgenommen hatte, musste
über die erste Rangstelle eine Nachfinanzierung mit
einer anderen Bank abgeschlossen werden. Die Hausbank legte damals nämlich ein ausgesprochen unat-
traktives Angebot vor. Insofern war die Hausbank zwar
nie in der ersten Rangstelle, hatte sich jetzt aber mit
der Bank in der ersten Rangstellung verbündet, die ja
dann dem Verfahren beitreten musste, um die Repressalien in aller Ruhe ausüben zu können.

Bisher war von Kadenbeerg mit dieser Lösung zufrieden und fühlte sich sicher. Aber zu gescheit ist
manchmal besonders blöd und kommt dann auch so.

Gegen die Ablehnung der Rechtspflegerin des kleinen
Amtsgerichtes wurde beim Landgericht sofortige Beschwerde eingelegt. Damit konnte man vielleicht wenigstens etwas Zeit gewinnen, denn Franziska von
Kadenbeerg hatte, aufgrund der vorausschauenden
Bitte Ihres Sohnes eine andere Wohnung in einer historischen Mühle, die zum nächsten Ersten bezogen
werden konnte.

Das Landgericht entschied allerdings nicht. Beide
warteten auf die Aussetzung oder Aufhebung der Verfügung, denn der Räumungstag lag zwei Tage vor dem
Anfangsdatum des geschlossenen Mietvertrages. Die
telefonische Erinnerung brachte hier auch keinen Be-
arbeitungserfolg. Auch Landgerichte schienen überlas-
tet.

Am gegebenen Termin stand der Gerichtsvollzieher
mit einem Möbelwagen und entsprechenden Packern
vor der Tür und warf die Gräfin buchstäblich auf die
Straße.

Glücklicherweise hatte Sie die Möglichkeit, die entsprechenden Tage im Chalet ihres neuen Lebensgefährten zu verbringen, um nicht obdachlos zu sein.

Gerichtsvollzieher und ein Vertreter des Anwaltes, ein Hausmeister namens Tamm, thronten bei der Räumung auf dem Sofa im Wohnzimmer und spielten Aufsicht. Der eine in seiner bunten Garderobe, der andere in Arbeitshosen a la Bundeswehr und fettigen Haaren, dass es einem ekelte. Dazu noch eine Erkrankung der Haut, die anscheinend unbehandelt war und auch nicht gerade zu einem ästhetischen Wohlbefinden durch die Präsenz des Herrn in dieser Situation führte.

Der Sittich und die Amsel.

Für von Kadenbeerg ein abstoßendes Bild.

Es gab dann eine Diskussion über die verbleibenden Möbel, denn die Küche war von ihm im Rahmen der Umbauarbeiten erneuert und vor allem das Haus zwischenzeitlich durch den beauftragten Makler notariell verkauft worden.

Umso irrsinniger und bürokratischer schien diese Zwangsmaßnahme zu sein.

Ein Mitarbeiter der Umzugsfirma mit sehr slawischem Dialekt forderte von Kadenbeerg, der recht versonnen im Flur der Wohnung stand, auf, diese zu verlassen.
>Wohnung wird durch Wohnbaugesellschaft versiegelt. <
>Welche Wohnungsbaugesellschaft? Noch gehört das Haus mir. <

Sicherheitshalber nahm er aber, in einem unbeobachteten Moment mit einem Griff die Wohnungsabschlusstür mit und stellte diese auf seinen Balkon. Ein neuer Anstrich mit Lack konnte ohnehin nichts schaden.

Er zog sich mehr als nachdenklich in seine Wohnung zurück.

Das alles erschien ihm ungerecht und war einfach zu viel der Machtausübung des Kapitals. Vor allem unwirtschaftlich. Denn das Haus war ja zwischenzeitlich fast zum Gutachtenpreis mit notariellem Kaufvertrag verkauft.

Dieses Unverständnis machte ihn so kraftlos, dass er sich auf das Sofa legen musste. Er spürte seinen Herzschlag im Kopf und hatte das Gefühl jeden Moment aus dem Leben zu scheiden, so regte ihn diese Situation auf. Er hoffte sogar darauf, das Hoffen entwickelte sich regelrecht als Wunsch.

Stimmengewirr und Durcheinandergeschrei ließen ihn aufmerksam werden. Die Obrigkeit und das Kapital hatten entdeckt, dass die Tür fehlte. Volle zwei Stunden hatte das gedauert.

Es klingelte Sturm, denn seine Wohnung war ja durch den Beschluss nicht betroffen und insofern durfte diese auch nicht betreten werden.

Er ging und öffnete die Tür.

>Wo ist die Abschlusstür? < kläffte ihm der Gerichtsvollzieher entgegen.
>Komm, das macht doch niemand. <, schien es der Anwaltsvertreter besser zu wissen und versuchte den Gerichtsvollzieher zu beruhigen.
>Wo ist die Abschlusstür? < schrie der Gerichtsvollzieher mit hochrotem Kopf erneut.

>Schauen Sie Herr Mohl, es ist Ihre Dienstaufgabe bei der Zwangsräumung anwesend zu sein und alles zu beaufsichtigen. Sie saßen nur scherzend auf dem Sofa und waren nach einer Stunde der Anwesenheit von der Bildfläche verschwunden. Hätten Sie Ihrer Dienstaufgabe genüge getan, wüssten Sie, wo die Tür ist. Ferner mache ich wiederholt darauf aufmerksam, dass in dieser Wohnung Möbel und Waschmaschine von mir verbleiben und ich dafür Zugang erbitte, der mir nicht verwehrt werden darf. <

>Dat interessiert mich nich, wa. < Der Gerichtsvollzieher war sichtlich erregt und nicht in der Lage, die Contenance zu bewahren, wie sich das für eine Amtsperson gehören würde.

Von Kadenbeerg schloss die Tür. Das war ihm zu dumm. Eine halbe Stunde später stand die Polizei vor der Tür und fragte ihn nach einer solchen, eben nach dieser Tür, die auf seinem Balkon nach einem neuen Lackanstrich flehte.

Er erklärte die Situation und bestand erneut auf den Zugang.

Er wurde aufgefordert, die Tür der Erdgeschosswohnung herauszugeben. Andernfalls würde man einen Beschluss des Amtsgerichtes erwirken müssen.

>Bitte, wenn Sie mein Recht auf diesem Wege unterbinden wollen. <

Er gab den Zutritt zu seiner Wohnung nach einiger Überlegung frei und die beiden schmächtigen Polizisten trugen gemeinsam die Tür in das Erdgeschoss. Versiegelt wurde die Tür dann nicht.

Er hatte sein Ziel erreicht, denn der Schlüsselbund seines Vaters war in dessen Nachlass in seiner Wohnung und die Wohnung konnte ohne weiteres nicht vermietet werden.

Dieser Schelmenstreich wird dem Herrn Gerichtsvollzieher noch lange nachgehen, denn er konnte diesen nicht publizieren und sich beschweren ohne eigenes Dienstvergehen zuzugeben. Andererseits wussten zu viele Leute von dieser Aktion. Er musste also immer befürchten, dass dieses ein Selbstläufer würde und sich entsprechend durchschweigte.

Entweder hatte von Kadenbeerg sich jetzt einen Respekt erlümmelt oder es drohte seitens des Gerichtsvollziehers der große Gegenschlag.
Aber irgendwie war es eine kleine Erheiterung in all diesen Sorgen um seine Vermögenssphäre und Außenstände.

XI

Das Leben in diesen schweren Tagen wurde für Doktor von Kadenbeerg immer trauriger und er verfiel mehr und mehr in eine Depression. Auf der einen Seite die Außenstände in sechsstelliger Höhe mit den entsprechenden Verfahren der Beitreibung, Gerichtsverfahren an der Staatsgrenze mit entsprechend langer Anfahrt, auf der anderen Seite die Besuche des Gerichtsvollziehers und die Repressalien, die seiner Familie und ihm nicht nur fremd, ja bisher unvorstellbar waren. Er war zwar aufgrund der ihm zu teil gewordenen Erziehung nicht darauf ausgerichtet, sich je zu fragen, was die Nachbarn oder Mitmenschen zu seinem Handeln sagen würden, dennoch besaß er genügend Empathie, um es sich vorstellen zu können oder zu spüren, wenn er das Haus verließ.

Er hielt sich am liebsten verborgen auf seinem Grundstück auf, aber die Hunde wollten ja auch einmal in die Welt und Hunde fragen dann nicht nach den Befindlichkeiten am anderen Ende der Leine, sondern fordern ihr Recht ein.

Von Kadenbeerg war es zuwider, die wenigen Meter die Straße hinauf in die Weinberge zu gehen. Er fühlte sich auf diesem kurzen Stück Straße immer beobachtet. Er spürte regelrecht die Stiche der Augen in seinem Rücken, wenn er täglich viermal zu fast gleichen Zeiten die Straße hinauf und hinunter ging, um seinen Hunden etwas Gutes zu tun.

Wie überall gab es Nachbarn, die ihm mehr als gewogen waren, welche denen er gleichgültig war und solche die tagtäglich auf der Lauer lagen, um sich am allzeit üblichen Tratsch beteiligen zu können.

Das waren die stechendsten Augen, diese spürte er so deutlich, dass er dachte, die Leuchtstrahlen dieser Augen kämen an der Brust wieder heraus.

Oft nahm er auch einen seiner Wagen und fuhr mit den Hunden direkt an den Wald in der Hoffnung, keiner Menschenseele auf dem Spaziergang zu begegnen.

Die Sitzungen bei der Psychiaterin wurden häufiger und immer betrüblicher. Er berichtete bei jedem Besuch von den aktuellen Ereignissen und Gefühlen aufgrund der Maßnahmen der öffentlichen Hand. Allerdings fehlten ihm greifbare Lösungsvorschläge oder Ansatzpunkte dafür seitens der Therapeutin. Ihn interessierte insbesondere, welche Psyche bei seinen Gegnern zu den Entscheidungen führen kann, denn seines Erachtens basierten diese nicht immer nur aufgrund von Fakten und Verträgen und entsprechenden rechtlichen Abwägungen.
Ein großer Teil dieser Entscheidungen würde wohl aufgrund von emotionalen Interessen in den getroffenen Maßnahmen seinen Niederschlag finden, ja finden müssen. Je nach Corporate Identity mit dem Arbeitgeber, für den die jeweilige Entscheidung getroffen würde.

Stattdessen hörte er meistens von der Doktorin deren Doktrin:
>Ich muss hier raus.>
>Wenn Sie selbst so unter Ihrer Tätigkeit und unter den Problemen Ihrer Patienten leiden, warum schließen Sie die Praxis nicht und machen etwas anderes? <
>Ich weiß es auch nicht. <
>Warum tragen Sie heute eigentlich eine Strickmütze und auch noch über die Ohren. Wir haben über zwanzig Grad Celsius und strahlenden Sonnenschein. Frieren werden Sie doch wohl nicht. <
>Meine Haare sind verfilzt. <

>Wie bitte? Wie schafft Frau das denn? <

>Ist halt passiert und abschneiden will ich sie nicht. Ich habe übrigens dieser Tage mit Ihrem Anwalt telefoniert. <

>Wieso? Hat er Sie angerufen? Er weiß doch gar nicht, dass ich hier bei Ihnen in Behandlung bin? Das verwundert mich aber jetzt. Welche Wege schlagen Sie denn hier ein? <

>Ich habe verschiedene Erfahrungen in gleichen Sachverhalten mit anderen Patienten schon gemacht und weiß wo das hinführt. Ich helfe Ihnen da heraus, denn so belastet wie Sie derzeit sind und unter Wertung Ihrer Einstellung zum Freitod muss das Handeln der Justiz unterbunden werden. Ich habe den Eindruck, Ihr kleines Amtsgericht geht ein bisschen zu weit und vor allem zu Ihren Ungunsten. Nach meinem Urteil haben die Ereignisse und die Gnadenlosigkeit von Bank und Gericht Sie in eine schwere Depression versetzt. Sie brauchen Zeit, um sich zu erholen und zu entwickeln. Sie brauchen Zeit, um sich mit den bisherigen Geschehnissen auseinander zu setzen und Ihre Lösungswege zu finden. Das müssen Sie ohne Druck tun und das darf nicht in Ihrem Suizid enden. <

Das überraschte von Kadenbeerg außerordentlich. Es bewies doch, dass in all der Lamorianz der Doktorin um das eigene ich seine Belange doch bei ihr ankamen und registriert wurden. Erstaunt war er auch über das rationale Handeln der Psychiaterin zu einem Lösungsansatz, wohl ohne gravierend gegen die ärztliche Schweigepflicht zu verstoßen. Bei genauer und penibler Betrachtung des Sachverhaltes könnte ein Patient grundsätzlich darüber diskutieren, aber auch der Anwalt war ja eine Person seines Vertrauens und warum sollten diese beiden nicht in seinem Sinne an einem Strang ziehen, wenn ihm das nutzte.

Auf seiner Fahrt nach Hause machte sich eine Zufriedenheit breit, die ein klein wenig auch zur Entspannung beitrug, auch wenn das Verhalten der Ärztin schon etwas übergriffig und nicht ganz korrekt war.

Am nächsten Tag sprach er in einem weiteren Telefonat mit seinem Anwalt die jeweiligen Details an und nahm hier kein Blatt vor den Mund. Er sprach offen über seine Gefühle und seine Bedenken.

Der Anwalt bat ihn daraufhin, ein entsprechendes Testat erstellen zu lassen – so ausführlich als möglich.

Diesen Auftrag gab er an die Ärztin weiter. Sie versprach seine umgehende Erledigung, was natürlich wieder mehr als üblich auf sich warten ließ. Immer das gleiche. Die Hälfte seines Lebens wartet der Mensch total vergebens.

Er erinnerte sie mehrfach daran, nichts tat sich. Jetzt hatte er auch noch den eigenen Anwalt im Nacken, der ihn daran erinnerte und auf die Dringlichkeit verwies.
Das hatte jetzt noch gefehlt und war dem Seelenleben des Doktor von Kadenbeerg nun so gar nicht zuträglich.

Ein nicht von diesen Lebensumständen eingeholter Mensch kann sich den empfundenen seelischen Druck eines Betroffenen keinesfalls auch nur annähernd vorstellen oder nachempfinden.

In der nächsten Sitzung musste von Kadenbeerg wieder die Psychiaterin an das ausstehende Attest erinnern.
>Ich muss hier raus. <
>Oh Mann, jetzt hören Sie aber auf mit Ihrem ewigen Gejammer. Entweder Sie sind krank, dann gibt es keine Patiententermine mehr und die Praxis ist geschlossen. Oder Sie sind gesund und dann geht es ausschließlich um Ihre Patienten, die diese Chose hier

bezahlen. Ich kann meinen Anwalt auch nicht immer vertrösten. Wann jetzt definitiv?<

>Ich habe kein Sekretariat, dass das schreiben könnte. <

>Also ich muss jetzt auch Sekretärin spielen, wenn ich das haben will? <

>Besser wär´s. <

Ist das denn zu fassen? Er fuhr zornig und zugleich betrübt nach Hause.

Zornig, weil das Thema Sekretariat bisher noch nie zur Sprache kam und in seiner Firma noch eine Dame arbeitete, die mit einer Stenorette, einem etwas altmodischen Diktiergerät, wie es noch viele Ärzte haben, umgehen und vom Diktatband tippen konnte. Betrübt, weil er sich wieder einmal nicht für voll genommen fühlte. Das Ganze war für ihn die typische Beispielhaltung nach dem Motto, „lass den mal ruhig, da passiert nichts."

Er entschloss sich, sich mit seinem Wissen und seiner Erfahrung den Frust von der Seele zu schreiben. Also setzte er sich in der Nacht an sein Notebook und schrieb das Testat selbst.

Morgens um vier war er zufrieden und ging ins Bett.
Er überschlief sein Pamphlet und reichte es am Morgen selbstbewusst an die Ärztin per E-Mail weiter. Sicherheitshalber rief er in der Praxis an, um diese darauf aufmerksam zu machen, dass er glaubte, eine Basis geschaffen zu haben.

In der Sitzung am nächsten Tag erhielt er das Testat endlich auf dem Briefkopf der Ärztin mit der Originalunterschrift.

>Vielen Dank, ich hoffe meine Basis war eine Hilfe. <
>Ich vertraue Ihnen einfach mal, Sie werden das schon richtig gemacht haben. <

Das Staunen stand von Kadenbeerg im Gesicht geschrieben. Was hatte das zu bedeuten?

Während der etwas schwerfälligen Therapiestunde machte er sich allerdings keine weiteren Gedanken darüber.

Zuhause stellte er fest, dass keinerlei Änderungen an seinem Entwurf gemacht wurden.

Zum nächsten und übernächstem Termin wurde ihm die Tür der Praxis nicht mehr geöffnet, was ihn absolut an den Rand einer vollkommenen psychischen Krise brachte. Im Kontakt mit der Hausärztin durfte er dann erfahren, dass die Psychiaterin endlich den Weg nach draußen gefunden hatte. Frau Doktor war selbst in der Klapsmühle. Na Bravo, dem Dornfelder sei Dank!

XII

Das selbst genutzte Einfamilienhaus der Familie von Kadenbeerg, das er vor einigen Jahren kernsaniert hatte und zu diesem Zweck die Finanzierung benötigt hatte, stand schon einige Zeit zum Verkauf. Der Makler war an und für sich ein vertrauensvoller Mann, nur ein wenig mit dem Streben zu den oberen Zehntausend der Republik ohne jedoch die hierfür erforderlichen Manieren zu haben. Irgendwie hatte er viele Interessenten durch das Haus geführt, aber noch keinen notariellen Kaufvertrag zu Stande gebracht. Gut Ding will Weile haben, aber zu viel Weile würde von Kadenbeerg in mehr Schwierigkeiten mit der Bank manövrieren. Das gefiel ihm überhaupt nicht. Auch Nachbarn interessierten sich für sein Haus. Ausgerechnet der merkwürdige Part in seiner Nachbarschaft. Er hochrangiger Beamter, sie Hausfrau und lautstark. Also immer lautstark, wenn es um die Zurschaustellung der eigenen Leistung ging und wenn es möglich war, mit besonderen hausfraulichen Leistungen.

Die Kinder dieser Liaison: Supersportler! – Im Schach. Wahre Gehirnakrobaten. Wie pflegte Vater von Kadenbeerg zu seinen Lebzeiten immer zu sagen: „ Zu blöd um einen Eimer Wasser umzuwerfen, saufen ihn lieber aus.

Er erklärte dem Makler, dass diese Besichtigung nun nicht unbedingt sein müsse und erklärte die Situation mit der Neugier der Nachbarn. Der Makler versprach dieses zu vermeiden und führte die Besichtigung acht Tage später dann doch unter anderem Namen der Interessenten durch und verärgerte von Kadenbeerg damit außerordentlich. Contenance bewahren und durch die Situation hindurch. Genörgele an den Fenstern, am W-LAN usw. Der Sohn, einer dieser nachdenklichen Typen, die sich andauernd am Kinn kraulen, wenn sie ihre Weisheiten kundtun. Die Ehefrau des Sohnes mindestens zwanzig Jahre älter, zumindest sah sie so aus. Nach einer Stunde erst fand diese Besichtigung ein Ende und der Senior der Nachbarbagage brachte das Angebot für das Haus unter Hinweis auf die Zwangsversteigerung auf ein Mindestmaß. Von Kadenbeerg hätte ihm am liebsten eine reingehauen. Was die Contenance und die gute Erziehung allerdings verboten. Und warum sich auf diese Stufe hinunter begeben?

Ein paar Tage später rief eine weitere Interessentin an, kam aber über die private Schiene und wollte partout nicht mit dem Makler verhandeln. Miranda Söhler. Am Telefon machte sie einen recht flottforschen Eindruck. Aber Vorsicht. Gerade diese Flottforschen produzieren oftmals nur heiße Luft und keine Ergebnisse. Das zeigte die Lebens- und die Berufserfahrung des von Kadenbeergs.

Er nahm Rücksprache mit dem Makler, der von der Situation und seiner möglicherweise in Frage stehenden Provision nicht gerade erbaut war und fand dann dessen zerknirschte Zustimmung.

Mit der Interessentin wurde ein Termin vereinbart.

Am Termin knallte zunächst eine Autotür, dann flog das Gartentor auf und es klingelte Sturm. Es entstand der Eindruck, Knut Wuchtig käme zu Besuch, es war aber nur die feurige Miranda. Von Kadenbeerg hatte natürlich den Anstand, diesen Spitznamen nur für sich zu gebrauchen und nicht nach außen zu verwenden. Aber „feurige Miranda" passte. Schwarze lange Haare, blasses Gesicht, mit Rouge die Wangenknochen noch mehr betont, als dies die Natur ohnehin schon getan hatte. Lange schwarze Hose, Lackleder–Pumps, weiße

Bluse und Pailletten am gelb-roten Bolero, dazu ein Kamelhaarmantel.

Blitzende schwarze Augen taxierten ihn.

>Ich bin Miranda Söhler und das ist mein Lebensgefährte Dr. Peter Rösler, Assistent des Professors an der hiesigen privaten Hochschule. Guten Tag Herr von Kadenbeerg. Wir wollten uns gerne ihr Haus ansehen. Das Exposé und die Bilder im Internet sind ja sehr vielversprechend. <

Sie zwängte sich an von Kadenbeerg vorbei und begann mit der Besichtigung im Keller. Der „Lebensgefährliche" folgte wie ein Schoßhund und der Hausherr bildete schmunzelnd die Nachhut.

>Ein Keller halt. <

>Ja klar.<

Madame stakelte durch das ganze Haus und fand vieles „entzückend, traumhaft, geschmackvoll und nützlich.

Als ob diese rot lackierten spitzen Fingernägel schon einmal eine Tasse gespült hatten oder einen Wischlappen ausgewrungen. Diese Finger waren zwar zum Arbeiten da, die Arbeit bestand aber im Aufzeigen von Tätigkeiten, die andere zu erledigen hatten und die dann, emanzipatorisch von oben herab gewürdigt oder gerügt wurde. Wir sind ja wer.

>Dürfen wir nochmals mit unserem Architekten eine Besichtigung machen? Wir sind sehr interessiert. <

>Selbstverständlich. Rufen Sie mich wegen des endgültigen Termins an. <, so Doktor von Kadenbeerg in reservierter Form.

Letztendlich doch ein angenehmer Besichtigungstermin.

Nachdem sich beide verabschiedet hatten, suchte er die Pläne des Hauses aus der Akte, um diese dem Architekten geben zu können. Er sinnierte über das gerade Erlebte nach. Es war schon auffällig, dass der

Lebensgefährte so gar keinen Dialog zustande brachte. Aber die kleine zierliche Forsche war recht dominant. Sie wusste was sie wollte.

Der zweite Termin fand zwei Tage später mit dem Architekten statt, der das Haus für gut befand und für die Pläne dankbar war. Er wollte die Wünsche mit seiner Klientin ausarbeiten und besprechen.

Tatsächlich kam drei Tage später die Zusage über den Wunsch, das Haus anzukaufen. Gleichzeitig wurde ein Notares in der Landeshauptstadt vorgeschlagen, der mit der Ausarbeitung des Kaufvertrages beauftragt werden sollte.

Tatsächlich fand auch zehn Tage später das erste Gespräch mit dem Notar statt.

Die beiden Käufer, Miranda und Peterle, wie von Kadenbeerg die beiden im Geiste immer nannte, saßen recht verliebt und Händchen streichelnd im Wartezimmer des Notars. Auffallend war, sie streichelte seine Hand, nicht umgekehrt, wie es vielleicht zu erwarten gewesen wäre. Wir leben in einer emanzipatorischen Zeit und sind auf dem Weg ins Matriarchat.

Egal, es half ihm in seiner Situation und da konnte ihm der Rest egal sein.

Der Herr Notar kam in das Wartezimmer und bat in sein Büro. Recht nobel, alles in Kirschholz. Der grauhaarige Herr mit dem Walter Ulbricht Bart stellte verschiedene Fragen, wie der Ablauf denn sein sollte und von Kadenbeerg vertrat seine Position. Fand die Überheblichkeit als es auf das Zwangsversteigerungsverfahren kam allerdings fehl am Platze. Vom Notar wurde schmunzelnd die Frage nach den Umlagen gestellt. >Alles bezahlt? <

> Alle Abgaben, für die ich ordnungsgemäße Bescheide habe, wurden auch bezahlt. Bescheide, die an den Zwangsverwalter gerichtet waren und von denen ich keine Kenntnis habe, konnte ich mangels hellseherischer Fähigkeiten leider nicht zahlen. <

Der Notar blieb eine Antwort schuldig und die Überheblichkeit war aus seinem Antlitz gewichen. Von Kadenbeerg hatte beschlossen, sich nicht provozieren zu lassen und sich auf eine sachliche, neutrale Schiene zurück zu ziehen und bis auf weiteres auch keine Miene zu verziehen. Sollte der Notar doch von ihm denken, was er wollte. Sie würden sich ohnehin nicht mehr begegnen. Menschen, die sich über andere ein Bild vorgefertigt haben, sei es aufgrund von Halbwissen oder gar Gerüchten, sind selten in der ersten Begegnung davon abzubringen und lassen sich erst im Laufe von Folgejahren möglicherweise eines Besseren belehren.

Der Vertragsentwurf lag noch am gleichen Abend per E-Mail vor und von Kadenbeerg brachte einige kleine Änderungen und Korrekturen an, die er dem Sekretariat noch in der Nacht mitteilte.

Die Unterschriften unter den Notarvertrag erfolgten weitere zehn Tage später. Die Auflassungsvormerkung im Grundbuch war in fünf Tagen eingetragen, aber dann ging es nicht mehr weiter.

Die Bank wurde vom Notar angeschrieben und der Kaufpreis mitgeteilt, der ja nun gerade mal viertausend Euro unter dem im Gutachten testierten Wert lag und um deren Zustimmung gebeten.
Die Bank lehnte tatsächlich mit der Begründung ab, dass von Kadenbeerg überschuldet sei und durch die Aufteilung des Kaufpreises keine vollständige Deckung der abzulösenden Summe eintrete.

War das zu fassen. Bei korrekter Rechtsanwendung blieb noch ein Überschuss. Das war von Kadenbeerg mehr als unverständlich.

Noch am gleichen Abend setzte er sich mit spitzem Bleistift hin und rechnete die einzelnen Summen nach, wobei er sich in allen Einzelheiten an das aktuelle Urteil des Bundesgerichtshofes hielt. Dieses Urteil besagte klar, dass die Bank, im Falle der Kündigung von Krediten durch die Bank, eben keine Vorfälligkeitsentschädigung berechnen darf und ferner in diesem Falle auch nur Zweikommafünf Prozent über dem Diskontsatz als Zinsen. Sofort übermittelte er seine Berechnung dem Anwalt, um dieses nochmals mit der Bank zu erörtern.

Als Antwort kam nur ein lapidares Schreiben der Bank, dass das zu klären die Angelegenheit des Doktor von Kadenbeerg sei. Kein Bezug zur Berechnung oder zu deren Rechtsanwendung.

So ergaunert man Vermögenswerte. In der Region gab es bereits mehrere Beispiele, wie restriktiv die Bank gegen ihre Kunden vorging, selbst ein Suizid rührte diese nicht, wie die Erfahrung der Vergangenheit zeigte.

Und er war vor knapp einem Jahr so dumm und verlängerte die Kredite, statt eine andere Bank zu wählen, als sich Ärger abzeichnete.

XIII

Die Hausärztin betreute von Kadenbeerg nach bes-
ten Möglichkeiten und unterstützte ihn mit Naturheil-
mitteln, die seine Stimmung etwas aufhellten, aber
richtig glücklich war er nicht. Die Situation lastete so
auf seinen Schultern, dass diese seinen ganzen Tagesablauf belastete und ihn nur wenig zum Arbeiten
kommen ließ. Diese verfluchte Müdigkeit, die aus dieser nervlichen Belastung resultierte, machte es ihm
unmöglich, den ganzen Tag vollkommen präsent zu
sein. Immer häufiger musste er sich zwischendrin auf
das Sofa legen. Kaum in der Lage, die Augen offen zu
halten geschweige denn, sich zu konzentrieren. Schlafen um Entspannung zu gewinnen war allerdings auch
nicht möglich, denn das menschliche Gehirn schaltet
nicht auf Knopfdruck ab und so wurde er dann wieder
von seinen Problemen geplagt, sodass die Gedanken
sich ausschließlich um sie drehten. Ein Teufelskreis.

Der Anwalt präsentierte ihm in dieser Zeit ein Anschreiben des Gerichtes, dass er sich zu einer amtsärztlichen Untersuchung nicht eingefunden habe. Jetzt
auch noch wieder das Problem mit der Postzustellung.
Er hatte ein Postfach in der Postagentur im Ort und
einen Briefkasten am Haus, der meist mit Werbung
vollgestopft war. Er hatte schon die Mülltonne für Papier neben den Briefkasten gestellt. Würden die Unternehmen zu ihren Werbeblättern doch auch das Geld
legen, das benötigt wird, um die Artikel alle zu kaufen.
Er erklärte dem Anwalt die peinliche Situation und bat
um einen neuen Termin. Erstens nutzte es nichts, sich
dem zu widersetzen und zweitens wäre es dumm, dem
Gericht mögliche Informationen zur Abwicklung der
leidigen Angelegenheit mit den Immobilien vorzuent-
halten, statt sie zu einem anständigen Ende zu bringen.

Überpünktlich erschien er zu dem neu vereinbarten Untersuchungstermin in der Behörde.

>Haben Sie Ihren Personalausweis dabei? <
>Ja, selbstverständlich. < Von Kadenbeerg rührte sich nicht weiter, die Sekretärin schaute ihn erwartungsvoll an.
>Wollten Sie diesen auch sehen oder nur wissen, ob ich ihn dabei habe? < Er liebte diese Spielchen seit Kindertagen, denn von seinem Vater war er dazu erzogen, sich zum einen klar auszudrücken und zum anderen keine Füllwörter oder ähnliches zu verwenden.
>Ja ich muss mich ja überzeugen, dass Sie sie sind. < antwortete die junge Dame mit einem faszinierenden Lächeln.

Er wurde vorgeführt. Dem Amtsarzt, fachärztlicherseits auch ein Kopfschrumpfer bzw. Couchartist, sprich Psychiater. Es war deutlich zu sehen und anhand seiner Marotten auch deutlich zu bemerken. Warum kratzte der Mann sich andauernd an den Händen? Und dann dieser heimtückisch grinsende Gesichtsausdrück mit diesem Blick von unten herauf, als würde er über eine imaginäre Brille schielen.

Eine kicksige Stimme, ja fast ein entsetzliches Geschnarre forderte von Kadenbeerg, der besonders gerade und aufrecht frei im Raum stand, auf: >Nehmen Sie doch bitte Platz. <

Er schaute sich nach einer Sitzgelegenheit um. Schließlich entdeckte er einen hellen Eiche-Stuhl aus dem 50iger Jahren mit einem dunkelgrünen Kunstlederbezug, der arg durchgesessen erschien. Gott – und das bei seinem Hygienefimmel war der erste Gedanke beim Anblick des Sitzmöbels. Er nahm Platz. Recht ungelenk für einen Mann, der gerade noch aufrecht im Raume stand und einen zackigen Eindruck hinterlassen wollte. Er saß auf dem Schemel und bemühte sich, diesen nicht mehr als erforderlich zu berühren. Sein Blick war nach unten gerichtet, denn der Teppich war auch nicht gerade der sauberste und mit seinen Schuhen musste er ja wieder in sein Auto einsteigen. Den Behördendreck wollte er keinesfalls dort hineintragen.

Der Arzt setzte sich auf die andere Seite des Schreibtisches, der voll Wasserflecke war. Er tat das ohne eine Unterbrechung des Kratzens seiner Hände. Sollte sich mal untersuchen lassen, der Mann.

Er fragte mit seiner schnarrenden Stimme die üblichen Formalien ab und referierte über seine Aufgabe und die Art, wie er gegenüber dem auftraggebenden Gericht testieren wird.

Der Doktor fühlte sich sichtlich wohl dabei, seinen intellektuellen Status zu demonstrieren und kratzte immer noch an den Händen.

>Doktor, entschuldigen Sie, aber ist das Kratzen Ihrer Hände rein nervlich, eine Allergie oder ist das auf eine ansteckende Infektionskrankheit zurück zu führen? Es wirkt bitte Besorgnis erregend. <

Das hatte ein wenig gesessen. Der Gesichtsausdruck wandelte sich, das Kratzen wurde durch ein Reiben ersetzt und der Amtsarzt kam zur Sache, ohne auf die gestellte Frage zu antworten. Also rein nervlich, beim Nervenarzt! Wie wäre es einmal mit einem Gutachten? – so der Gedankengang des Doktor von Kadenbeerg.
Der Sachverhalt wurde erläutert und dargestellt. Von Kadenbeerg hatte alle seine Zahlen präsent und konnte, wie bei der Erstverhandlung mit dem Sittich-Vollziehungsbeamten, die Zusammenhänge aufgrund seines wirtschaftlichen Wissens klar darstellen und begründen.

Er war sogar in der Lage, komplexe Zusammenhänge so darzustellen und zu erklären, dass sogar kratzende Psychiater das alles verstehen.

Der Amtsarzt hatte alles mitgeschrieben und kam auf den Bericht der behandelnden Psychiaterin zu sprechen.

Jetzt wurde von Kadenbeerg klar, was sein Anwalt mit all dem bezwecken wollte. Jetzt war es ihm seit langem einmal wieder heiter in der Seele, weil es ihm nicht aus dem Sinn ging, wie dieses Gutachten zustande kam. Frau Doktorin war ja schließlich mehr dem Rotwein und den Fluchtgedanken aus ihrer eigenen Praxis zugetan, als den Patienten. Aber was hatte ihm sein Vater beigebracht? Ein Mann muss auch wissen, wann er schlichtweg einmal das Maul halten muss.

Er beantwortete alle Fragen zu seiner Gefühlswelt mal mehr oder weniger ausführlich, bis auf die Frage zur Suizidgefahr.

Er in Person sah diese nicht. Er stand lediglich auf dem Standpunkt, dass es einem Menschen, klar bei Verstand und Vernunft, möglich sein muss, sich mit dem vorhersehbaren Ende seines Lebens auseinander zu setzen, unabhängig des Zeitpunktes und der Art, insbesondere unter der Prämisse, wenn bereits eine lebensbedrohliche Erkrankung vorgelegen hat.
Die Schöpfung hat uns doch das Leben geschenkt, damit wir die Zeit zwischen Geburt und Tod sinnvoll verbringen. Und es muss doch möglich sein, sich über Sinn und Ablauf dieser begrenzten Zeitspanne es, ungestraft Gedanken zu machen, die ja bekanntlicherweise frei sind.

Das Raster der Ärztin entwickelte sich zu der bekannten Überschrift: „Die Geister, die ich rief." – Die ganze leidige Geschichte entwickelte sich dann auch noch durch die freiwillig erwählte psychiatrische Behandlung in Verbindung mit dem Anwalt hier nicht im Sinne des Freigeistes von Kadenbeerg. In der hier vorliegenden Interpretation verstand er sich deutlich missverstanden, aber wie wollte er das jetzt bei allem Talent zur Erklärung komplexer Sachverhalte noch korrigieren, ohne seinem Anwalt in den Rücken zu fallen? Die Rechtssituation, die dem Anwalt besser zu beurteilen oblag, als dieses von Kadenbeerg als reinem Kaufmann möglich war, entwickelte sich nicht in seinem Sinne.

Er schwieg besser zu diesen Gedanken und ließ die Angelegenheit einfach laufen.

Der Amtsarzt referierte immer noch über den Suizid. >Habbe Sie sich was besorgt? < Er verfiel gerade vom Hochdeutsch in die regionale Dialektik und schaute sein Bewertungssubjekt mit durchdringendem Blick an. Von Kadenbeerg schaute preußisch direkt zurück und schwieg. Der Psychiater sprach von Waffen, von Kadenbeerg dachte eher an Gift. Das war einfach ästhetischer.

Freunde belegten ihn zuweilen sogar spöttisch mit dem Spitznamen „Der Herr Ästhet".

Er durfte gehen. Der Psychiater blieb Hände kratzend zurück.

Von Kadenbeerg erstattete seinem Anwalt telefonisch Bericht

Der Bericht des Psychiaters führte in der Folge klar zur Aussetzung des Verfahrens und sah ein hohes Potential an Suizidgefahr des Grafen Doktor von Kadenbeerg aufgrund seines narzisstischen Ehrgefühls.

War das denn zu fassen? Wenn ein Mensch versucht, anständig durch sein Leben zu gehen und lediglich Rechtsprechung und Vernunft einfordert, dann ist das in der Industriegesellschaft des einundzwanzigsten Jahrhunderts ein narzisstisches Ehrgefühl.

Der Anwalt beruhigte ihn und verwies darauf, dass der Wunsch, ein Ziel zu erreichen logischerweise auch den Weg dorthin akzeptieren muss.

Doktor von Kadenbeerg hatte durch Justiz und Bank so viele Demütigungen erfahren und in beleidigender Weise auf seiner Person herumtrampeln lassen müssen, dass es nun darauf auch nicht mehr ankam.

Was er zum ersten Untersuchungstermin nicht wusste war, dass noch drei weitere Termine auf Antrag der Bank folgen würden, um nicht nur einen Zwangsverwalter durchzusetzen, sondern auch einen Vormund für von Kadenbeerg, damit dieser auf diesem Wege seinen Widerstand aufgeben muss. Mit immer wieder neuen Zielsetzungen wurden diese Anträge an das hiesige Amtsgericht oder das Landgericht gestellt.

Kein Richter übernimmt eine Verantwortung, wenn bei einem Delinquenten aus irgendeinem Grund Suizidgefahr besteht.

Die Suizidgefahr sah von Kadenbeerg für sich aber auch ohne dieses Ereignis. Er hatte ja so seine ganz persönliche Einstellung zum Leben und zum Sterben. Vor allem unter dem aktuellen Aspekt, dass ein gelebtes Leben, sofern es nicht von ihm gelebt werden konnte, wie er es hätte leben wollen, ein vertanes Leben ist. Und im Moment ließ man ihn nicht leben, wie er es wollte und schon gar nicht wie er es gewohnt war.

Nicht, dass er aufgrund Herkunft und Status ein besonders ausschweifendes Leben führte, eher im Gegenteil. Er war außerordentlich sparsam, ohne jedoch dem Geiz zu unterliegen. Er prüfte recht genau, ob er das Gut seiner Begehrlichkeit wirklich brauchte und ob es sich lohnte, dafür sein Geld auszugeben. Wenn es allerdings darum ging, seinen Freunden etwas Gutes zu tun, so interessierte ihn die anerzogene Sparsamkeit nicht und er hatte stets ein geöffnetes Portemonnaie.

Nachdem er nun die zweite Einladung zum sozialmedizinischen Dienst des Landkreises hatte, war er der Auffassung, sich in aller Idiotie der Administration der Judikative nicht aufzuregen und sich etwas Gutes zu tun. Ein weiteres Auto war finanziell nicht möglich, aber ein neuer, eleganter Druckbleistift sollte schon möglich sein. Er machte sich am Nachmittag nochmals auf den Weg und kaufte sich im örtlichen Schreibwarenladen ein recht edles Markenprodukt aus feinem Edelstahl, der wunderbar zu dem kleinen schwarzen Notizblock mit dem Lederetui passte.

Einige Wochen später saß er wieder auf diesem abgewetzten grünen Stuhl im Gesundheitsamt des Landkreises und durfte erneut – diesmal einem anderen Psychiater - Rede und Antwort stehen.

Dieser Arzt kratze sich nicht fortwährend an den Händen. Er hatte nur die Eigenart, zuweilen Witze zu machen über die nur er lachen konnte. Dabei schüttelte er dann den Kopf, dass man glauben mochte, er leide unter Parkinson. Aber es war wohl nicht der Fall, dass dieses eigenwillige Gezucke einen pathologischen Hintergrund hatte, es erschien vielmehr wie ein erworbenes und trainiertes Markenzeichen. Und dann erst diese Eigenart, als erwachsener Akademiker die Nägel der kleinen Finger der rechten und der linken Hand blau lackiert zu haben.

Exorbitanter Fall eines Sockenschusses - und von Kadenbeerg musste sich untersuchen lassen.

Heute referierte der Herr Doktor, wie er üblicherweise an eine solche Untersuchung herangeht, welche Entscheidungen von ihm erwartet wurden.

Er erläuterte vor allem seine Vorgehensweise zur Entscheidungsfindung bei suizidgefährdeten Patienten, die seiner Ansicht nach damit nur das Gericht erpressen wollten. Und dass er darüber zu befinden hat, ob der mögliche Suizid im Zusammenhang mit der Versteigerung des Hauses oder einer Zwangsräumung stehe, die ja auch angedroht war und wovon von Kadenbeerg wieder einmal nichts wusste. Oder ob grundsätzlich eine Tendenz zum Suizid besteht, so dass das Gericht in diesem Falle nicht in der Verantwortung stünde, weil eben keine situative, sondern eine generelle Suizidgefahr bestand.

Jetzt nur Ruhe bewahren. Er hatte den Eindruck, dass der Herr Psychiater hier nur zu oberflächlich und zu gleichgültig war, um selbst zu verstehen, was er hier sagt.

>Schauen Sie Herr Doktor. Unabhängig davon, ob ich eine allgemeine oder eine ereignisabhängige Tendenz zum Suizid habe, ist doch Fakt, dass das Ergebnis zunächst das gleiche wäre. Lediglich die Verantwortung bei einem Testat der allgemeinen Tendenz zum Suizid läge bei Ihnen und nicht beim Richter, der gegebenenfalls die entsprechenden Maßnahmen be-

schließen und anordnen würde. Der Richter wäre fein raus. Und Sie? <

Das Spiel, jemandem ein schlechtes Gewissen zu machen, beherrschte von Kadenbeerg sehr gut. Das hatte er von Mama gelernt. Die konnte das auch immer gut aufgrund der häufigen Anwendung in der Erziehung ihrer Knaben.

Der Doktor wirkte gerade wie Sauerampfer nach einem Hagel. Das hatte der Schädelschrumpfer so nicht gesehen, dass ihm ein Richter gegebenenfalls ein Messer in den Rücken rammt und ihm die Verantwortung zuschiebt. Von Kadenbeerg hatte es ihm jetzt gerade sprichwörtlich mit dem Bleirohr von vorne gegeben und so sah der Herr auch aus.

Es folgten weitere Fragen nach dem bereits bekannten Muster, die auch nach einem bekannten Muster beantwortet wurden. Heiterkeit kam beim Doktor aber nicht auf, er wirkte abwesend und gestresst.

Am Ende stand auch hier ein Testat, das deutlich machte, dass das Verfahren gegen von Kadenbeerg auszusetzen sei. Der Amtsarzt hatte in seine Ausführungen mit aufgenommen, dass von Kadenbeerg einen Kaufvertrag abgeschlossen hatte, der um fünfundsechzigtausend Euro höher war als eine mögliche Zwangsversteigerung.

Das Gutachten war gut aufgebaut und führte Justitia eine entsprechende Logik vor, die normalerweise auch der Dümmste verstehen müsste. Wider Erwarten wurde von dem Psychiater ebenfalls die Rechtsauffassung des Doktor von Kadenbeerg bestätigt, ja sogar die Rechnung des Kaufvertrages mit dem Mehrerlös war zitiert. Was wollte man mehr. Von Kadenbeerg konnte kaum glauben, solche Überzeugungskraft gehabt zu haben.

Aber wieder folgte die Rechtspflegerin Josephine Billerbeuck nicht dem Testat. Nein, ihre Entscheidung fiel so aus, als hätte es die beiden Testate nicht gegeben oder sie hätte diese nie gelesen.

Der Anwalt legte gegen diese Entscheidung den zulässigen Rechtsbehelf ein und die Angelegenheit landete vor dem Landgericht. Es war unschwer zu erraten, dass auch das Landgericht jetzt wieder einen Gutachter benannte, der sich der Angelegenheit des Doktor von Kadenbeerg annahm.

Jetzt kam der Gutachter vom Psychiatrischen Krankenhaus, einer weit über die Grenzen der Region hinaus renommierten Anstalt. Seit der letzten Jahrtausendwende hatte dieses Krankenhaus schon einen außerordentlich guten Ruf. Selbst in der traurigsten Phase dieses Landes unter rabiater Diktatur eines kleinen Schreihalses mit oftmals heiserer Stimme in erdverbundener Maskerade waren die Forschungsergebnisse dieses Hauses herausragend.

Von Kadenbeerg, in alter Tradition geprägt, rechnete mit dem schlimmsten. Nicht gerade ein Arzt in Knobelbechern, aber vom Gemüt her schon etwas in dieser Art.

Er fühlte sich nicht sehr wohl dabei. Gerade die Menschen, die immer nur mit Kommandoton ohne Argumente Macht über andere ausüben wollen, waren ihm mehr als zuwider.

Angenehm überrascht war er, als ein Mann mittleren Alters aus dem schwarzen Volvo Kombi vor dem Haus ausstieg, der in seinem Auftreten eher an einen späten

68'er erinnerte. Er öffnete die Tür über den automatischen Öffner und bat den Herren in den ersten Stock des Hauses, nicht ohne von der Galerie aus zu beobachten, wie dieser Stufe für Stufe das Haus inspizierte.

Bei der Begrüßung taxierten sich beide gegenseitig. Auffällig an diesem Psychiater waren die leuchtend grünen Augen. Geeignet zum Durchleuchten.

Sie nahmen in der Bibliothek von Kadenbeergs Platz und unterhielten sich in einer der gepflegten Atmosphäre entsprechenden Art und Weise. Fern von Akten, nur mit gelegentlichen Notizen, war nach einer knappen Stunde mit einer Tasse Kaffee und etwas Gebäck die Angelegenheit erledigt.

Wieder folgte der Psychiater der Rechtsauffassung des Herrn von Kadenbeerg und lehnte eine Vormundschaft ab, solange bis sich der Patient im freien Rahmen seines Willens und Gewissens selbst dafür entscheiden würde.

Und das würde nicht passieren. Hier war von Kadenbeerg von sich überzeugt und fand das Handeln der Justiz schon eine Unverschämtheit. Aber aller guten Dinge sind bekanntlicherweise drei.
Hat sich was. Im gleichen Verfahren stand die Zwangsräumung an, von welcher Doktor von Kadenbeerg im ersten Termin beim Amtsarzt erfahren hatte.

Auch hier wurde gegen die Entscheidung der Rechtspflegerin Josephine Billerbeuck Widerspruch eingelegt, der vom Amtsgericht abgewiesen wurde. Der nächste Widerspruch wurde dann vom Landgericht als Beschwerde gegen die Entscheidung des Amtsgerichtes bearbeitet und wieder eine Untersuchung beim Amtsarzt angeordnet. Nicht, das drei Untersuchungen, die alle mit dem gleichen Ergebnis zugunsten von Kadenbeergs endeten, ausreichend gewesen wären. Nein, der Herr Landgerichtsrat brauchte ein weiteres Gutachten, um entscheiden zu können. Amtsarzt Nummer zwei war jetzt auch Amtsarzt Nummer vier.

Wieder das gleiche Procedere. Dieses Mal wieder die einleitenden Worte und der Hinweis, von Kadenbeerg wolle das Gericht erpressen. Ein neuer Fragenkatalog musste beantwortet werden und von Kadenbeerg tat dies mit preußischer Akribie und in entwaffnender Ehrlichkeit.

>Wieso erpresse ich das Gericht, wie Sie es gerade und im Übrigen bereits bei meinem zweiten Untersuchungstermin von jetzt insgesamt vieren erwähnten, wenn ich an meiner Rechtsauffassung fest halte und mich nicht nach aktuellem gesellschaftlichem Wunsch eines begrenzten Kreises verhalte? Soll ich mich der Gewalt beugen, nur weil eine Bank, die an achter Rangstelle der Banken in diesem Land steht, den Wunsch nach absolutem Gehorsam ihrer Kunden hat? Betrachten Sie sich meine Forderungen für die Projektierung des Altenpflegeheims in meiner Heimatstadt, meine Einkünfte, den Wert meiner Immobilien und setzen meine Verbindlichkeiten in Relation, so bin ich nicht überschuldet. Ich habe das Gefühl, die Bank rechnet sich das im Hinblick auf die Gewinnmaximierung schön; aber nicht alles, was verdient zu sein scheint, ist auch tatsächlich verdient. Berücksichtigen wir ferner, dass ich einen notariell beurkundeten Kaufvertrag für meine Immobilie mit einem Mehrerlös von fünfundsechzigtausend Euro in Händen halte, so sehe ich keine Veranlassung, mich hier dem Willen des Großkapitals zu beugen oder gar zu unterwerfen und einem Vormund zuzustimmen, der dann mit einem Federstrich meine Bedenken, Vorbehalte und vor allem meinen Willen wegwischt und meine Vermögenswerte

im Sinne der Bank den Ersteigerern, die ja nach dem Landgerichtsurteil eben keinen Zuschlag haben, zuspielt und zuspricht. Das alles wäre doch zu meinen Lasten und zu Gunsten der Bank, die die Situation schließlich verursacht hat und jetzt möglichst wenig Zeit und Kosten haben will.

Ferner ist in der Begründung der Bank ihrer Forderung gegen mich ein markanter Fehler enthalten. Die Bank berechnet mir für die Darlehensschuld an meinem Haus in Höhe von fünfundneunzigtausend Euro eine Vorfälligkeitsentschädigung von fünfundvierzigtausend Euro. Das ist fast die Hälfte. Gleichzeitig besteht durch den Bundesgerichtshof ein höchstrichterliches Urteil, dass, wie in meinem Falle, bei der Kreditkündigung durch die Bank dem Kunden überhaupt keine Vorfälligkeitsentschädigung berechnet werden darf. Analog zu dieser Rechtsprechung bedeutet das aber auch, dass dann der vertraglich vereinbarte Zinssatz aus dem Kreditvertrag in Höhe von zweikommafünf vom Hundert über dem Diskontsatz der Europäischen Zentralbank angewandt wird und nicht der Satz des Dispositionskredites, wie er hier abgerechnet wird. Halten wir hier fest, dass wir durch den niedrigen Leitzins in unserem Land seit fast zwei Jahren einen negativen Diskontsatz haben, so kann die Bank aufgrund der durch die Urteile anzuwendenden Rechtslage noch nicht einmal die ursprünglich vertraglich vereinbarten Zinsen berechnen.

Wenden wir diese Grundsätze an, so verringert sich die Forderung der Bank deutlich. Gleichzeitig mit der Folge, dass ich mit einem Restkapital aus dieser Angelegenheit heraus gehe und nicht noch mit verbleibenden Schulden für Objekte, die ich nicht mehr habe und wie das so oft der Fall ist.

Warum soll ich mich hier beugen? Ich halte mich doch lediglich an die aktuelle, gültige Rechtsprechung und damit an die herrschende Meinung. Wenn ich mich also rechtskonform verhalte, warum werde ich dann hier auf meinen Geisteszustand untersucht und soll mich einer Vormundschaft unterziehen?

Deutschland, Deutschland über alles? Das hatten wir schon einmal und wenn wir nun in der Demokratie die persönliche Freiheit des Individuums herausstellen, so werde ich diesem Weg nicht folgen und wenn Sie mich untersuchen bis Sie blau im Gesicht sind.

Ich gebe hier nicht nach, vor allem nicht, wenn meine Auffassung, wie bereits erwähnt, höchstrichterlich entschieden ist. Ein solches Urteil hat für alle Wirkung und ermöglicht es nicht den Institutionen dieses Landes, sich die herauszusuchen, die genehm sind und die anderen zu ignorieren. Für die konjunkturelle Lage und die wirtschaftspolitischen Entscheidungen der Zentralbank kann ich als kleiner Bürger nicht verantwortlich sein. Denn die wurden ja nur deswegen getroffen, um den Banken, die sich ja als systemrelevant erachten und in problematischen Phasen des Eigenkapitals und der eigenen Verluste nach dem Staat schreien, unter die Arme zu greifen.

Die Zuweisung dieser Verantwortung auf Einzelne, die Untersuchungen hier, um mich aus dem Verfahren zu eliminieren und mit einem Vormund leichter verhandeln und Fakten schaffen zu können, führt wieder zu einer Gewaltherrschaft über den Menschen durch solche, die sich zu Übermenschen erklären. Das darf nicht sein und dem muss jeder, wirklich jeder auf dieser Welt, entgegentreten, sonst haben wir bald wieder die Sklaverei, diesmal unter Herrschaft der Banken. Ich erinnere hier an die Fragestellung der Rosa von Luxemburg: „Wie kommt das, dass Menschen über andere Menschen entscheiden dürfen?" Man muss nicht Kommunist sein, um über diesen Satz sinnvoll nachdenken zu können und zu müssen. <

Der Psychiater verzichtete auf weitere Fragen. Bereits beim letzten Satz hatte er aufgehört entsprechende Aufzeichnungen zu machen und die Kladde zugeschlagen.

Von Kadenbeerg deutete die Signale und erhob sich von dem ausgesprochen unbequemen Stuhl, sowohl in physischer als auch psychischer Hinsicht.

Er verabschiedete sich und verließ, ohne sich umzublicken den Raum und die Behörde.

Irgendwie hatte sein Monolog gesessen. Ihm war jetzt noch nicht richtig klar, wie er dazu kam, eine solche Verflechtung seiner ureigenen Gefühle mit der aktuellen wirtschaftlichen Rechtsanwendung der Banken und der negativen Zeitgeschichte dieses Landes zu konstruieren, in dem er die Gewalt durch Bevormundung herausstellte und den Psychiater so aus der Form und vom vorgeplanten Weg der Gutachtenerstellung abzubringen.

Das Landgericht folgte wieder seiner Rechtsauffassung.

Zwar spürte er jetzt ein gewisses Maß an Erleichterung, Freude jedoch nicht. Dafür war die Situation noch immer zu belastend und kostete wahnsinnig viel Kraft, die er zuweilen nicht mehr zu haben schien.

Vier Untersuchungen auf den Geisteszustand nur weil er eine eigene Meinung hatte. Das war in einem Staat, der sich seiner Demokratie rühmte und beglückwünschte, eindeutig zu viel.

XIV

Von Kadenbeerg hatte den Trumpf eines Kaufvertrages in der Hand. Das freute ihn schon einmal und gab die Hoffnung, dass die Angelegenheit in Kürze ordnungsgemäß und anständig abgewickelt werden kann. Es kam ihm nicht der Gedanke, dass sich die Bank der Vernunft verschließen könnte.

Er missachtete die Weisheit seines Vaters „Male Dir nichts aus, wird ja doch nichts draus".

Sein Denken war so auf Vernunft, auf klares Denken und Fakten aufgebaut, dass es ihm nicht vorstellbar erschien, dass eine Bank andere als auf Fakten basierende Beweggründe haben könnte.

Aber die Fakten, die nun für sich selbst sprachen, waren eben nicht die alleinigen Beweggründe der Bank. Ein Unternehmen, das durch die Vielzahl ihrer Filialen und Mitarbeiter so auf dem Markt verwurzelt ist, kann auch andere Motive haben.

Das berücksichtigte er in seinen Gedanken nicht genug.

Die Bank machte es sich nun einfach. Sie reagierte nicht und beantwortete keinen der weiteren Briefe. Gegen was sollte er sich auflehnen oder gegen was sollte er klagen?

Die Bank spielte auf Zeit.

Der Kaufvertrag und der sich daraus ergebende Mehrerlös von fünfundsechzigtausend Euro interessierte die Bank wenig. Auf mögliche Anschreiben reagierte sie nicht und wenn, dann nur dahingehend, dass sie das anwaltliche Schreiben mit einem Einzeiler kommentierte, dass dieses die Angelegenheit des Doktor von Kadenbeerg sei.

Das ausgesetzte Zwangsversteigerungsverfahren sollte anscheinend zum Erfolg führen, damit das Haus einem Kunden mit entsprechender Finanzierung zugeschoben werden kann. So mutmaßten die Freunde des Doktor von Kadenbeerg und beunruhigten ihn damit, wenn auch ungewollt. Denn gute Freunde machen das nicht mit Wissen und Wollen, sondern aus Fürsorge und Warnung, gegebenenfalls auch als Trost, damit keine düsteren Gedanken Überhand nehmen.

Es war für ihn eine beunruhigende Zeit. Er hatte verschiedene Szenarien durchdacht, wusste aber aufgrund des Schweigens der Bank nicht, wohin die Reise mit dieser Galeere ging.

Von Kadenbeerg war aufgrund seiner Erziehung und seines Denkens nicht dazu geeignet, sich an Verschwörungstheorien zu beteiligen oder sich gar gedanklich zu widmen. Seine prospektiven Gedankengänge basierten meistens auf Fakten und nicht auf Theorien.

Das hielt das Nervenkostüm etwas ruhiger, um nicht noch weiter in die Depression zu verfallen, denn diese plagte ihn schon wieder mehr als gewöhnlich.

An solchen Tagen war es geboten, wieder einmal mit den Hunden einen längeren Spaziergang zum alten jüdischen Friedhof zu machen. Dieses lange, gleichmäßige Laufen mit den Hunden in der frischen Luft machte den Kopf frei und gab den Gedanken einen geraden Lauf, der das Wesentliche in den Vordergrund stellte.

Basis für vernünftige und richtige Entscheidungen. Es war zwar eine unangenehme Überraschung, als das Amtsgericht erneut einen Versteigerungstermin festgesetzt hatte, allerdings führte diese nicht zum Entgleisen der Gedanken von Kadenbeergs.

Er nahm das formell zugestellte Anschreiben, versah es mit Eingangsstempel sowohl auf dem gelben Umschlag, als auch auf dem Schreiben selbst und faxte es dem Anwalt mit einer handschriftlichen Notiz zu.

Der Widerspruch gegen die Entscheidung des Amtsgerichtes war schnell formuliert und bezog sich auf die ausgestellten vier Testate der amtsärztlichen Untersuchungen, die sich sowohl mit seiner Belastung einer möglichen Vormundschaft, als auch mit der Suizidgefahr des Doktor von Kadenbeerg befassten. Die Gefahr eines Selbstmordes wurde von allen vier Psychiatern zwar bejaht; aber nicht eindeutig als eine generelle, jedoch ereignisbezogene Gefahr eingestuft, was allerdings nicht zwangsläufig zu einer Vormundschaft ohne die Einwilligung des Doktor von Kadenbeerg führen konnte.

So schnell wie dieser Widerspruch eingereicht war, war er auch von der zuständigen Rechtspflegerin Josephine Billerbeuck abgelehnt. Dieses Mal entstand nicht nur der Eindruck, dass diese Dame sich nicht mit dem Sachverhalt befasst hatte, nein sie dokumentierte es auch. Die formelle Begründung der Ablehnung des Widerspruchs ging nicht auf die gerichtlich geschaffenen Fakten durch die amtsärztlichen Untersuchungen ein, sondern begründete die Ablehnung auch damit, dass die Käuferin Miranda Söhler in einer telefonischen Rücksprache erklärt habe, sie würde dann vom Kaufvertrag zurücktreten.

Was war gemeint mit „dann"? Was wurde in diesem Telefonat besprochen? Wer hatte angerufen, die Käuferin das Gericht oder umgekehrt?

Fakt war aber auch, dass ein Rücktritt vom Kaufvertrag nicht erfolgt war und die Auflassungsvormerkung, ebenso wie der Zwangsversteigerungsvermerk noch immer im Grundbuch stand. Eigentümer laut Grundbuch war immer noch Doktor Jonathan Sibelius Constantin Graf von Kadenbeerg.

Nach einer klaren Analyse wurde gegen die fehlende Abhilfe des Widerspruches vor dem Landgericht die sofortige Beschwerde eingelegt.

Interessant war hierbei das Wort „sofortige". Üblicherweise stellt sich hier der geneigte Bürger eines Landes unter der Aufsicht seiner Regierung, im Allgemeinen eine schnelle Bearbeitung vor.

Das war aber auch hier nicht der Fall. Zwischen dem Einlegen der sofortigen Beschwerde und dem Versteigerungstermin lagen alleine sechs Wochen in Arbeitstagen, die Weihnachtsfeiertage abgezogen. Recht unverständlich, wenn der treue Bürger bedenkt, dass im Gesetz die sofortige Beschwerde der richtige Rechtsbehelf ist und mit diesem Namen auch im Gesetz seinen Niederschlag findet.

Auch hier die Erfahrung des Doktor von Kadenbeerg, dass „sofort" immer an der Einstellung der Bürokratie zur Arbeit zu messen ist und dass sofort dann nicht immer sofort sein muss, eher vielleicht die Haltung eines Richters spiegeln kann „ so fort" von diesem Stapel oder von meinem Tisch.

Neben dem Ärger und den Aufregungen, die der Mensch in diesen Situationen ohnehin schon hat, kommt jetzt noch die Sorge dazu, ob die Judikative des Rechtstaates in dem er lebte und den er bisher so verteidigte, überhaupt handelt. Es stellte sich hier also nicht nur die Frage nach dem richtigen Handeln, sondern auch die Frage nach dem tatsächlichen Handeln.

Von Kadenbeerg sah irgendwie alle Klischees gegen das deutsche Beamtentum erfüllt. Nur war er sich noch gar nicht im Klaren darüber, ob er dieses belächeln oder bedauern sollte.

Jedenfalls reagierte der Anwalt spontan, rief beim Landgericht an und fragte nach der Entscheidung.

Dieses schien dort für einige Aufregung zu sorgen und wurde dann durch die Poststelle sofort einem Richter vorgelegt, der telefonisch das Amtsgericht im Versteigerungstermin anwies, keinen Zuschlag zu erteilen.

Das war natürlich buchstäblich eine geplatzte Bombe. Damit hatte dort niemand gerechnet.

Das Amtsgericht zog sich diskret aus der Affäre, in dem es die Gebote entgegen nahm, als würde der Zuschlag erteilt, dann aber den Zuschlag versagen musste und versprach, dieses später nachzuholen.

Zu von Kadenbeerg schwieg sich das natürlich über seine Nachbarschaft durch. Der am Haus sehr interessierte Vater des Schachsportlers aus seiner Nachbarschaft wohnte nach eigener Aussage der Veranstaltung bei.
Er tratschte natürlich nur das Ereignis der Versteigerung weiter, nicht den Stopp während der Veranstaltung und nicht den verweigerten Zuschlag. Das hätte ihn ja auch uninteressant erscheinen lassen. Ein Tratsch dient ja schließlich dazu, sich gerade mit dem

erworbenen und erdachten Detailwissen unter all den Nachbarn wichtig zu machen.

Die Kunst eines gelungenen Tratsches liegt bekanntermaßen im Detail, und die dadurch erworbene persönliche Größe des Tratschenden und damit des Wissenden entsteht in diesem Moment ja auch nur durch die Dummheit der Zuhörer, die nichts hinterfragen oder nachdenken.

Aber auch von Kadenbeerg hatte damit so seine Erfahrungen.

Er wusste genau, wo er sein Wissen und seine Fakten streuen musste, damit diese den aktuellen Gerüchten entgegen traten.

Ansonsten verfuhr er nach dem anerzogenen Motto der Familie: „Wer sich verteidigt, klagt sich an." und äußerte sich nicht. Es reichte ja, wenn sichtbar war, dass er noch immer in seinem Haus lebte.

Eines Abends, schon etwas später in der Abendstunde klingelte sein Firmentelefon.
>Firma Doktor von Kadenbeerg, guten Abend.>
>Wir haben ihr Haus ersteigert. <
>Wer ist denn „Wir", mit wem von den „Wir" spreche ich und was die Ersteigerung meines Hauses betrifft, so haben Sie doch gar keinen Zuschlag. Was wollen Sie denn jetzt? Sie sind doch vollkommen ohne Recht und Anspruch? <

>Ich zahle ihnen fünftausend Euro, wenn Sie ausziehen. Sie müssen irgendwann ja sowieso raus. <
>Solange dieser Rechtstreit nicht entschieden ist, nehme ich weder Geld noch irgendetwas anderes an und werde hier auch nicht ausziehen und meine Rechtsposition durch diese Handlung aufgeben. Sie

wollen bitte so freundlich sein, sich zum einen an Recht und Gesetz zu halten und wenn Sie mich zukünftig telefonisch kontaktieren wollen, dann bitte zu den üblichen Geschäftszeiten und nicht zu einer Zeit, zu der sich der normale Bürger zuweilen zum Schlafen zurück zieht. Ansonsten steht Ihnen mein Anwalt gerne zur Verfügung. <

>Denken Sie doch über die fünftausend Euro nach, später gibt es nichts. <

>Sie werden mich bitte jetzt entschuldigen. Ich werde dieses Gespräch nicht weiter fortsetzen, dazu habe ich aufgrund der zu meinen Gunsten getroffenen rechtlichen Entscheidungen keine Veranlassung. Sie gestatten, ich lege jetzt auf. <

Damit war dieses Gespräch beendet. Es war nicht zu fassen, welche Chuzpe diese Leute entwickeln, nur um ihre Interessen durchzusetzen.

Von Kadenbeerg war angenehm überrascht, wie schnell der Richter des Landgerichtes, der ja bereits die Zwangsversteigerung im Versteigerungstermin gestoppt hatte, seine endgültige Entscheidung präsentierte.

Phänomenal war, dass der Richter des Landgerichtes endgültig das aktuelle Zwangsversteigerungsverfahren aufhob und alle Maßnahmen ein Jahr lang aussetzte.

Auch die geplante Zwangsräumung wurde parallel dazu ausgesetzt.

Dagegen legte die Bank allerdings Widerspruch ein.

Aufgrund des mittlerweile geschlossenen Mietvertrages hatte von Kadenbeerg angefangen zu packen, denn der Vertrag für den Umzug war unterschrieben und die Kartons längst im Haus. Er hatte ja einen Kaufvertrag geschlossen und musste davon ausgehen, dass sein Haus, gerade in Anbetracht des Kaufpreises in Gutachtenhöhe, an die Käuferin übergeben wird, um den Kaufvertrag zu ratifizieren.

Vom Landgericht wurde die Entscheidung über die Aussetzung der Zwangsräumung dann im Widerspruchsverfahren der Bank auf den Beginn des Mietvertrages herabgesetzt.

Warum das jetzt erfolgte und hier im Verfahren plötzlich zwei Fristen zu beachten waren, fand trotz aller gedanklicher Bemühungen keine logische Erklärung. Es sei denn, dass es als Satisfaktion gegenüber der Bank, die ja in der Region recht stark war, anzusehen war.

Hier war ein Widerspruch jetzt ausgeschlossen.

Beim Verfahren der ausgesetzten Zwangsversteigerung wurde seitens des Landgerichtes die Revision vor dem Bundesgerichtshof zugelassen.

Im Gegensatz zu seinem Anwalt, der darüber scherzte, dass von Kadenbeerg hier gegebenenfalls auch noch Rechtsgeschichte schriebe, war diesem hier gar nicht zum Lachen zumute.

Es plagten von Kadenbeerg große Ängste um seine Zukunft und er versuchte, sich auf seine berufliche Situation und seine Aufträge zu konzentrieren, um nicht vollständig in die Depression zu verfallen.

Es war ohnehin nicht einfach. Der Tagesablauf war ungemein anstrengend und kostete jede Menge Kraft. Wie ein alter Mann musste von Kadenbeerg, der sich gerade mal der Mitte fünfzig näherte, einen Mittagsschlaf halten. Das regte ihn wahnsinnig auf, aber es war partout nicht zu umgehen. Der Körper machte einfach schlapp.

Weder mit Kaffee, noch Tabletten war dieses Ermüdungsgefühl in den Griff zu bekommen. Einfach keine Chance gegen diese psychosomatischen und depressiven Entwicklungen vorzugehen.

Diese Kraftlosigkeit, dieses Krankheitsgefühl bestimmte seinen Tagesablauf. Dennoch konnte er mit preußischer Disziplin seine Aufgaben zur vollen Zufriedenheit seiner Kunden erfüllen. Hier bemerkte keiner etwas von seinen Sorgen und Nöten und das sollte ja auch so sein.

Wer interessiert sich in der heutigen Gesellschaft denn noch für die Unannehmlichkeiten anderer?

XV

Es war ruhig in den Tagen nach den Urteilen des Landgerichts. Dennoch war von Kadenbeerg besonders auf der Hut. Innerlich war er mehr als aufgewühlt und hypernervös.

Er prüfte seine Post noch am Postfach in der Postagentur oder direkt hinter dem Briefkasten, denn er erwartete von irgendwoher einen „Hammer". Er konnte nicht sagen woher, aber seine Intuition warnte ihn in der Magengrube.

Er hatte bereits begonnen, seine Sachen einzupacken. Der Keller war bereits verpackt. Verschiedene Dinge aus dem ersten Stock, wie zum Beispiel das antike Porzellan und die Gläser, schon sehr sorgsam verpackt und mit Bettwäsche gepolstert, damit von diesen Schätzchen ja nichts zerbricht.

Alles, was nicht für den täglichen Gebrauch benötigt wurde, wanderte sukzessive in die bereit stehenden Umzugskartons und wurde im Hinblick auf den bevorstehenden Umzug so beschriftet, dass die Kartons durch das Umzugsunternehmen gleich in den richtigen Räume des neuen Hauses getragen werden konnten. So müsste von Kadenbeerg hier nicht noch selbst anfangen, die Kisten an den Ort zu schleppen, wo er diese auspacken und einräumen müsste, was er aufgrund seiner bestehenden Behinderung nach der Tumor –Op vermeiden wollte.

Alle Kisten standen vorsortiert im leeren Erdgeschoss und er war zufrieden mit seiner bisherigen Leistung.

Problem war nur, dass die Dachdeckerfirma nicht in der Lage war, das neue Dach noch vor Beginn des

Mietvertrages fertig zu stellen. Nachdem das bisherige Dach auch noch asbesthaltig war, wäre es eine gesundheitliche Zumutung gewesen, während der Bauphase in dem Haus zu wohnen, geschweige denn die Kosten für eine Renovierung zu riskieren, wenn kein Dach auf dem Haus wäre und ein Wasserschaden drohte.

An sich war Doktor von Kadenbeerg mit sich zufrieden, bis zu diesem unsäglichen Dienstag.

Er hatte ein bisschen verschlafen und gerade seine Rasur beendet.

Einer der Hunde wollte sich nicht beruhigen und bellte wie verrückt. Es war gerade halb acht.

Peinlich, wenn das die Nachbarn hören. Er schaute nach und wunderte sich, wer sich da an der Haustüre zu schaffen machte. Diese wurde gerade aufgebohrt und als er von innen fragte, wer sich da zu schaffen machte, antwortete ein Gerichtsvollzieher.

>Mein Name ist Michael Kleinschmidt und Sie machen jetzt sofort auf. <

Er konnte die Tür aber nicht öffnen, da das Sicherheitsschloss schon zu stark beschädigt war und jetzt ganz aufgebohrt werden musste.

Vor der Tür standen ein zwergenhafter Gerichtsvollzieher, fünf Polizisten, ein in Military Klamotten gehüllter schuppenflechtiger Typ und ein Trupp Möbelpacker.
Doktor von Kadenbeerg war wie vom Donner gerührt.
>Was soll das hier? <
>Sie ziehen hier aus, das ist die angekündigte Zwangsräumung. <

>Bei mir ist nichts angekündigt. Der Maßnahme widerspreche ich, vor allem weil ich längst selbst ein Umzugsunternehmen beauftragt habe und ohnehin am Einpacken bin. Ich habe keinerlei Information. <

Da meldete sich doch dieser Military Bappsack und begann herumzuschreien:

>Ich bin Vertreter des Anwaltes un´ mit Ihne habbe mir jetzt wahrlich genug mitgemacht. <

>Von welchem Anwalt sind Sie der Vertreter und was haben Sie mit mir mitgemacht? Außer vielleicht, dass ich auf die Einhaltung meiner Rechte bestanden habe. Und was ist daran verwerflich. Was erlauben Sie sich. <

Der Bappsack versuchte, sich an von Kadenbeerg vorbei zu drängen, aber der stand dort wie eine eins. Hatte aber keine Chance. Die ganze Truppe drängte in das Haus und begann sich an seinen Sachen zu schaffen zu machen.

Es war kaum zu glauben, aber er hatte keine Rechte in seinen eigenen Sachen. Auf Schritt und Tritt folgte ihm ein Polizist. Er rief seinen Anwalt an und versuchte die Hunde zu beruhigen.

Das Chaos war perfekt.

Telefonisch forderte er Hilfe von seinen Freunden an. Die Vögel mit der großen Voliere mussten von der Galerie zu einer Freundin verbracht werden, ebenso wie das Aquarium.

Die Hunde setzte er in eines seiner Autos, damit diese sich nicht über Gebühr in diesen vielen Beinen aufregten.

Der Anwalt war keine große Hilfe. Er wollte nichts unternehmen, weil der eigentliche Bearbeiter in Urlaub war. Der Jurist fühlte sich überfordert, stammelte nutzlos herum und brachte kein Ergebnis.

Von Kadenbeerg musste sich der Situation fügen. Er wollte aber mit seinen Freunden zumindest alles entsprechend beaufsichtigen, dass nach diesem Überfall wenigstens alles korrekt mit dem zur Verfügung stehenden Packmaterial verstaut wurde.

>Herr Doktor von Kadenbeerg, Sie haben innerhalb von zwei Stunden dieses Haus zu verlassen. Sie dürfen so viel Gepäck mitnehmen, wie üblicherweise für einen vierzehntägigen Urlaub benötigt wird. Der Rest wird beschlagnahmt. Was ist in der Garage? <
>Was üblicherweise in einer Garage ist, meine Autos und die dafür erforderlichen Ersatzteile. <
>Öffnen Sie die Garage bitte, auch Ihre Fahrzeuge werden beschlagnahmt. Ich lasse Ihnen gerne den Wagen vor der Garage, in dem die Hunde sitzen. Alles andere beschlagnahme ich zur Deckung der Gerichtskosten. <

Das war eine Deportation. So haben sich wohl Freunde seiner Großmutter gefühlt, als diese in der unglaublichen Zeit Deutschlands das Land verlassen mussten oder von der Gestapo abgeholt wurden. Er hatte gerade die übelsten Gedanken und Empfindungen und Parallelen zu dieser Zeit und deren Fortsetzung im Arbeiter- und Bauernstaat nebenan.

Dann beobachtete er auch noch, wie der Bappsack mit seinen schwarzen ungepflegten Fingern sein Tafelsilber wie eine Fuhre Kies in einen Umzugskarton schüttete. Menschen ohne Eigentum, dementsprechend können diese auch das Eigentum von anderen nicht würdigen oder gar sorgsam damit umgehen.

Die vorhandenen Lebensmittel, Teedosen usw. wurden alle weggeworfen – aus Hygienegründen.

Das muss man sich vorstellen. Menschen, die sich in einer Notlage befinden, werden per Gesetz oder durch einen Vertreter des Gesetzes noch der Lebensmittel beraubt, die sie vielleicht zu ihrer Ernährung brauchen könnten. Vom Gerichtsvollzieher beschlagnahmt, um diese dann aus Hygienegründen vernichten zu lassen. Wie bescheuert ist das denn? Das empfand von Kadenbeerg als die reine Räuberei. So handelt kein ordentlicher Rechtsstaat.

Ein Staat, der sich nach Kaiserreich und Diktatur so aufführte, den Einwand gegen eine ordnungsgemäße Zustellung nicht gelten ließ, alles beschlagnahmte und gerade einmal Garderobe für vierzehn Tage zugestand, das war nicht mehr der Staat, den Doktor von Kadenbeerg bisher vertreten und verteidigt hat.

So restriktive Methoden waren einer Demokratie, die das Sozialstaatsgebot nicht nur im Grundgesetz sondern auch bei vielen Regierungserklärungen herausstellte, nicht würdig.

Er nahm seine beiden Koffer und einige persönliche Erinnerungen und ging in der Gewissheit, nie mehr zurückkehren zu können, zu dürfen oder zu wollen.
Das Elternhaus mit allen Erinnerungen, mit allen Wertschätzungen verloren. Wegen eines Betrügers, der ihm das Honorar vorenthielt, verlor er jetzt einen erheblichen Teil seiner Altersversorgung, seine Erinnerungen, seine Gefühlsebene, seinen Verstand.

Seine Geige, seine Querflöte, seine Blumen, seine Stifte, seine Malutensilien – nichts durfte er mitnehmen.

Sein ganzer Haushalt bestand jetzt nur noch aus zwei Koffern, wovon der eine für die Hunde war.

Das waren für ihn Stasi- Methoden aus dem gescheiterten Überwachungsstaat von ehemals nebenan.

Eine Welt brach für ihn zusammen. Vor allem unter dem Aspekt, dass er das Schreiben des Gerichtsvollziehers nicht beachtet haben soll.

Das kann nicht sein – er hatte kein Schreiben bekommen. Das war gewiss.

Diese Behauptung, die trotz mehrfacher Nachfrage nicht nachgewiesen wurde und zu der keine weitere Stellungnahme erfolgte, brachte ihn an den Rand des Wahnsinns. Die Tatsache, dass er hier subtil beschuldigt wurde, nicht Herr seiner Sinne zu sein oder gar schlampig zu arbeiten, war für ihn ehrenrührig.

Er war der Verzweiflung nahe. Diese Verleumdung traf ihn so absolut, vor allem, weil die Gegenseite auch nicht den Beweis antrat, dass hier alles korrekt verlaufen war. Fehler passieren immer und wenn ein Fehler passiert war, dann konnte von Kadenbeerg auch damit leben, aber nicht mit Unterstellungen.
Aber vielleicht war die Zielsetzung, nach den gescheiterten Untersuchungen durch die Psychiater, eben mit diesem Mittel dann weiter zu kommen.

Sein Freund Angelone, der spontan bei seinem telefonischen Hilferuf mit dem Auto wendete und zu ihm geeilt war, seine Termine für diesen Morgen verschob, nur um ihm beistehen zu können, packte ihn und seine Koffer samt seinen Hunden buchstäblich am Schlafittchen und nahm ihn mit in seine Ferienwohnung.

Das Haus lag in einem höher gelegenen Stadtteil mit unverbaubarem Blick auf die andere Seite des Flusses und direkt am Wald.

>Hier bleibst Du ein paar Tage, fängst und findest Dich und dann sehen wir weiter. Was das Schreiben betrifft, mein Lieber, so steht für mich eindeutig fest, dass hier ein entsprechender Zustellungsfehler vorliegt. Für mich ist es außer Frage, dass Du ein solches Schreiben nicht bearbeitet oder übersehen hast. Das würde Dir nur in Narkose passieren und selbst dann hätte ich noch meine Zweifel, dass Du Dich nicht innerhalb entsprechender Frist daran erinnern würdest.

Hefte Deine Gedanken nicht daran, schau in die Zukunft und vorwärts. Es würde mich wundern, wenn Du das nicht meistern würdest und als der lachende Letzte aus dieser misslichen Affäre aufstehen würdest.

Geh´ einmal mit Deinen Hunden durch den Wald und in einer halben Stunde trinken wir einen Tee zusammen. <

Von Kadenbeerg entstammte einem alten, katholischen Geschlecht. Allesamt sehr gläubige Menschen, auch wenn niemals über Glaubensfragen gesprochen wurde. Glaube, Liebe, Stolz und Macht waren vier Worte, die in seiner Familie keine praktische Anwendung fanden.

Angelone war ein praktizierender Zeuge Jehova und der einzige, mit dem er hinter verschlossenen Türen einmal über Glaubensfragen sprach, offen sprach und dabei auch einen Teil seiner Persönlichkeit preisgab.

Doktor von Kadenbeerg war mittlerweile zu einem Menschen geworden, der mit seiner Umwelt mehr und mehr auf Distanz lebte, weil ihm zum einen die Situation an sich schon peinlich genug war und er sich Fragen aus der Nachbarschaft nicht stellen wollte. Zum anderen, weil er ohnehin mehr in Gedanken gefangen war, die sich eben nicht mit der Weck, Worschd und Woi –Mentalität befassten, wie es einigen seiner Mitbürger so zu Eigen war. Ihm war es wichtig, nach Möglichkeit keinem Menschen zu begegnen und alleine seinen Sorgen nachzuhängen. Wenn er jemanden zum Reden brauchte, so fand er ihn unter seinen Freunden – wahren Freunden, denen er wirklich blind vertrauen konnte. Schön, dass Angelone dazu gehörte und die spontane Hilfe war für von Kadenbeerg etwas Wunderbares, was er kaum fassen konnte. Hier war jemand, der sich tatsächlich an die Bibel hielt und mit der Bibel in der Hand durch das Leben schritt.

Das von einer Kirche, die in der Region im Allgemeinen gerade einmal toleriert aber nicht geliebt wurde.

Das bereitete von Kadenbeerg gerade mal wieder Freude. Bei all den guten Katholiken, die gerne über ihn tratschten und spekulierten, insbesondere der besondere Nachbar ein paar Grundstücke weiter, halfen ihm ausgerechnet Leute, die nicht dem Mainstream unterlagen.

Er legte Wert darauf, dass das entsprechend im Städtchen publiziert wurde und hatte über Umwege die ortsansässigen „Ratschweiber" entsprechend informiert.

Das war aber in dieser Zeit die einzige kleine Heiterkeit, die ihm zu Teil wurde.

Er schlief in diesen Tagen ausgesprochen schlecht. Es fehlte ihm die innere Ruhe.

Wo sind seine Sachen, seine Möbel, seine Wertsachen? Wurde alles ordnungsgemäß verpackt und transportiert? Er war zutiefst beunruhigt.

In einem Termin im Amtsgericht, zwei Tage später, wurde ihm von diesem selbstgerechten Gerichtsvollzieher, der mindestens zwei Köpfe kleiner war als er selbst, eröffnet, dass seine Sachen in der Pfandkammer der Gerichtsvollzieher eingelagert wurden und die Herausgabe nur gegen Zahlung der Gerichtskosten von elftausendachthundert Euro erfolgen würde, ansonsten würden die Sachen vier Wochen nach der Einlagerung ab einem Mindestgebot von einem Euro pro Stück versteigert.

Dabei grinste der Gerichtsvollzieher wie ein Honigkuchenpferd.

Er dachte, er habe es Doktor von Kadenbeerg gezeigt und nahm die entsprechende überhebliche Haltung an.

>Ich gehe jetzt erst einmal zwei Wochen in Urlaub und am Donnerstag nach meiner Rückkehr melden Sie sich bitte hier wieder. Wenn Sie bezahlen, bekommen Sie von mir sofort die Pfandfreigabe für Ihre Sachen, die Sie dann abholen können.
Die Kennzeichen und die Briefe für Ihre Autos lasse ich bei mir. <

Es war eine bodenlose Frechheit, Sachen im Wert von über einhunderttausend Euro zu beschlagnahmen. Das entsprach nun nicht der Verhältnismäßigkeit und machte deutlich, dass es hier nicht um angewandtes Recht ging, sondern um die Zurschaustellung von Macht und ein Kampf gegen seine Person.

Die Demonstration eigener Macht, der Genuss des Machtgefühls über andere. Vielleicht war das sogar ausschlaggebend für die Berufswahl.

Das relativierte seine Gedanken um den ominösen Brief mit der Mitteilung des Termins der Zwangsräumung. Nachdem Freunde ihn schon auf einige Verschwörungstheorien hingewiesen hatten, war er zwischenzeitlich geneigt, trotz seiner Antipathie gegen eben diese nicht bewiesenen Theorien, diesem Gedanken ein klein wenig näher zu treten. Oder, wie ein früher Vorgesetzter immer in seinem klassischen hessisch zu sagen pflegte: „Werf´s nit so weit ford, mussdes nit so weit her hole".

Er wollte dieses im Auge behalten.

Was der kleine Gerichtsvollzieher nicht wusste: Doktor von Kadenbeerg hatte gerade für einen neuen Auftrag einen Abschlag in Höhe von fünfzehntausend Euro erhalten.

Er prüfte also die überlassenen Unterlagen sehr genau und stellte fest, dass der Herr Gerichtsvollzieher bei der hiesigen Bank, dem Auftraggeber der Maßnahme der Zwangsräumung, ein Konto unterhielt und weil er den Vorschuss bar kassieren durfte und die Summe vor Antritt der Fahrt zum Amtsgericht sicherheitshalber in einem Brustbeutel, den er unter der linken Achsel trug, verstaut hatte, zahlte er den Betrag noch in der gleichen Stunde auf das Konto von dem Zwergerl ein.

Wieder in der Ferienwohnung angekommen, sandte er sofort von seinem Notebook, das er in den Koffer mit der Garderobe gesteckt hatte um arbeitsfähig zu bleiben, eine E-Mail an den Gerichtsvollzieher und bat um endgültige Abrechnung und um Pfandfreigabe.

Auf die Reaktion war er nun gespannt – aber es kam keine.

Auch Erinnerungen liefen ins Leere. Seitens der Judikative befasste man sich nur zu den vorgegebenen Terminen mit den Delinquenten. Wo käme man denn sonst hin? Durcheinander? Anarchie?

Er schrieb mehrfach den Gerichtsvollzieher an bzw. dessen offiziellen Vertreter, denn er wusste ja von dessen Urlaub, aber es erging keine Antwort, noch nicht einmal eine Abwesenheitsnotiz mit einer Vertretungsanzeige. Die Vertretung war nicht geregelt. Ein weiteres Indiz dafür, dass das kleine Amtsgericht noch immer die Auffassung vertrat: „Wir sind das Recht und ja, wir machen es".

Er musste sich gedulden.

Der avisierte Termin rückte näher und Doktor von Kadenbeerg bereitete sich entsprechend vor indem er die erforderlichen Unterlagen sortierte und auch noch den Rest seines Geldes. Irgendwie hatte er ein mulmiges Gefühl in der Magengrube. Der kleine machtbeflissene Gerichtsvollzieher wird ihn bestimmt noch vor eine fast unlösbare Aufgabe stellen, rein um ihn zu schikanieren. Dessen war er sich sicher.

Pünktlich stand er zum vereinbarten Termin im Büro des Gerichtsvollziehers, der ihn herzlich begrüßte. Alleine das war schon suspekt, aber da schaut man drüber hinweg. Das ist lediglich die Katzenfreundlichkeit des Feindes, die dessen Falschheit und Charakterschwäche verdecken soll.

Süffisant zog er die endgültige Rechnung für die Kosten aus seinem Drucker und forderte zu den bereits geleisteten neuntausend Euro weitere fünftausend, denn die Umzugsfirma, die mit der Zwangsräumung beauftragt war, habe für die Räumung drei Tage in Rechnung gestellt.

Doktor von Kadenbeerg war jetzt in der Defensive und das ließ ihn der Gerichtsvollzieher auch merken.
Er griff aber mit lässiger Bewegung in seine Jacke und zog den Brustbeutel ein wenig hervor, gerade so viel, dass er dessen Reißverschluss öffnen und die Geldscheine diskret hervorziehen konnte.

>Ich werde Ihnen selbstverständlich die geforderten fünftausend Euro noch bezahlen, auch wenn ich nicht verstehen kann, wie es zu einer solch´ hohen Summe kommen kann. Mein Umzugsunternehmen hätte inklusive Schreiner und Elektrikerleistungen gerade mal viertausendvierhundertfünfzig Euro berechnet. Das Angebot habe ich vorliegen, für den Umzug in das gemietete Haus. Und darin sind schon über einhundert Kilometer Transportkosten enthalten, die das von Ihnen beauftragte Umzugsunternehmen ja nicht hatte. Wenn Sie mir die Quittung geschrieben haben, würde ich gerne die an Sie gestellte Rechnung einsehen und wünsche mir eine Kopie derselben. Ich denke nicht, dass ich das widerspruchlos hinnehme. <

>Sie nehmen ja nichts widerspruchslos hin. Hier bitte eine Kopie der Rechnung aus der Sie den Aufwand des Unternehmens ersehen und hier bitte die von mir unterzeichnete Pfandfreigabe. Ich fahre jetzt zur Bank und zahle Ihr Geld ein. Dann treffen wir uns an Ihrer Garage und ich händige Ihnen gerne Ihre Autos wieder aus. <

Abgesehen davon, dass dieses Intro der Antwort des Gerichtsvollziehers widerspiegelte, wie unverschämt überheblich jemand im kleinen Amtsgericht behandelt werden konnte, so freute sich von Kadenbeerg dann doch, seine Autos wieder zu bekommen.

Vom Wagen aus benachrichtigte er per Mobiltelefon Freunde, die bereit standen um ihm hier behilflich zu sein.

Auch hatte von Kadenbeerg eine Halle aufgetrieben, in der alle Sachen gelagert werden konnten, inklusive seiner klassischen Fahrzeuge.

Der kleine Gerichtsvollzieher mühte sich vor Ort sichtlich mit dem schweren Garagentor und alle standen dabei und sahen zu ohne einen Finger zu rühren.

Dann durfte er die Schilder an den Fahrzeugen anbringen, hatte er diese ja auch abmontiert. Er tat sich auch hierbei sichtlich schwer.

Von Kadenbeerg hatte sicherheitshalber einen Booster gekauft, der einfach als Starthilfe an die Batterie angeschlossen wurde, denn er kannte seinen Monza, dessen Batterie nach zehn Tagen durch die analoge Uhr leer gezuzelt war.

Er wollte keinesfalls riskieren, dass der Gerichtsvollzieher eventuell ein Auto zurück behielt.

Das war ihm heute denn auch gelungen. Dank seiner helfenden Freunde ging alles sehr schnell und perfekt.

Die Unterlagen faxte er noch am Abend zu seinem Anwalt mit dem Auftrag, sofort die Höhe der Vollstreckungskosten anzufechten.

Mit der Pfandfreigabe nahm er Kontakt zur Pfandkammer auf. Der erste Kontakt verlief ja schon ausgesprochen schlecht, denn gemäß dem Gesetz sollten ihm seine persönlichen Sachen ausgehändigt werden. Aber weder seine Garderobe, seine Schuhe, noch seine Papiere waren in dem Chaos zu finden. Dafür musste er auch noch eine Gebühr an einen selbstgefälligen jungen Mann bezahlen, der sich vorher sehr damit hervorgetan hatte, dass er diese Form der Arbeiten ja nun gar nicht notwendig hätte, denn er mache ja eine Ausbildung zum Eventmanager. Dieses tat er mit einer Überheblichkeit, dass von Kadenbeerg im Geiste nur zu antworten wusste: "Dummheit und Stolz wachsen bekanntlich auf einem Holz" und genug Holz hatte der im Kopf.

Als er dann im aktuellen Kontakt um einen Termin bat, um seine Sachen abzuholen, hatte man für ihn nur einen Termin vierzehn Tage später.

Er beauftragte sein Umzugsunternehmen und bezahlte den Auftrag bar. Fast pünktlich waren die Herren vor Ort und die Sachen wurden verladen. Die Möbelpacker waren ausgesprochen aufmerksam, denn von Kadenbeerg wurde auf alle Beschädigungen seiner antiquarischen Möbel hingewiesen. Es war ein Desaster und mittendrin der junge Eventmanager, der wieder stündlich fünfzehn Euro Gebühr kassierte, denn er musste ja schließlich auch bezahlt werden.

Aber deswegen eine Gebühr? Die wird ja nun amtlicherseits festgesetzt und dient nicht dazu, arrogante Rotzlöffel zu bezahlen. Vor allem ohne eine ordnungsgemäße Quittung, die auf Anfrage verweigert wurde.

Die Blumenkübel, die passend zum Sockel des Hauses gemacht waren, fehlten, der Flachbildschirmfernseher nicht zu finden und die Eisenbahn aus Kindertagen nicht da.

Alle Zimmerpflanzen und die, passend zu Geländer und Haussockel in dunklem Grün gefertigten Pflanzkübel aus dem Treppenhaus fehlten samt Bepflanzung.

Das wurde bemängelt und führte natürlich zu Konflikten, auf die sich von Kadenbeerg aber nicht einließ.

Das wird der Anwalt regeln.

Die Autos waren in neuem Quartier. Seine Sachen, bis auf die Diebstähle komplett in einer großen Halle, in der er dann jede Kiste kontrollieren konnte, was er in den folgenden Tagen auch tat.

Bei dieser Kontrolle durfte er dann noch feststellen, dass auch der Schmuck seiner bereits verstorbenen Großmutter, der seit Jahren in deren Handtasche verwahrt wurde, gestohlen war. Die Handtasche lag leer in einer der Umzugskisten.

Schelllackplatten unsachgemäß in Karton gestapelt, - kaputt.
Das weiße Service aus der Küche, Pasta Teller und flache Teller nicht verpackt, - kaputt.

Von Kadenbeerg war außer sich.

Er machte eine dezidierte Anzeige bei der Staatsanwaltschaft. Es dauerte alleine sieben Wochen bis ihm ein Aktenzeichen mitgeteilt wurde.

Er musste dann zu einem Verhör in eigener Sache zur Polizeiwache des Kreises und gab das geschriebene nochmals zu Protokoll. Der Polizeioberkommissar versuchte, von Kadenbeerg davon zu überzeugen, dass die Dinge vielleicht nur irgendwo in der Masse des Umzugsgutes noch unerkannt stünden. Von Kadenbeerg ließ sich allerdings nichts einreden. Er beharrte auf seinem Standpunkt.

Das Protokoll wurde von dem zuständigen Polizeiober-kommissar gefertigt und von Kadenbeerg bekam es dann zur Kenntnis.

Das in einem merkwürdigen, zerhackten Deutsch ge-schriebene Protokoll schloss mit den Worten: "Der gestohlene Schmuck befand sich in der Tante der Handtasche der geräumten Oma des Unterzeichners."

Jetzt zerriss es den Doktor. Einem Menschen, der sein Leben lang darauf trainiert, fast gedrillt war, sich in korrektem Deutsch - sowohl schriftlich, als auch mündlich - auszudrücken, ein solches Protokoll zur Unterschrift vorzulegen, das war zu viel. Damit würde er selbst dokumentieren, dass dies seine eigenen Wor-te seien. Und alle Bearbeiter im Lande, die den Schriftsatz lesen durften, würden diese grammatikali-sche Unfähigkeit ihm zuordnen.

>Das unterzeichne ich so nicht. Zum einen ist das hier dokumentierte nicht meine Art zu sprechen oder gar zu schreiben, zum anderen habe ich den Schmuck weder in der Tante der Handtasche verwahrt, noch habe ich eine geräumte Oma. Meine Oma hatte eine Handtasche, in der sich der Schmuck befand und die im Wohnzimmer in der Anrichte hinter den Videocas-setten verwahrt wurde. Das Verwahren in der Tante wäre mir zu frivol und die Handtasche hatte bisher in den letzten vierzig Jahren keine Tante. Auch ist meine Oma nicht geräumt, sondern verstorben und beige-setzt. In Deutschland ist Bestattung Pflicht. <

Von Kadenbeerg legte den Ausdruck auf den Schreib-tisch des Polizeioberkommissars und sagte:

>Bitte noch einmal und beachten Sie meine rechts am Rand angebrachten Korrekturen. <

Es fehlte lediglich der Rotstift, das Mangelhaft und die Paraphe des von Kadenbeerg sowie der Anschiss, wie ein Oberkommissar so etwas abliefern kann und im Ernst erwartet, dass dieses auch noch unterschrieben wird.

Doktor von Kadenbeerg war über die Abläufe, die ihm die Justiz bot und rigoros anwendete, buchstäblich so was von angefressen, dass er die zuständige Justizministerin anschrieb, um an höchster Stelle diese Vorkommnisse einmal deutlich zu machen. Vor allem, um den sozialen Aspekt einmal in den Vordergrund zu stellen, was man Menschen in einer ohnehin nicht einfachen Lebenssituation mit einer Zwangsräumung antat, was von Kadenbeerg noch immer als Deportation ansah.

Sehr geehrte Frau Staatsministerin,
sehr geehrte Damen und Herren,

Sachverhalt:
Nach der Projektierung des Altenpflegeheimes in meiner Heimatgemeinde wurde mir durch den Investor David Bilcher das vertraglich vereinbarte Honorar in Höhe von sechshunderttausend Euro nicht bezahlt.

In der Folge führte das zu den üblichen Repressalien bis zur Kündigung meiner Kredite durch die Hausbank, bei der ich 48 Jahre lang Kunde war, mit der Begrün-

137

dung, mein Forderungsmanagement nicht im Griff zu haben.

Ich habe mich natürlich dagegen gewehrt, insbesondere gegen den Umstand, dass ich eine Vorfälligkeitsentschädigung für die von der Bank gekündigten Kredite (€ 45.000,00 für € 95.000,00 Darlehenssumme) leisten soll, obwohl der Bundesgerichtshof höchstrichterlich klar entschieden hat, dass eine Bank in diesem Falle keine Vorfälligkeitsentschädigung berechnen darf.

Zwischenzeitlich hat mich nach einer Tumorextirpation am Gehirn in dieser Situation eine schwere Depression ereilt, die nur mit viel Mühe durch eine Psychiaterin behandelt werden konnte.

Trotz allem hatte ich mein Wohnhaus zwischenzeitlich notariell verkauft, mit entsprechender Auflassungsvormerkung im Grundbuch.

Die Bank versteigerte mein Haus trotzdem und versuchte, mich entsprechend zu deportieren. Dieses wurde mehrfach zurück gewiesen. Insgesamt durfte ich mich, wegen testierter Suizidgefahr vier amtsärztlichen Untersuchungen unterziehen, die zu keinem abweichenden Ergebnis führten. Dennoch hat das Amtsgericht Rüdesheim der Versteigerung zugestimmt und diese durchgeführt. Im Wege einer sofortigen Beschwerde hat das Landgericht dann dieses Verfahren noch während der Versteigerung ausgesetzt und anschließend per Urteil bis 2015 ausgesetzt.

Sofern Sie weitere Auskünfte wünschen, steht Ihnen die Kanzlei Friedrich, Rechtsanwälte in Würzburg, gerne oder auch ungerne zur Verfügung.

Maßnahmen:

Am 14. Oktober diesen Jahres wurde ich zwangsgeräumt. So richtig und gnadenlos mit Schloss aufbohren (ich höre seit der Tumorextirpation schwer bzw. bin rechts taub), Polizeieinsatz mit mindestens 10 Polizisten, Gerichtsvollzieher, „Anwaltsvertreter" im Bundeswehrdrillich und besonders schlechten Manieren und jede Menge Umzugsleute, die auch einen beängstigten Eindruck machten.

Vom Gerichtsvollzieher wurde mir dann eröffnet, dass ich an diesem Tage zwangsgeräumt werde und jetzt innerhalb von zwei Stunden mein Haus zu verlassen habe. Einwände wurden nicht geduldet bzw. vom Anwaltsvertreter, Herrn Damm aus dem Hause Liebergaad, laut schreiend mit der Begründung abgelehnt, man habe mit mir schon genug mitgemacht, es reiche jetzt.

Problem1:

Der Hinweis, dass mir eine Ankündigung nicht zugegangen ist, wurde nicht berücksichtigt. Angeblich hat man mir den Brief in den Hausbriefkasten eingeworfen und per Post zugestellt. Es war, so wurde mir eröffnet, keine Zustellung per PZU, sondern als normaler Brief.

In der Vergangenheit hatte ich bereits mehrfach darauf aufmerksam gemacht und dieses auch mitgeteilt, dass es immer wieder Probleme mit meiner Postzustellung gibt, gerade auch, weil sich mein Postfach unter dem des Rheingau-Musik-Festival befindet und hier schon einmal Postsendungen falsch eingeworfen werden.

Weiterhin muss davon ausgegangen werden, dass das Landgericht, in Anbetracht der Tatsache, dass ich ja bereits einen Mietvertrag unterzeichnet habe. Bei dem Haus musste allerdings dann das Dach neu gedeckt werden und damit wurde durch den vom Vermieter beauftragten Handwerker erst Mitte August begonnen. Aufgrund des Asbestgehaltes des alten Daches, das nach umweltrechtlichen Vorschriften zu entsorgen war, konnte ich das Haus noch nicht beziehen.

Dennoch war ich bereits dabei, meine Sachen einzupacken.

Nicht zu vergessen meine Tiere. Zwei Rauhaardackel, drei Sittiche und ein Aquarium mit entsprechendem Fischbesatz. Was wäre daraus geworden? Tierheim?

Hat irgendjemand in Ihrem Ministerium eine grobe Vorstellung, welche Aufregung und Verwirrung eine solche Überraschungsmaßnahme verursacht?

Kurzfristig angerufene Freunde haben mich dann unterstützt.

Warum erfolgt keine Zustellung solcher Schreiben per Postzustellungsurkunde?

Terminsachen dieser Tragweite sollten nicht mit üblicher Post so lapidar zugestellt werden. Mir liegt nachweislich ein Schreiben des Amtsgerichtes Rüdesheim vor, das vom Briefdatum bis zum Poststempel allein fünf Tage im Geschäftsgang war und mir dann zwei Monate später zugestellt wurde. Inhalt: Es läge ein Haftbefehl gegen mich vor und ich habe der Gerichtskasse € 392,00 zu bezahlen oder ein Vermögensverzeichnis abzugeben.

Welchen Anspruch hat die Justiz hier an eine sorgsame Abwicklung und vor allem, welchen Anspruch haben die Mitarbeiter der Justiz an die Erledigung ihrer Dienstaufgabe?

Wir haben keine amtliche Post mit einem Postminister mehr, wie dieses in der Bonner Republik der Fall war. Wir haben eine bundeseigene Aktiengesellschaft mit einer maximalen Gewinnorientierung, Aushilfen, Geringverdiener, über Arbeitsvermittlungen gestellte Leiharbeiter, auf deren Füssen sich die Gestellungsfirma bereichert, denn einer trägt Post und zwei wollen verdienen.

Bedenken wir hier auch, dass die Post mittlerweile eine eigene Haushaltsstelle hat für Haftungseinnahmen bei verursachten Schäden durch die Mitarbeiter an Posteigentum, so lässt das nicht gerade auf einen sorgsamen Umgang mit den Arbeitsmitteln schließen, geschweige denn auf eine präzise Zustellung.

Wenn ich im Hinblick auf das Shareholder Value einer AG nur Peanuts bezahle, muss ich mich nicht wundern, wenn ich am Ende nur Affen da sitzen habe.

Hier muss sich die Justiz anpassen und Justitia dann doch einmal unter der Augenbinde hindurch in die Welt schauen.

Ich darf hier versichern, dass ich keine Ankündigung des Termins erhalten habe und Sie dürfen versichert sein, dass ich aufgrund meiner Ausbildung und der mir eigenen beruflichen Sorgfalt nicht so ungeübt bin, ein solches Schreiben zu übersehen, nicht zu bearbeiten oder nicht meinem Anwalt zu überlassen, damit dieser die erforderlichen Maßnahmen ergreift.

Ich hatte eine Depression, keinen Anfall von Dummheit. Keiner meiner Freunde oder Bekannten hält für möglich, dass ich einen Brief mit solcher Tragweite „verzottelt" haben soll und ich für meinen Teil kann nur wiederholen, dass dieses ausgeschlossen ist. Diese Darstellung, „ich bin die Justiz und Du der Depp" ist für mich ausgesprochen verletzend. Meiner Bitte, dann der anschließenden Aufforderung doch bitte den Nachweis der Zustellung anzutreten, dem sind das Amtsgericht und der Gerichtsvollzieher bis heute nicht nachgekommen.

Problem2:

Nachdem ich mein Haus verlassen hatte, wurden vom Gerichtsvollzieher nach Absprache mit dem Zwangsverwalter (so viel zur gleichmäßigen Rechtsanwendung) alle meine Sachen inklusive meiner Klassiker in der Garage nebst Ersatzteilen im Wege des Vermieterpfandrechtes beschlagnahmt. Wir bewegen uns hier auf dem Rechtsgebiet der Zwangsversteigerung bzw. dem Verkauf meines Eigentumes. Ein Mietverhältnis bestand nicht. Wenn schon Einzelfallbetrachtung dann auch hier.

Grund für die Beschlagnahme waren wohl die angefallenen Vollstreckungskosten.

Hierfür wurden Möbel im Versicherungswert von € 120.000,00 plus drei Youngtimer beschlagnahmt!

Mir blieb der Alltagswagen und ich wurde buchstäblich auf die Straße gesetzt. Das gemietete Haus ist noch nicht bezugsfertig, weil die Innenrenovierung noch nicht gemacht werden konnte, Öl zum Betreiben der Heizung fehlt und ein Kaminofen noch nicht gekauft werden konnte.

Warum? Kann ich Ihnen schildern. Ich hatte das Glück, für noch abzufassende Gutachten eines Industrieunternehmens einen Vorschuss von € 15.000,00 vereinnahmen zu können. Der hätte an sich gereicht um das gemietete Haus zu beziehen. Leider hat die vom Gerichtsvollzieher beauftragte Firma Blaschewsky in Wiesbaden nur für das Ausräumen meiner zwei Wohnetagen fast € 13.000,00 berechnet. Mein ganzer Umzug in das gemietete Haus hätte nach vorliegendem Angebot der Umzugsfirma Marius Umzugsservice nur € 4.450,00 gekostet inklusive dem Aufhängen der Lampen und dem Aufbau zweier Küchen.

Werden die Delinquenten hier noch einmal schnell abgezockt? Oder gar gegen das Antikorruptionsgesetz verstoßen? Nach nicht geprüften Informationen werden die abgeforderten Leistungen der Umzugsunternehmer nicht einzeln ausgeschrieben, was im Hinblick auf die eingeführte Einzelfallbetrachtung und Abschaffung der Radbruchschen Formel rechtlich nicht nur konsequent, sondern auch einwandfreie Rechtsanwendung wäre, sondern lediglich alle zehn Jahre. Unabhängig dieser Frist an Jahren, denn es spielt nach der herrschenden Gesetzeslage über die vom öffentlichen Dienst abgeforderten Leistungen aus der freien Wirtschaft keine Rolle, welcher Zeitrahmen gegeben ist, bestehen gesetzliche Regelungen zum Thema Ausschreibung, an die auch die Justiz gebunden ist und sich nicht darüber hinwegsetzen kann.

Die Preisdifferenz zwischen den Vollstreckungskosten und dem vorliegenden Angebot meiner Umzugsfirma ist so hanebüchen, dass das Verschwörungstheorien weckt.

Zum Beispiel: „ Wer hat alles davon profitiert? Ich verweise hier an dieser Stelle auf die Akten der Staatsanwaltschaft, denn die in der Folge aufgeführten Diebstähle sind Wiederholungsfälle.
Ich habe die verlangten Vollstreckungskosten bezahlt, denn ansonsten drohte man mir, meine Sachen und meine Autos zu verwerten.
Meine Möbel sind Jugendstil und Louis Phillipe, meist aus Eiche oder Mahagoni bzw. Nusswurzel. Herstellungsjahre gem. Expertisen zwischen 1860 und 1880 – aber laut Vollziehungsbeamtem nichts wert! Was also heißt, jeweils am letzten Freitag eines Monats werden diese Dinge ab einem Mindestgebot von € 1,00 versteigert.
Für die Autos wird noch ein Gutachten abgefordert, für antike Möbel oder Gläser usw. nicht. Dafür sind Vollziehungsbeamte ja geschult und mit der Wertbestimmung erfahren. – Oder irre ich jetzt?
In keinem Falle stand die Beschlagnahme meiner Möbel, Geschirr und der Autos wertemäßig im Verhältnis zu den Vollstreckungskosten. Diese Maßnahme war Willkür bzw. meiner Person geschuldet nach dem Motto: „Dem zeigen wir es jetzt, wer hier die Macht hat".
Sieht so eine ordnungsgemäße, nach dem Grundsatz der gleichmäßigen Rechtsanwendung, Rechtsabwicklung aus?

Problem 3:
Meine Sachen wurden dann in die Pfandkammer verbracht. Für den Rheingau auch Wiesbaden. Normalerweise steht mir das Recht zu, persönliche Papiere und Garderobe dort abzuholen. Fast eine Woche musste ich hier auf einen Termin durch Herrn Blaschewsky warten. Er hat keine Leute, die das erledigen können. Mit einem Zeugen fuhr ich dann dorthin und wurde von

einem Jungdynamiker, der das ja nur nebenher macht, weil „er macht ja eine Ausbildung zum Eventmanager", in Empfang genommen und zu meinen Sachen geführt. Nicht jedoch bevor ich eine Gebühr in Höhe von € 15,00 bezahlt hatte, denn er muss ja auch bezahlt werden. Wohlgemerkt: „Eine Gebühr!" Quittung gab es trotz Nachfrage keine! Bei der Firma Blaschewsky telefonisch angefordert, durch das Sekretariat zugesichert aber nie angekommen.

Garderobe und persönliche Unterlagen waren nicht, wie zugesichert, in beschrifteten Kartons gesondert verwahrt. Es war nichts zu finden. Resultat, ich habe mir Hemden und Schuhe neu gekauft, das war wohl billiger als dem Jungdynamiker der Umzugsfirma stündlich Gebühren zu sponsern. Nach der herrschenden Meinung habe ich einen Rechtsanspruch auf meine persönlichen Sachen. Diese müssen dann auch kostenfrei, einwandfrei und schnell den Betroffenen zu den üblichen Geschäftszeiten zur Verfügung stehen.

Problem 4:
Fast drei Wochen nach Pfandfreigabe konnte ich meine Möbel usw. aus der Pfandkammer holen. Die Autos bekam ich bereits an dem Tag, als ich die Vollstreckungskosten bar bezahlt hatte, denn der Vollziehungsbeamte verlies mit mir seine Sprechstunde um mir meine Garage zu öffnen (Freundlichkeit? Verständnis für meine Situation? Schlechtes Gewissen?).
Mir fehlt im bisher gesichteten Umzugsgut die Sammlung meiner Wiking – Autos, teilweise aus dem Jahr 1949 stammend! Statt den Setzkasten einfach in Folie zu packen, habe ich diesen leer vorgefunden. Sammlung besteht aus:
Auch hier folgte eine präzise Aufstellung der einzelnen Gegenstände
Ferner fehlen:
Kakteensammlung des Blumenfensters, teilweise mehr als 50 Jahre alt inkl. der weißen Übertöpfe.

144

Außenkübel, Terrakotta, für Blumen inkl. Bepflanzung lackiert in dunkelgrün, passend zum Sockel des Hauses. 2 Kübel mit einem Durchmesser von ca. 60 cm, ein Pflanzkübel ca. 40 cm Durchmesser bepflanzt mit einem Lavendel und ein weiterer Kübel, mit leichter Farbabweichung in blaugrün bepflanzt mit „Mädchenauge gelb".

Weitere große Terrakotta Kübel bepflanzt mit einer Korkenzieherweide usw. Meinem Anwalt habe ich Bilder zur Verfügung gestellt, die ich auch Ihnen gerne per E-Mail zur Verfügung stellen kann.

Es fehlt wohl auch die elektrische Eisenbahn, verpackt in einem Karton aus der Anrichte im Flur bestehend aus:

Hier folgte eine präzise Aufzählung der entwendeten Gegenstände.

Trotz größter Sorgfalt und genauer Prüfung sind diese Gegenstände nicht im Umzugsgut. Ich finde es außerordentlich befremdlich, dass in der deutschen Rechtsprechung die Möglichkeit der Zwangsräumung besteht und dann die bestehende Sorgfaltspflicht durch den Gerichtsvollzieher so ausgeübt wird.

Ich vermute, dass der zuständige Gerichtsvollzieher hier seine Sorgfaltspflicht nur bedingt ausgeübt hat und der Kanzlei Liebergaad, vertreten durch deren Anwaltsvertreter (so hat er sich mir vorgestellt) Herrn Dumm hat ausüben lassen.

An vielen Dingen haftete eine große Erinnerung, die nie ersetzt werden kann.

Bedenken Sie bitte, dass bei der Zwangsräumung meiner Mutter mit gleicher Umzugsfirma auch deren Schmuck verschwand und wir auch hier eine Anzeige machten. Ich hatte bereits auf die Akten der Staatsanwaltschaft verwiesen.

Warum wir den Schmuck nicht mitgenommen haben? Wenn Sie so übergriffig aus dem Haus getrieben werden, geht das vergessen.

Wie können solche Diebstähle unter den Augen eines Gerichtsvollziehers geschehen? Waren die Gegenstände in der Pfandkammer? Wurden diese dort heraus gestohlen? Wie kann das bei korrekter Ausübung der Sorgfaltspflicht passieren?

Mir ist vor allem unverständlich, wenn bereits eine Anzeige und ein Ermittlungsverfahren nach der Zwangsräumung meiner Mutter vorlagen, wieso dann immer noch die gleiche Umzugsfirma den Zuschlag für die Maßnahmen der Justiz erhält?

Sind Sie versichert, alle meine Sachen sind in einer fast 1000 m² großen Halle abgestellt und ich habe genügend Platz jeden Karton einzeln zu prüfen und mache das auch.

Der Firma Blaschewsky ist nach meinem Dafürhalten, ohne Ihnen Vorschriften machen zu wollen, in jedem Falle aufgrund der geschilderten Vorkommnisse nicht geeignet, die Justiz auf diese Weise zu vertreten.

Wie kann die Justiz korrekt ihren Anspruch erfüllen, wenn sie sich solcher Erfüllungsgehilfen bedient? Allein der Anschein ist ausreichend.

Ferner ist absolut unverständlich, wieso eine Pfandkammer in die amtlich beschlagnahmte Gegenstände verbracht werden, von einer privaten Umzugsfirma verwaltet wird.

Sehr geehrte Frau Staatsministerin, ich bin noch nicht am Ende, es kommt noch besser.

Problem 5:

Um meine Sachen aus der Pfandkammer zu bergen und meine Deportation zu mildern, musste ich an den bereits erwähnten Jungdynamiker stündlich € 15,00 Gebühr leisten, denn er drohte damit, die Tür zu verschließen und die Sachen zu behalten. Pfandfreigabe war formell und schriftlich erfolgt. Es war bestätigt, dass alle Vollstreckungskosten beglichen waren – ALLE! Er nannte es wieder Gebühr, dabei war es doch sein Stundenhonorar.

Auf dem jeweiligen Protokoll habe ich auch diese Summen vermerkt, insgesamt waren es ja € 185,00 und mit dem Handy fotografiert.

Es ist schwerhörigen Menschen zuteil, häufig das zu hören, was nicht für deren Ohren bestimmt. Dazu gehöre ich auch.

Vom Hof aus wurde mit dem Jungdynamiker eine Unterhaltung geführt aus der ich schließen konnte, dass Herr Blaschewsky hier mit seinem gebührenpflichtigen Mitarbeiter sprach. „ Was soll das denn, was steht da alles drauf? Das hat DER geschrieben, ich kann da nix dafür (gemeint waren die „Gebührenzahlungen)“.

DER, war wohl ich.

Ich war dem angehenden Eventmanager in Bezug auf seinen Erfahrungsschatz behilflich. Ich habe ein Event aus Finanzamt, Arbeitsagentur und Sozialversicherung prospektiv gestaltet, die sich auch diesen Gebühren annehmen wollen.

Hier wird, im Namen der Justiz, unter dem Deckmantel der Justiz eine „Gebühr“ erhoben, für die es kein Gebührenwerk gibt, die nicht amtlich ist, nicht quittiert wird (wenn ein Quittungsblock nicht vorliegt, dann ist die Quittung klar eine Bringschuld) und Geld erwirtschaftet, das in nicht nachvollziehbare Budgets fließt.

Problem 6:

Auf meiner Geige wurde wohl gespielt, denn der Silberbogen war mehr als von mir üblich entlastet. Die Geige war nicht mehr korrekt in ihrem Koffer verpackt. Wer gibt der Justiz hierzu das Recht? Denn die Firma Borowski vertritt ja als Verwalter der Pfandkammer die Justiz.

Meine Unterwäsche wirkt sehr durchwühlt, meine Garderobe verdreckt, meine Matratzen so verdreckt, dass ich neue kaufen muss (Die Pfandkammer könnte *ja einmal geputzt werden, denn bei fast € 13.000,00 Vollstreckungskosten reicht der Ertrag doch bestimmt, um bei Aldi Putzlappen und Reiniger zu kaufen).*

Die Justiz hat die beschlagnahmten Sachen mit besonderer Sorgfalt zu behandeln und zu verwahren.

Problem 7:

Am Tage vor der Zwangsräumung hatte ich eingekauft. Zucker, Mehl usw. Alles was ein Haushalt so benötigt. Lebensmittel werden aus hygienischen Gründen entsorgt, so die Firma Blaschewsky, und können nicht in die Pfandkammer verbracht werden.

Es ist so, dass ich alle diese Lebensmittel, bedingt durch meinen „Hygienefimmel" in Tupperdosen verpacke und nicht lose im Paket aufbewahre oder dieses nur in weitern abgeschlossenen Behältnissen mottensicher lagere. Die Lebensmittel sind weg und die Dosen auch. In meinen Mülltonnen im Hof ist aber nichts entsorgt. Dort sind nur die Quitten vom Kochen des jährlichen Quittengelees drin.

Das sind keine hygienischen Maßnahmen, das ist Diebstahl, gewöhnlicher Diebstahl unter den Augen der Justiz, mit der Justiz.

Den Menschen in einer Notsituation, denn als eine solche kann eine Zwangsräumung immer angesehen werden, werden die Lebensmittel weggenommen um diese dann wegzuwerfen? Kommt denn niemand einmal auf den Gedanken, dass auch Obdachlose sich ernähren müssen? Dass diese Leute diese Lebensmittel brauchen oder mit dem Entsorgen der Lebensmittel die Ernährung dieser Menschen nicht gegeben ist?

Betrachte ich dann den Zustand des Hauses nach der Zwangsräumung, so kann es mit der Hygiene der Personen, die mit der Zwangsräumung beauftragt waren (insbesondere Toiletten!!!!!! – und dann fehlende Seife und meine Sachen angefasst), nicht weit her sein.

Mit dem jeweils anwesenden Vollziehungsbeamten, der ja hier das Land vertritt, werden die erforderlichen Sorgfaltspflichten drastisch verletzt.

Alle diese Schäden wird mein Anwalt geltend machen und ich werde versucht sein, die Aufmerksamkeit der Presse auf diese Verfahren und Umstände zu lenken.

Ich bedauere sehr, dass dieser Brief hier geschrieben werden musste, fühle mich aber hierzu verpflichtet. Ich wehre mich seit sieben Jahren gegen die Rechtsauffassung meiner bisherigen Hausbank (nach 48 Jahren Kundendasein) und werde mich auch weiter wehren, weil ich es eben kann.

Aber was macht ein Mensch, der nicht das Glück der drei „Jodeldiplome" hat, der nicht als dienstunfähiger Beamter so geschult ist, um sich widersetzen zu können?

Diese armen Menschen sind dieser Willkür ausgesetzt, hilflos ausgesetzt und werden so ihrer letzten Habe beraubt - mit dem Resultat, dass aufgrund der geringen Erlöse, die ja, ich wiederhole, auf der Einschätzung der Gerichtsvollzieher basieren, auch noch ungedeckte Vollstreckungskosten übrig bleiben, die dann noch gedeckt werden müssen.

Diese Achtlosigkeit ist eine Schande für die Republik und das Land Hessen, das, wie in meinem Falle, maßgeblich an diesen Abläufen beteiligt ist.

Christlich und das Gebot der Nächstenliebe geht ein wenig anders und die Radbruch´sche Formel war zuweilen dann doch gerechter, als die heute so propagierte Einzelfallbetrachtung.

Sie werden mir jetzt wahrscheinlich mitteilen, dass es nicht Aufgabe des Ministeriums ist, sich mit diesen Dingen zu befassen.

Das Amtsgericht wird den Sachverhalt hochrichterlich so darstellen, dass ich und die anwesenden Freunde den Eindruck haben werden, dass wir auf der falschen Veranstaltung waren.

Hier muss ich allerdings leider auf Ihre Dienstaufsicht gegenüber den Gerichten verweisen, denn diese geschilderten Abläufe, die verschiedenen Gesetzen konträr gegenüberstehen, können nicht beibehalten werden.

Ich kann meine gemachten Darstellungen anhand von multiplen Zeugenaussagen und Fotos belegen.

Ihnen und Ihren Familien wünsche ich ein gesegnetes Weihnachtsfest im trauten Heim und denken Sie beim Schlemmen einmal an die Leute ohne ein Heim, die Ihr Erdenken von administrativen Abläufen um eben dieses gebracht hat.

Mit freundlichen Grüßen
Dr. J. von Kadenbeerg

Auf eine Antwort hatte er zwar gehofft, diese aber nicht erwartet und lag mit seinen Erwartungen vollkommen richtig.

Eine Ministerin, einer Partei zugehörig, die sich auch das Christliche im Namen verewigt hatte und in allen Wahlkämpfen diese Werte herausstellte, hatte noch nicht einmal den Anstand, durch einen Mitarbeiter eine Eingangsbestätigung zu senden.

Es war ja auch kein Wahlkampf.

Aber was sollte sich von Kadenbeerg darüber aufregen? Er würde sich zukünftig einfach den Weg in Wahllokale sparen und damit war dieser Angelegenheit zunächst genüge getan.

Abgesehen von aller Logik der aufgezeigten Probleme in diesem Brief an die Landesregierung bestand aber auch das Wissen, dass im öffentlichen Dienst die Auffassung vertreten wird, dass Menschen in solcher Situation, sich immer beschweren und diesen Schreiben keine Bedeutung beigemessen werden muss.

Sein Geld hatte er davon aber noch lange nicht zurück. Hier galt ja zunächst die Haltung der Justiz, dass man den Delinquenten erst noch einmal abzockt, indem in erpresserischer Haltung das Geld zunächst gefordert wird und sich die Justiz keines demokratischen Einwandes offen zeigt, egal ob er es jemals wieder in seine Zukunft schafft oder nicht.

Wir sind das Recht und wir gestalten die Vorschriften so, wie wir es uns einfach machen können.

Das hatte bei Doktor von Kadenbeerg, der von seinem Vater streng, aber auch liberal erzogen worden war, einen sehr üblen Beigeschmack und es regten sich mehr und mehr Zweifel, ob er in einem solchen Land leben wollte.

Es erschien ihm aussichtslos, in diesem Staat wieder auf seinen Status Quo zu gelangen nachdem man gestrauchelt war. Auch wenn dieses rechtlich nicht bestätigt wurde und bisher alle Urteile zugunsten ausgegangen waren. Durch die willkürlich ausgeübte Macht der Bankkaufleute, die sich nun mal als die Elite der Kauflaute erachteten, die Eintragung in die Schufa, die ja wieder per Klage angefochten und durch die eintragende Bank gelöscht werden musste, war dieses nicht möglich bzw. ein langwieriger Prozess. Eintragungen oder Artikel im Internet standen dort für alle Ewigkeit und hingen dem Menschen negativ nach.

Er erinnerte sich an das Buch „Die verlorene Ehre der Katharina Blum". Ihn ärgerte nur, dass ihm der Schriftsteller dazu nicht einfiel und war damit so abgelenkt, dass ihm in diesem Moment nicht bewusst war, wie dieser Roman ausging.

Monate später erreichte ihn ein Brief, unterzeichnet von einem Mitarbeiter des Ministeriums mit dem Hinweis, dass die Dienstaufsicht dem Landgerichtspräsident obliege und das Schreiben als Dienstaufsichtsbeschwerde deklariert dorthin weiter geleitet wurde.

Ein mit grüner Tinte geschriebener Vermerk auf dem Schreiben des Ministeriums, in der Handschrift des Doktor von Kadenbeerg machte deutlich „diese Beamten lesen nur was sie lesen wollen, insbesondere unter dem Aspekt des alten Grundsatzes: Zuständigkeit prüfen. Seitens der Ministerialbürokratie wollte man nicht verstehen, dass mit der Gesetzgebung, den Erlassen und der Durchführungsverordnung diese Probleme erst aufgeworfen werden. Immer vom Grundsatz des Bürgerlichen Gesetzbuches auszugehen, dass der Bürger immer Geld zu haben hat, erscheint allzu sehr wirklichkeitsfern und starr verblendet, als dass dieses noch in die heutige Zeit passen würde.

Viel wichtiger wäre gewesen, die Entwicklungsfähigkeit eines Bürgers zu betrachten und welche Chancen und geistigen Mittel ihm zur Verfügung standen, wieder auf eigenen Füssen stehen zu können. Nach der Abschaffung der der sozialen Markwirtschaft mit dem Sterben der Bonner Republik, war auch diese Kälte in das Wirtschaftssystem eingedrungen. Lediglich Banken waren systemrelevant. Nicht die Unternehmen, die das Geld erwirtschafteten, mit dem die Banken ihre teilweise sehr risikoreichen Transaktionen durchführten.

XVI

In Angelones Ferienwohnung konnte er leider nicht mehr bleiben, da sie mittlerweile weitervermietet wurde. Allerdings nahm ihn eine alte Freundin gerne auf, denn sie war über die Weihnachtsfeiertage bis weit ins neue Jahr verreist.

Während er seine sieben Sachen zusammenpackte, sinnierte er nochmals über die erlebte Übergriffigkeit des Staates, wohlwissend, dass diese selbstverantwortlich durch die hiesige Justiz, das kleine Amtsgericht, ausgeübt wurde - unter dem Deckmantel der gleichmäßigen Rechtsanwendung gegen alle, wie der Gerichtsvollzieher nicht müde wurde, zu betonen.

Die Betonung lag hier auf „gegen" – eine der Feinheiten im Dialog, die diese Menschen im Eifer, sich zu rechtfertigen und positiv darzustellen, zuweilen nicht bemerken, wenn sie diese von sich geben. Ihr Unterbewusstsein bringt so die wahre Auffassung ans Tageslicht. Der aufmerksame und möglichst schweigsame Zuhörer kann aus dieser Gleichgültigkeit im Eifer der Selbstdarstellung verstehen und seine Schlüsse ziehen, was das gesprochene Wort im Kontext bedeutet.

Diese Schlüsse sind es, die dem eifrigen Zuhörer zuweilen Vorteile bringen.

Doktor von Kadenbeerg dachte gerade darüber nach, welche Schlüsse hier nahe lagen, als es ihn durchfuhr. - Heinrich Böll war der Schriftsteller, dessen Name ihm nicht einfallen wollte und das Buch handelte über die Entstehung von Gewalt.

Doktor von Kadenbeerg hatte nicht die Absicht, dem Roman zu folgen, aber mittlerweile war es für ihn vorstellbar und nicht nur Phantasie des Schriftstellers, wie eine solche Geschichte ausgehen, ja sich erst in allem Ernst und ohne Zwischenstopp entwickeln konnte.

Die Handlanger des Staats, die sich selbst als mächtig erachten ohne es in Wahrheit zu sein, können einen schon bis auf das Blut reizen.

„Des Deutschen Traum: Ein Platz hinter dem Schalter. Des Deutschen Schicksal: Vor dem Schalter in der Schlange zu stehen." Und wehe, er kam hinter dem Schalter zum Sitzen.

Der Transporter war geladen und die wichtigen Dinge schnell in die nächste Wohnung gebracht. Doktor von Kadenbeerg war obdachlos und ohne Büro, weil ja beides im Haus untergebracht war.

Wie seine Freunde immer betonten, waren die Handlungen der öffentlichen Hand gemeinsam mit der Bank wohl wirklich darauf abgestellt, ihn zu ruinieren.

Von der Freundin wurde er bereits erwartet und auf dem obersten Treppenabsatz herzlich empfangen. Angelone stand ihm zur Seite, hatte seine Sachen transportiert und half ihm, sie nach oben zu tragen.

Für ihn war ein Zimmer geräumt, so dass er komfortabel mit den beiden Hunden untergebracht war. Diese mussten sich ja auch erst an die Situation gewöhnen.

Seine Heiterkeit war noch immer nicht zurückgekehrt. Die Tage seines Lebens waren noch immer sehr beschwerlich und betrüblich. Er, sein Leben lang frei, war jetzt abhängig vom Goodwill anderer, auch wenn sich die wahren Freunde jetzt herausstellten.

Erschwerend kam hinzu, dass sich die Lebensgewohnheiten und Lebensziele des Doktor von Kadenbeerg im Laufe seines Lebens geändert hatten.

Wollte er früher fünf Kinder, so genügten ihm jetzt schon die beiden Dackel. Auch mopste er sich nicht, wenn er alleine war. Nein, er brauchte die Stunden der Einsamkeit in seinem Leben, um sich auf seine Arbeit und das Wesentliche konzentrieren zu können.

Jetzt war er gezwungen, mit einer Freundin zusammen zu leben, sich deren Gewohnheiten als anständiger Gast unterzuordnen, denn es war ja ihre Wohnung.

Und dann die holde Weiblichkeit mit all´ ihren Eigenarten. Und er gehörte nicht gerade zu den Frauenverstehern.

Ein paar Bedenken hegte er schon.

Den großen Teil der Zeit verbrachte seine Freundin Gabriele wahrlich auf Reisen, so dass er alleine in allen Wohnräumen hätte sein können, allerdings nur das Zimmer mit dem Schreibtisch und die Küche nutzte.

Zuweilen fanden sich lediglich kleine Konfliktsituationen. Doktor von Kadenbeerg war es immer gewohnt, Vorratshaltung zu betreiben und alle vierzehn Tage Tüten und Taschen mit Lebensmitteln und Getränke in die Wohnung im dritten Stock zu schleppen, als stünde ein Angriff der Russen bevor.

Das führte natürlich zu Irritationen, wenn der Kühl- und Gefrierschrank absolut voll war und nichts mehr hinein passte.

Vor allem unter dem Aspekt, dass alle Discounter direkt um die Ecke der Wohnung waren und innerhalb von fünf Minuten die Zutaten für ein Menü einzukaufen waren.

Auch sein Putzfimmel brachte seine Freundin ein wenig auf die Palme. Was mit der Aussage begann: „So geglänzt hat meine Spüle ja noch nie" als von Kadenbeerg mit einem Essigessenz-Lappen das matt schimmernde Metall wieder zum Glänzen brachte, als wolle er sich zukünftig darin rasieren, machte auf die Dauer dann doch ein wenig ärgerlich, wenn auch ohne Bemerkung.

War das Sarkasmus? War das Spott oder tatsächlich Bewunderung? Er konnte es nicht beurteilen, es war ihm fremd.

Und hier waren zwei ausgesprochen starke Charaktere: Vom Leben gebildete und geprägte Persönlichkeiten, die es gewohnt waren, alleine zu leben und sich das Leben frei zu gestalten, in dem Bewusstsein, dass es nicht so einfach war, sich in dieser Situation aufeinander einzulassen.

Es funktionierte aber doch. Vernunft und Zurückhaltung lies beide die Situation sehr gut meistern.

In diese „Idylle" kam der positive Bescheid, dass der fünfte Senat des Bundesgerichtshofes die Beschwerde der Bank gegen das Urteil des Landgerichtes gar nicht erst angenommen hatte und damit wieder der Rechtsauffassung des Doktor von Kadenbeerg folgte.

Seine bisherige Hausbank hatte ja sofort gegen das Urteil Beschwerde eingelegt und mit der Begründung dieser Beschwerde die renommierte Kanzlei des Professor Rönschthaler beauftragt. Auffällig war nur, dass für diesen die Frist zur Abgabe der Begründung zweimal verlängert werden musste. Es fiel ihm halt nichts ein, dem Herrn Professor. Von Kadenbeerg hielt sich ja an geltendes Recht, weil bereits ein Urteil darüber gesprochen war. Die Bank wollte dieses nur nicht anerkennen und ihre eigene Sichtweise durchsetzen.

Es war natürlich eine große Erleichterung zu wissen, dass der Bundesgerichtshof die gleiche Rechtsauffassung hatte und dadurch die Rechtsposition des Doktor von Kadenbeerg stärkte, was die Bank mehr und mehr in die Defensive drängte.

Von Kadenbeerg hatte in den vergangenen Wochen bereits errechnet, wie groß sein eingetretener Vermögensschaden durch das Verhalten der Bank war. Vor allem, welcher Schaden entstanden war, nachdem sein Anwalt ihm erklären musste, einen Termin „nicht auf dem Schirm gehabt zu haben", der die Zwangsräumung und alle weiteren Repressalien und Kosten überflüssig gemacht hätte, da erst einmal genügend Geld in von Kadenbeergs Kasse gewesen wäre, um all dieses zu verhindern.

Was hatte er in seinem Innersten für einen gespeicherten Zorn bei dem Gedanken, wegen eines Sekretariatsfehlers und der Vergesslichkeit einer anderen Person so in der Scheiße zu sitzen.

Gleichzeitig hatte er errechnet, wieviel Geld er bei korrekter Rechtsanwendung zu beanspruchen hatte. Es gab ja das klare Urteil des Bundesgerichtshofes, wonach eine Bank, im Falle der Kündigung von Krediten durch die Bank eine Vorfälligkeitsentschädigung gar nicht berechnen darf und analog hierzu nicht auch noch einen höheren Zinssatz berechnen darf als den, den sie ursprünglich im Vertrag vereinbart hatte. Doktor von Kadenbeerg hatte sich in den Begutachtungen durch die Psychiater, um ihn vielleicht auf diesem Wege aus dem Verkehr ziehen zu können, immer auf diese Rechtslage und Rechtssituation berufen.

Für seinen Anwalt, der in der Auseinandersetzung mit der Bank immer langsamer und zuweilen lustloser wurde, hatte er dezidiert ermittelt, dass er aus dem Verkauf des Hauses zweihundertsechsundachzigtausend Euro zu beanspruchen hatte plus die Abfindung des Wohnungsrechtes für die Gräfin von Kadenbeerg in Höhe von Einhundertzwanzigtausend Euro plus die vierzehntausend Euro zuzüglich der entsprechenden Verzinsung für die Summen.

Warum hatte die Bank das jetzt gemacht? Aus wirtschaftlichen Gründen jedenfalls nicht – oder gerade aus wirtschaftlichen Gründen?

Der Anwalt machte diese Summe schriftlich bei der Bank geltend, um sich außergerichtlich zu einigen. Allerdings mit dem Erfolg, dass die Bank auf dieses Anschreiben noch nicht einmal antwortete. Eine besondere Art der Unhöflichkeit .

Wieder einmal musste Zahlungsklage eingereicht werden.

Ausgesprochen anstrengend, aber genau das gehörte zur Taktik der Bank. Leute weichkochen und so zur Aufgabe zwingen.

Aber hier hatten sie die Rechnung ohne den Sturkopf gemacht, der auf seiner Rechtsauffassung beharrte, weil er diese sogar als Laie belegen konnte, denn es existierten ja die Urteile höchster Rechtsprechung an denen er sich orientierte.

Warum also jetzt der Wille der Bank, diese Rechtsprechung zu ändern? Nur um Recht zu behalten? Wer gehört denn da jetzt untersucht?

Den Anwalt musste er motivieren, was aufgrund der Versäumnisse nicht schwer war unter dem Aspekt, dass eine gute Aussicht bestand, ihn in die Haftung zu nehmen.

In dieser sehr nachdenklichen und trüben Phase seines Lebens gestaltete sich das Zusammenleben mit ihm für die altgediente Freundin besonders schwierig. Er war ausgesprochen still und zurückgezogen in diesen Tagen und dachte sehr über seinen weiteren Lebensweg nach. Das hohe Maß der Ungewissheit machte ihn ausgesprochen nervös. Es war nahezu unmöglich, sich ihm zu nähern. Seine übliche Offenheit war von ihm gewichen.

Eine weitere gute Freundin, mittlerweile in der Schweiz lebend, hatte einen Mieterwechsel und so wollte es der Zufall, dass er ein Appartement, wenn auch nur für Studenten geeignet, anmieten konnte, bis der Prozess um das ihm zustehende Geld sein Ende genommen hatte und er besser disponieren konnte.

Er nahm das Angebot an, auch wenn es prospektiv schon nicht leicht fiel, sich mit fünfzehn Quadratmetern in einer Studentenwohngegend als reiferer Herr seinen vorübergehenden Aufenthalt zu wählen.

Erschwerend kam hinzu, dass eine seiner Immobilien in der gleichen Wohnanlage von der Bank versteigert wurde und das der ganzen Eigentümergemeinschaft durch die Hausverwaltung mitgeteilt wurde. Er wollte damals schon in Grund und Boden versinken, aber die alte Mutter Erde tat ihm den Gefallen nicht, sich zu öffnen. Und so musste er auch dieses ertragen, genau wie er es ertragen würde, in diesem kleinen Appartement zu wohnen bis er die ihm zustehenden Beträge aus seinem Vermögen erstritten hatte.

Es galt auch hier der bekannte Wahlspruch: „Wer ein Ergebnis haben will, muss auch den Weg dorthin wollen.

Angelone half ihm auch hier mit dem Umzug und dem Transport der benötigten Möbel. Er schlief zwar noch immer zwischen seinen Hunden, vor dem Aquarium und unter dem Vogelkäfig, aber er hatte seinen eigenen Schreibtisch und den großen Computer mit den beiden Bildschirmen, so dass einfach ein sauberes Arbeiten möglich war.

Für Doktor von Kadenbeerg ein erhebendes Gefühl, als er das erste Mal wieder an dem alten Schreibtisch saß. Kein historischer Schreibtisch, wie man jetzt glauben mag, ein wirklich alter Schreibtisch, der schon einige Jahre in der Garage zugebracht hatte und dort, geschützt durch ein altes Tischtuch, als Ablage diente. Aber es war ein Schreibtisch.

Er hatte sich sogar einen neuen Schreibtischstuhl aus dem Sonderangebot eines Büroartikel – Discounters geleistet.

Essen musste er auch an seinem Schreibtisch. Für mehr Tische bot das Appartement keinen Platz.
Bescheidener als in seiner Schülerzeit, aber der Weg musste zu Ende gegangen werden, so wie er alles in seinem Leben zu einem Abschluss gebracht hatte und da war auch dieses Opfer angebracht.

Auch in der Bibel fand das Buch Hiob ein gutes Ende und dieser wurde für alle Opfer, die er bringen musste um seinen Glauben an Gott zu beweisen, entschädigt.

Er hoffte darauf, dass sich dieser Glaube auch bei ihm erfüllen würde, so wie jeder Gläubige an die Erfüllung der Prophezeiung glaubte und all seine Hoffnung darauf setzte, die Belohnung dafür eines Tages zu erhalten.

Allerdings beschlichen ihn, so wie jeden gläubigen Menschen, Zweifel. Zuweilen konnte auch er sich nicht mit der katholischen Interpretation, dass das Prüfungen sind, die uns der Herr auferlegt oder gar mit der Interpretation der Watchtower – Gesellschaft, dass Satan für diese Untaten verantwortlich zeichnet, anfreunden.

Er haderte mit diesem grausamen Gott, der diese Machenschaften der Banken zuließ.

Als direkt Betroffener war es ihm gerade egal, welche Glaubenstheorie dem zugrunde lag. Er hatte die Sorgen und er musste die auftauchenden Probleme lösen.

Eines Abends, in einer recht traurigen Minute bei einer Gemüsesuppe aus der Konserve meldete sich der Computer mit einer neuen E-Mail.

Das Landgericht hatte seiner Rechtsauffassung zugestimmt und ihm, mit stattlichen Abzügen aufgrund der neuen Rechenweise der Banken von den geforderten zweihundertsiebenundachtzigtausend Euro über achtzigtausend zugesprochen.

Das wäre normalerweise eine Flasche Sekt wert gewesen, wenn er denn eine gehabt hätte. Aber dafür war einfach kein Platz in dieser kleinen Wohnung und kein Geld in seinem Portemonnaie. Entweder sitzen oder liegen, entweder essen oder trinken. Das Essen war warm, also musste die Suppe den Schampus ersetzen.

Er fragte per Mail bei seinem Anwalt noch schnell an, ob die Bank gegen dieses Urteil des Landgerichtes Beschwerde beim Bundesgerichtshof einlegen konnte oder ob die Revision ausgeschlossen war.

Diese Antwort kam erst am nächsten Tag.

Die Revision war zwar laut Auskunft des Anwaltes möglich, allerdings hatte die Bank sich schon nach der Kontonummer des Anwaltes erkundigt was hoffen ließ.

Hoffentlich war die Pfändung seiner Pension ebenfalls zwischenzeitlich aufgehoben und er konnte diesen Bescheid seines bisherigen Dienstherren seinem Postfach entnehmen.

Ein gewisses Maß an Erleichterung hielt in von Kadenbeergs Seele Einzug, aber eine Freude wollte nicht aufkommen. Zu schwer war die Situation der letzten Jahre, zu sehr fühlte er sich gekränkt, von der Justiz ungerecht behandelt.

Wie konnte er diese Erlebnisse zur Erinnerung werden lassen? Das war jetzt wohl die größte Aufgabe, die er zu bewältigen hatte und an der er nicht scheitern durfte.

Ob er die Psychiaterin nochmals kontaktieren sollte? Ob diese bereits aus der Kur zurück war und wieder praktizierte oder ob sie noch immer in der Trinkerheilanstalt saß. Bissig, aber treffend. Seit den vierfachen Untersuchungen auf seinen Geisteszustand und zur Beurteilung, ob er denn einen Vormund benötigte, hatte er zu dieser medizinischen Zunft noch weniger Vertrauen, als er dieses in den Jahren zuvor ohnehin schon hatte. Sie schlossen sich zwar alle seiner Auffassung an, aber der vermittelte Gesamteindruck in den Untersuchungen mit der Art der Vernehmung, der Erläuterung des Handelns und diese närrische Händekratzerei des merkwürdigsten aller dieser Kandidaten war nicht dazu geeignet Doktor von Kadenbeerg vertrauensvoll auf ihre Seite zu ziehen.

Das Geld ging kurzfristig auf dem Konto des Anwaltes ein und sie fertigten in einem kurzen Termin die Abrechnung mit den entsprechenden Honoraren des Anwaltes und den Leuten, denen er Geld schuldete. Viele seiner Freunde hatten ihn nämlich sehr großzügig unterstützt, sonst hätte er nach der Beschlagnahme seines Vermögens kapitulieren müssen. Alles wäre verloren gewesen.

Allerdings ging längst nicht die Summe, die er erwartet hatte auf dem Konto des Anwaltes und später auf dem seinen ein. Der Betrag reichte noch nicht einmal aus, um alle Anwaltsrechnungen zu decken.

Die Bank hatte schon einen Weg gefunden, hier noch Kosten abzurechnen, gegen die er wieder durch alle Instanzen hätte klagen müssen.

Plötzlich waren Darlehen keine Immobiliendarlehen mehr, sondern mit Immobilien gesicherte Verbraucherdarlehen, bei denen die Entscheidung des Bundesgerichtshofes keine Wirkung zeigte. Und plötzlich wurden deutlich höhere Zinsen abgerechnet, so dass das Budget der Bank wieder gewonnen hatte. Wer ahnt so etwas, wenn Immobiliendarlehen aufgrund von erforderlichen Renovierungskosten bei den Anschaffungskosten geteilt wurden und das Darlehen Nummer zwei nur einen um nullkommafünf Prozent höheren

Zinssatz ausweist? Zum Zeitpunkt der Anschaffung einer Immobilie regiert die Begehrlichkeit und nicht die Vernunft. In der üblichen Angst, der Geschäftspartner Bank könne in letzter Minute seine Zusage nicht in die Tat umsetzen.

Schön, dass die Bankenmacht per Urteil hier nicht zum Erfolg führte. Aber wie viele Leute mussten dagegen schon in der Rechtsprechung kapitulieren? Wie viele wurden hier über den Tisch gezogen, verloren ihr Vermögen und blieben auf einem Schuldenberg sitzen, nur weil es einem Mitarbeiter der Bank so gefiel? Und wo blieb jetzt die Gerechtigkeit? Buchhalterische Umwege ließen die Bank dann doch gewinnen und den Kunden leer ausgehen. Die Bank hatte eben das Kapital, solche finanziellen Gestaltungen, die der Kunde nur durch alle Instanzen anfechten konnte oder musste, einfach vorzunehmen und abzuwarten was passiert. Es war nicht schwer zu erraten, dass einem ehemaligen Kunden, in der Situation wie Doktor von Kadenbeerg, längst nicht mehr das erforderliche Kapital für eine Klage zur Verfügung stand.

Wo blieb das Sozialstaatsgebot hier und wo blieb hier die soziale Marktwirtschaft? Institute, die nach dem Steuerzahler rufen und sich selbst als systemrelevant einstufen, sollten so nicht handeln dürfen und dann auch noch für eigene Fehlspekulationen in windigen Fonds die Hilfe des Steuerzahlers durch dessen gewählte Vertreter erhalten.

Aber was Wunder, wenn die gewählten Volksvertreter, statt eine vernünftige Steuerpolitik auszuüben Hehlerware in Form von CDs ankauften, die angeblich Namen von Steuerzahlern enthalten, die Gelder im Ausland geparkt haben. Sie zahlen Millionenbeträge aus dem Steueraufkommen dafür, um vielleicht durch die Strafverfahren diese Gelder in den Haushalt zu bekommen. Und damit versüßen sie einem frustrierten Bankier, der vielleicht bei einer Beförderung übergangen wurde und sich widerrechtlich diese Daten bei seinem bisherigen Arbeitgeber kopierte den Rest seines Lebens.

Was haben diese Leute auf beiden Seiten für eine Moral und Gewissen? Und wieso toleriert die Gesellschaft das?

XVII

Nachdem das so schwer erkämpfte Geld doch nicht auf dem Konto des Doktor von Kadenbeerg eingegangen war, begann dieser nach Alternativen zur Armutsbekämpfung zu suchen.

Langsam entwickelten sich seine Umsätze wieder. Die konjunkturelle Lage ließ die Menschen aufgrund der niedrigen Zinsen in Immobilienwerte flüchten. Dabei bedienten sie sich nicht selten eines Gutachters, der den wahren Wert des Objektes der Begierde bestimmen sollte, was ihm Umsätze sicherte.

Er arbeitete fast Tag und Nacht, um die Gutachten zu erstellen, sich gegen weitere Forderungen der Bank zu wehren, die mit rechtlichen Schritten drohte und seine Gesundheit wieder herzustellen. Blutdruck und Psyche waren vollkommen aus dem Ruder gelaufen. Der Blutdruck war schnell medikamentiert, aber die Psyche so schnell nicht zu heilen. Noch immer fühlte er sich deportiert, in dem Appartement nicht zu Hause, auf der Welt nicht gemocht und von der Gesellschaft abgelehnt.

Er war gezwungen, Insolvenzschutz in Anspruch zu nehmen.

Ein bedauerliches Verfahren in seinem Heimatland, das sechs Jahre dauerte und ihn der finanziellen Eigenständigkeit beraubte. Anders im Ausland. Dort dauerte ein solches Verfahren nur zwei Jahre und wurde von der Gesetzgebung längst nicht so restriktiv gehandhabt, wie es hier der Fall war.

Er entschloss sich, ein guter Europäer zu sein und wählte das europäische Ausland, um dann nach zwei

Jahren des weiteren unbescholtenen Lebens die Rest-schuldenbefreiung zu erhalten.

Dieses Verfahren war einfacher, als der Klageweg für seine errechneten Restforderungen, der das ange-strebte Kapital durch die Gerichts - und Anwaltskos-ten aufgezehrt hätte. Ganz abgesehen von den Strapa-zen für seine Gesundheit.

Letztendlich musste er auch dieser, für ihn ehrenrühri-gen Kränkung, im Geiste Zustimmung und Absolution erteilen. Hier noch einige monatliche Zahlungen an die Bank zu leisten war unter dem Strich gerechnet preis-günstiger, als dem ungewissen Ausgang eines Verfah-rens in der deutschen Justiz entgegen zu sehen und dann nach dem letzten Urteil vielleicht doch in eine Insolvenz gehen zu müssen.

Aller Titel und Möglichkeiten durch das Insolvenzver-fahren beraubt, blieb ihm nur der Weg, sein Wissen und seine Erfahrung als Literatur zu verfassen und zu ver-legen. Mit geliehenem Geld gründete er hier eine Ge-sellschaft und eine Druckerei, die seine Printmedien auch vertrieb. Am Anfang halfen ihm Freunde kosten-frei um seinen Start zu sichern und nach und nach wuchs der Personalstamm, nur noch übertroffen von der Umsatzentwicklung durch die Nachfrage seiner Literatur.

Trotz aller Schmach, die er für sich empfand, hatte er auf diesem Wege die Möglichkeit der Entwicklung gehabt, was ihm in seinem Heimatland nicht vergönnt gewesen wäre. Immer hätte ihm der Makel des Schufa-Eintrages und das Insolvenzverfahren ab einem gewis-sen Punkt die Entwicklungsmöglichkeit genommen, weil die Gesellschaft und die Wirtschaft ihm kein Ver-trauen entgegen gebracht hätten.

Innerhalb von fünf Jahren war er in der Lage, sich ein neues Haus zu suchen. Kleiner als das bisherige, weniger Treppen als bisher. Dafür ein größeres Grundstück, damit ihn keine kleingeistigen Nachbarn behelligen konnten. Er fand dieses am südlichen Ende der Republik und konnte hier die so lange ersehnte Halle für seine Autos bauen. Auch sein Vertrieb und seine Druckerei hatten auf dem Grundstück Platz. Es war zwar von seiner Heimatregion aus gesehen die „Ebsch Seit". Im Rheingraben die gängige Bezeichnung für das jeweils gegenüber liegende Ufer, das augenzwinkernd immer als schlechter erachtet wurde, als das eigene.

Er schrieb seine Bücher, befasste sich mit Malerei und lernte, weiter Geige zu spielen.

Seine Tiere nahmen einen großen Teil seines Lebens ein, gefolgt von seinen Autos und Büchern.

Viele Monate nach dem Hauskauf hatte er sich körperlich deutlich erholt und vor allem wieder abgenommen. Er gehörte zu den Leuten, die in Stresssituationen viel Süßkram zu sich nehmen. Bekanntlich fordert das Gehirn diesen zum Trost. Und er tröstete gerne. Gut, sein Gehirn hierfür verantwortlich machen zu können.

Er hatte zwischenzeitlich reichlich Hüftgold angesetzt, was jetzt durch den Garten, die Räumarbeiten nach dem Umzug und all die Bewegung, die ein solches Projekt entstehen lässt, weitgehend abtrainiert war.

Dennoch war er traumatisiert.

Die Türschlösser im neuen Haus waren so gesichert, dass auch ein Eindringen nach Aufbohren derselben nicht möglich war. Bei Gewaltanwendung blockierten die Riegel. Die Fenster waren nach Rücksprache mit der Kriminalpolizei vom Rahmen her einbruchsicher und mit einer Dreifach-Verglasung versehen, damit nicht durch das Einschlagen der Scheibe ein Eindringen möglich sein sollte.

Es gab keinen Zugang in das Haus, der nicht nach diesem Standard gesichert war.

Nach Einbruch der Dunkelheit brannte im ganzen Haus Licht. Ebenso an den markanten Stellen des Grundstücks. Welch eine Verschwendung und ein Unsinn, denn Einbrecher bringen ja bekanntlicherweise Lampen mit und die Justiz wartet immer bis zum Tagesanbruch. Denn, wie sich herausgestellt hat, haben diese Herrschaften zu viel Bedenken bei ihren eigenen Maßnahmen und zu viel Angst, bei einer Zwangsräumung angegriffen zu werden.

Hier sollten diese Herrschaften vielleicht ihr eigenes Handeln überdenken.

Seelen sind zerbrechlicher als der menschliche Körper und möglicherweise heilen die Verletzungen der Seelen erst viel später oder gar nicht.

Traumatische Ereignisse oder gar Grundverletzungen verlassen den Menschen nie und brechen in den Stunden des weiteren Lebens auf, in denen es wieder schwer zu werden droht oder der Mensch ein Déjà-vu erleben muss.

Von Kadenbeerg war in seiner Seele allerdings so verletzt von dieser Machtbezeugung der Justiz, der Unverschämtheit, mit der über alles Recht hinweg mit ihm umgegangen wurde. Dass er sein Elternhaus, das er mit Akribie kernsaniert hatte und das auf alle seine Bedürfnisse für den Rest seines Lebens zugeschnitten war, auf diese Weise so vollkommen überflüssig verlieren musste. Die wirtschaftliche Entwicklung hätte nämlich auch mit und in diesem Haus so stattgefunden, wenn er die Möglichkeit seitens der Banken bekommen hätte. Das verfolgte ihn täglich in seinen Gedanken und ließ ihn nicht mehr los. Egal, was er dagegen unternahm.

Es gelang ihm nicht, trotz Wiederherstellung seiner Reputation, diese Erlebnisse Geschichte werden zu lassen. Dieser Punkt seiner Vergangenheit war morgens mit dem ersten Augenaufschlag präsent und begleitete ihn des Abends ins Bett.

Das Verhalten seiner Familie in dieser für ihn sehr schweren Zeit, die ihn durch Anrufe und Fragen nach seinem Befinden aufzumuntern versuchte, die in jedem Gespräch eine andere Auffassung von den Notwendigkeiten in seinem Leben hatte, wollte er hier gar nicht bewerten, denn dann würde er am Morgen noch nicht einmal mehr den Weg aus dem Bett finden.

So ging das über Monate. Jeder Spaziergang, jede Autofahrt endete in diesen Gedanken.

Die Übergriffigkeit und das Eindringen in seine Privatsphäre, das Leben im Durcheinander - sowohl der Seele, als auch der Möbel und der Bücher -, die Erinnerungen an das Leben in der Ordnung des Elternhauses, aus dem er ungerechtfertigter Weise deportiert wurde, ließen seine Seele nicht heilen oder zur Ruhe kommen. Das neue Haus war schön, war seinem Traum zu wohnen sehr nahe. Dennoch war die Erinnerung an das alte Haus in gleichem Maße in seinem Geiste und seinem Herzen präsent, wie die Freude über das neue Haus.

Seine Hunde waren alt geworden, sein Haar weiß, sein Geist und seine Motivation müde.

Sein jetziges Leben war zwar entspannt und voll schöner Ereignisse, aber das den Freunden bekannte fröhliche und von Herzen kommende Lachen, für das er bekannt war, blieb aus.

Es wollte ihm nicht mehr gelingen und es war auch nicht in seinem Sinne.

Die Ereignisse waren einfach zu schwerwiegend, nicht mit seiner Art durch das Leben gehen zu wollen vereinbar.

Er fühlte sich noch immer beschmutzt und auch alleine gelassen, was die Aufklärung verschiedener Verflechtungen zwischen Bank, ihrer vertretenden Anwälten und deren Immobilienbüros, dem Zwangsverwalter und dem Gerichtsvollzieher, sowie der immer wieder beauftragten Umzugsfirma Blaschewsky betraf.

Die Firma, die sich allem Anschein nach bei Zwangsräumungen am Eigentum anderer mehr als großzügig bediente und von der Justiz doch immer wieder beauftragt wurde, obwohl das durch von Kadenbeerg angezeigt worden war.

Er war nicht in der Lage, mangels der Möglichkeit zu Ermittlungen, das Erlebte und Erfahrene zu beweisen und so musste er schweigen. Ihm blieb nur der Trost, dass die menschliche Gier schon mehr Verbrecher überführt hat, als alle Fingerabdrücke in den Karteien der Kriminalbeamten dieser Welt.

Bei jedem kleinen Beamten genügte ein Geschenk in Form eines Kugelschreibers, um den Anschein der Korruption zu erwecken und damit ausreichend für eine Verurteilung zu sein. Hier ging die Justiz sehr großzügig mit sich selbst um, denn jemand der zwangsgeräumt wird, ist dem Grunde nach ein Loser, der keinen besonderen Schutz verdient.

Von Kadenbeerg griff in den vielen stillen Stunden, die er sich selbst erwählte, den Gedanken des Suizids wieder auf.

Seiner Ansicht nach durfte er, je nach Schwere des Leidensdrucks, mit den letzten Tagen nicht zu geizig sein, um den entsprechenden Zeitpunkt nicht zu verpassen.

Aber was war für ihn der Leidensdruck und wo lag der Zeitpunkt?

Diese beiden Fragen musste er sich noch beantworten.

Sein Leidensdruck resultierte aus der traumatischen Erfahrung der Zwangsräumung und des anschließenden Vermögensverlustes, der durch die fiktive monetäre Erstattung entstanden war, die ja von der Bank anders abgerechnet und ad absurdum geführt wurde. War es denn erforderlich, Menschen ohne jede Vernunft so zu ruinieren, so zu beschämen und zu erniedrigen, nur weil der zuständige Bearbeiter seine Kraft beweisen wollte?

Verbindlichkeiten, die eingegangen wurden, müssen auch zurückgeführt werden. Aber wie die Entwicklung bewies, ist es nicht erforderlich, dass die Justiz in diesem Moment als Dienstleister bzw. boshaft interpretiert, als Handlanger des Kapitals so brachial vernichtet, statt Vertrauen in die Möglichkeiten eines Schuldners zu sehen und gemeinsam die Entwicklung der kommenden Jahre zu begleiten.

Das war nicht mehr sein Land. Er war hier nicht mehr zu Hause. Als Beamter außer Dienst hatte er in seiner Ausbildung eine andere Auffassung und eine andere Haltung erlernt, ja anerzogen bekommen.

So ging der Sommer dahin, seine Buddleja im Garten war verblüht und er schnitt die welken Blüten heraus. Sie spiegelten für ihn im Moment des Schnittes die Vergänglichkeit besonders deutlich wieder. Von der Knospe über die reichhaltige Blüte, die von Schmetterlingen und Bienen so freudig besucht wurde bis hin zur trockenen braunen Dolde, bei deren Berührung die einzelnen Blüten auf den kurzen frischen grünen Rasen fielen.

Er war den ganzen Nachmittag und Abend sehr angespannt in der Beantwortung dieser Frage. Als er zu Bett ging, fand er keinen Schlaf. Er dachte wieder einmal an Romeo und Julia von Shakespeare: "Schlummer bettet sich nie da, wo Sorgen walten".

Und genau darin lag seine Entscheidung. Seine einzige Sorge bestand jetzt in der nicht gelingen wollenden Verarbeitung der Vergangenheit.

Er hatte in der Vergangenheit genügend Benzodiazepin gesammelt und sich bei einem netten Aufenthalt in der Schweiz Dinatriumpentabarbital besorgt, um für den von ihm ausgewählten Freitod gewappnet zu sein.

Keiner wusste davon und sollte es auch nicht wissen. Ein freiwillig herbeigeführter Tod sollte nur durch den Willen des Betroffenen bestimmt werden.

Regierungen, Ärzte, Angehörige oder Freunde können nie den Leidensdruck nachempfinden, der im innersten eines verzweifelnden Verstandes und einem gebrochenen Herzen wütet.

In dieser Nacht reifte sein Entschluss, sich nicht weiter diesen Gedanken und dieser Gesellschaft auszusetzen.

Mit der Klarheit seiner Gedanken verfasste er am Folgetag eine Ergänzung zu seinem längst geregelten letzten Willen und vermachte wesentliche Teile seiner Einrichtung Freunden und deren Kindern, zu denen er auch eine Beziehung hatte. Ordnete letztmals die Papiere auf seinem Schreibtisch und stellte sein Tagebuch mit den wenigen vorhandenen Nachweisen über den erlittenen und durch die Justiz nie aufgeklärten Beschiss durch die Banken und deren Umzugsunternehmen zusammen, damit vielleicht zu einem späteren Zeitpunkt doch noch Ermittlungen aufgenommen würden. Diese Hoffnung wollte er sich über den Tod hinaus nicht nehmen, auch wenn der Mensch beim Gang in den Hades keine Hoffnung mehr verspürt.

Er verhalf seinen treuen Kameraden zu körperlichem Frieden und verfügte, dass sie alle gemeinsam eingeäschert würden. Kein anderer sollte sich in diese Liebe drängen, denn diese beiden waren die wahren Freunde seines Lebens.

Bei der ersten Morgendämmerung machte er sich mit seinem geliebten Senator auf den Weg. Der Wagen hatte noch immer sehr wenige Kilometer auf der Uhr und war im Zustand eines guten Jahreswagens.
Er nahm die weite Strecke in seine frühere Heimat, fuhr durch seinen Geburtsort an dem alten Krankenhaus vorbei, in dessen Kapelle er getauft worden war. Er verabschiedete sich von dem alten Kran am rechten Rheinufer, besuchte das Kloster Marienthal, in dem viele seiner Familienangehörigen geheiratet hatten, fuhr noch einmal an seinem verlorenen Elternhaus vorbei und parkte dann seinen Wagen in Sichtweite, so

wie er das immer getan hatte, am Ufer des großen Stromes.

Er genoss es, auf seiner Bank zu sitzen und den Wellen zuzuschauen. Er dachte an das Buch Moses, denn es war von den Wellen des Stromes gedanklich nicht weit zu dem Jungen im Körbchen im Schilf.

„... und gedenke alles des Weges, durch den dich der Herr, dein Gott geleitet hat, diese vierzig Jahre durch die Wüste, auf das er dich demütigte und versuchte, das kund würde, was in deinem Herzen wäre, ob du seine Gebote halten würdest oder nicht."

In seinen Bemühungen, ein tadelloses rechtschaffenes Leben zu führen, was ihm als narzisstisches Ehrgefühl testiert wurde, wusste er genau, dass er mit seinem Freitod dem Gebot Gottes nicht entsprach.

Aber das Leben mit der Lebenserfahrung entsprach auch nicht seinem Leben. Und ein gelebtes Leben, so wie er es leben musste und das er nicht leben durfte, wie er es gerne hätte leben wollen, ließ jetzt nicht die Hoffnung in ihm zu, dass dieses noch gelingen könnte.

Diese Prämisse begleitete ihn schon lange.

Der Versuch, auf die Erfüllung dieser Hoffnung zu warten, steht dem Gedanken des richtigen Zeitpunktes entgegen.

Doktor Jonathan Sibelius Constantin von Kadenbeerg spürte noch die Wirkung der eingenommenen Medikamente und verstarb mit einem Lächeln im Gesicht und wurde eins mit den Nebelschwaden über dem Fluss, den sich im Wasser brechenden Sonnenstrahlen und dem frühen Morgenschrei eines Hähers, der in den nahen Pappeln wohl sein Nest hatte. Eins mit dem Duft dieses Herbstages der Natur und seinem Leben und dem leichten Wind, der den Fluss herauf geweht kam und die Blätter der Pappeln am großen Fluss in ein leichtes Rauschen versetzte. Eine wunderbare Begleitmusik für das Hinübertreten vom Dasein in den Tod.

Es war ein freiwilliger Abschied von einer oberflächlichen Welt mit einer Freizeitgesellschaft ohne Werte, die nur auf Profit und Macht ausgerichtet ist, ohne die Würde des Individuums zu respektieren oder sich auch nur die Mühe zu machen, den anderen verstehen zu wollen. Haushaltsdebatten standen über der Notwendigkeit, Flüchtlinge auf hoher See aus viel zu hohen Wellen und viel zu kleinen Booten für viel zu weite Seewege und viel zu viel Geld an Schlepperbanden zu retten.

Menschen laufen tausende von Kilometer, um ihr Leben zu retten und werden durch Zäune der Regierungen aufgehalten, müssen unter freiem Himmel kampieren immer in der Ungewissheit über ihren weiteren Lebensverlauf, in der Angst zu scheitern und nicht mehr in ein geregeltes Leben in der Fremde zu finden.

Die Politik aller betroffenen Länder sprach immer nur über die Flüchtlinge und die damit verbundenen administrativen Probleme. Keiner kam aber auf den Gedanken, dass für die Flucht der Menschen aus ihrem Heimatland Leute verantwortlich waren, die sich allem Anschein nach dem Denken deutlich verweigern und lieber ihre eigene Volkswirtschaft zerstören und die Welt terrorisieren.

Einer Welt, die sich politisch Zuschüsse zuschob und diese verfrühstückte und andere wegen Korruption und Betrug packte.

176

Einer neuen Welt, deren politische Lage zu mehr Kriegen führte, als das die alte Welt je gesehen hatte. Die Regierung unterteilte Waffen in Waffen und letale Waffen, um mögliche Waffenlieferungen in Krisengebiete, was die Verfassung verbot, liefern zu können, weil der große Bruder hinter dem noch größeren Wasser dieses so wünschte.

Eine Welt, die Mitläufer wie Lemminge forderte und denkende Menschen als schwierig erachtete und diese in ihrer Karriere behinderte. Eine Welt, die im Fall des Doktor von Kadenbeerg diesen mehrfach durch den psychiatrischen Amtsarzt in der Hoffnung untersuchen ließ, , seinen Geist unter zur Hilfenahme eines weiteren Vertrauten, eines Vormundes zu brechen und so den eigenen Willen en passon durchsetzen zu können.

Kommissar Peter Kaspar war vom Suizid überzeugt, reichte aber die Akte mit entsprechenden Hinweisen an das Wirtschafts- und Betrugsdezernat weiter. Hier lag vielleicht ein Suizid vor, aber die Ereignisse, wie in der Handakte des Verstorbenen geschildert und dokumentiert, waren klar dafür verantwortlich.

Währenddessen trieb ein braunes kleines Medizinfläschchen mit weißem Verschluss in den Wellen des Stromes und wartete auf das nächste Schiff, um in dessen Wellen an einem Stein der Uferregulierung zu zersplittern. Seine kleinen, feinen Glasscherben sanken auf den tieferen Grund des Flusses, um von der Strömung auseinander getragen zu werden.

XVIII

Die Obduktion des Doktor von Kadenbeerg am nächsten Tag ergab, dass im Blut Dinatriumpentabarbital in höchster Konzentration vorhanden war, was nicht allein von den Beeren des Kirschlorbeerbaumes stammen konnte. Vermutlich, so der Pathologe, wie es von den Sterbehilfeorganisationen in der Schweiz angeboten wird. Einen Beweis dafür gab es nicht, oder noch nicht. Im Bericht wurde darauf hingewiesen, aber die Spurensicherung hatte weder am Tatort unten am Rhein, als auch im Haus des Doktor von Kadenbeerg einen Hinweis darauf finden können. Bar in der Schweiz bezahlt und mit dem Auto, das kleine Fläschchen in der Hosentasche über die Grenze gebracht. Wer soll das heute noch feststellen? Aufgrund des Mageninhaltes und der an der Magenschleimhaut haftenden Reste des Giftes musste allerdings mit größtmöglicher Wahrscheinlichkeit davon ausgegangen werden, dass das Gift durch Selbsteinnahme verabreicht wurde. Zumal der Körper keine Abwehrspuren aufwies, die eine gewaltsame Verabreichung vermuten ließen. Kein blauer Fleck, keine Spuren unter den kurzen Fingernägeln, wenige Schuppen auf dem Mantel, die aber vom Opfer stammten, keinerlei Hinweise auf eine weitere Person. Noch nicht einmal an den Schuhsohlen der dunkelbordeauxfarbenen, handgefertigten Budapester. Selbst da waren nur ein paar Sandkörner des Materials vor der Bank zu finden, auf der der Leichnam gefunden wurde.

Der Opel Senator war so geputzt und gepflegt, dass außer von Kadenbeergs Fingerabdrücken an Fahrertür, Lenkrad und Wählhebel des automatischen Getriebes keine weiteren Fingerabdrücke zu finden waren.

178

So sehr es die Spurensicherung freute, dass so einfach Nachweise und Indizien gesichert werden konnten, so wenig aufschlussreich war das Ergebnis, dass durch diese geringe Anzahl an Daten entstand.

Kommissar Kaspar musste einfach davon ausgehen, dass hier der Suizid eines gesunden Herrn reiferen Alters gegeben war. Aber warum? Nur wegen dieser akribisch in der Akte dokumentierten, nennen wir es geschichtliche Ereignisse, die vom Opfer als Übergriffigkeit der Justiz und der Banken angesehen wurden?

Wirtschaftlich war der Verstorbene entsprechend situiert. Laut der vorliegenden Akte hatte Doktor von Kadenbeerg in langen Gerichtsverfahren seine Rechtsauffassung durchgesetzt. Einmal sogar hatte er sie durch den Bundesgerichtshof bestätigt bekommen, indem dessen fünfter Senat die eingereichte Beschwerde der Bank abgewiesen hatte.

In einem weiteren Verfahren vor dem Landgericht wurde von Kadenbeerg sogar ein Anteil an dem Verkauf seines Elternhauses zugesprochen, was die Bank wohl eher widerwillig betrachtet haben muss, was sich dann in der Aufrechnung und dem Zwang in die Insolvenz seinen Ausdruck fand.

Das Objekt, das von Kadenbeerg jetzt bewohnte, war so komfortabel ausgestattet, die Autosammlung so groß und adäquat untergebracht, dass hier nicht der Eindruck von Not entstand.

Konteneinsicht war bereits beantragt, ebenso die Anfrage an das Nachlassgericht bezüglich eines Testaments via E-Mail abgesandt. Der Anruf führte aus Datenschutzgründen nicht zum Erfolg, so die Notiz seiner Mitarbeiterin auf seinem Schreibtisch. Die in von Kadenbeergs Akte im Sekretär seines Hauses gefundenen Umschläge enthielten nur eine Ergänzung des urkundlichen Testaments als Vermächtnisse für einzelne, fotodokumentierte Stücke aus seinem Haus. Die Briefumschläge waren versiegelt und nur mit Vornamen adressiert. Kaspar schloss daraus, dass sie an Verwandte und Freunde gerichtet waren.

Nach Auffassung des Kommissars war hier nicht mit wesentlichen Überraschungen zu rechnen. Insofern regte er sich nicht über das Verhalten des Amtsgerichtes auf. Abgesehen davon hatte er gerade Ausführliches zu dessen Verhaltensmustern gelesen und das hatte sich der Verstorbene wohl nicht einfach aus den Fingern gesogen oder gänzlich seiner Phantasie entspringen lassen.

Aus diesem Grund hatte er kein gutes Gefühl nachdem er die Akte des Doktor von Kadenbeerg gelesen hatte. Dieser Mann war wohl letztendlich an der Gesamtsituation gescheitert, weil er sich einfach ungerecht behandelt fühlte und trotz seiner Erfolge gegen die Bank nicht mit der ihm zugefügten Blamage, der Erniedrigung fertig wurde, - so die These des Kommissars.

Allerdings verriet ihm sein kriminalistisches Gespür, dass an diesem Fall mehr dran war, als die Sach- und Aktenlage zu diesem Zeitpunkt hergab.

Dort war mehr im Untergrund zu vermuten, als der erste Augenschein hier offenlegte.

Die Obduktion ergab auch keine weiteren Erkrankungen, die einen Suizid rechtfertigten. Die wirtschaftliche Gesamtsituation erweckte ebenfalls nicht den Anschein, zumal eine E-Mail der Luxembourger Bank des Doktor von Kadenbeerg einen besonders guten Kontostand auf dessen Girokonto auswies. Auch hier war keine Motivlage zu erwarten.

Kommissar Kaspar hatte deshalb die Akte kopieren und an seine Freundin aus Ausbildungstagen, Marlies Westerhage, weiterleiten lassen. Eine ebenso erfahrene wie kluge Kriminalistin, die mit viel Empathie an die Fälle heranging.

Er erinnerte sich an den Brief, den von Kadenbeerg an das Justizministerium gesandt hatte und der von dort an den Landgerichtspräsidenten weitergeleitet wurde.

Er kannte seit Beginn seiner Dienstzeit die heutige Vorzimmerdame des Landgerichtspräsidenten, die ihn in seiner Anwärterzeit im Polizeipräsidium arbeitete und damals immer gerne unterstützt hatte.

Bei einem schnellen Anruf dort schilderte er nach dem einführenden Geplänkel über vergangenen Zeiten kurz den Sachverhalt und berichtete über die Akte des Doktor von Kadenbeerg.

>Ich darf Dir sagen, ohne ein großes Amtsgeheimnis zu brechen, dass der Landgerichtspräsident den Brief sehr aufmerksam gelesen hat und darüber keinesfalls erfreut war. Vor allem die handschriftlichen Anmerkungen der Ministerin und deren Auffassung, dass es sich hier um eine Dienstaufsichtsbeschwerde handelt, machen es unumgänglich, das Amtsgericht hier in die Pflicht zu nehmen.

Dem Ministerium obliegt zwar nicht die Dienstaufsicht, aber die Ministerin erwartet einen entsprechenden Bericht und das ist nicht gerade angenehm.

Die Akte kam heute Morgen per Bote und ich habe gleich persönlich eine Kopie der Amtsgerichtsakte gemacht, falls das einmal gebraucht werden würde. Fahr nicht über die Allee heim, sondern nimm den kleinen Umweg übers Parkhaus in Kauf. Mein Auto steht da. Wir treffen uns dann dort. <

>Na ja, dieses gesamte Handeln hat den Tod eines Menschen verursacht, auch wenn eine gewisse Zeitspanne dazwischen lag. Zu prüfen wäre hier noch die Korruption, denn Kommissar Kaspar hat hier einen Anfangsverdacht geäußert und mir die Akte zur weiteren Ermittlung überlassen. Wir können ja davon ausgehen, wenn Kaspar so etwas äußert, an der Sache was dran ist. Bei seiner Erfahrung riecht er ein Verbrechen ja förmlich. <

Kommissar Kaspar musste schmunzeln. Wenn die Vorzimmerdame anfing, in der dritten Person von ihm zu sprechen, konnte davon ausgegangen werden, dass hier weitere Ohren mithören konnten. Sie beendeten das Gespräch.

Allerdings, wenn er jetzt hier im Kollektiv mit dem Wirtschaftsdezernat anfing zu ermitteln, musste er sich im Klaren darüber sein, dass durch die ausführlichen Beschwerden an Landgerichtspräsident und Anwaltskammer mögliche Beteiligte, von Verdächtigen wollte er noch nicht sprechen, vorgewarnt und daher besonders auf der Hut waren.
Ein Vorteil war, dass die Akte aus dem Wagen des Doktor von Kadenbeerg die in ihrer Ausführlichkeit einen guten Aufbau der Ermittlungen zuließ, nun in seinem Besitz war und nicht erst zusammen getragen werden musste.

Hier konnten Kommissar Kaspar und Kommissarin Westerhage nicht von Dritten durch Zeitablauf blockiert werden.

Es würde schwer fallen, die möglichen Verdächtigen aus der Reserve zu locken. Ermittlungen innerhalb der

Judikative gestalten sich mehr als schwer, ähnlich den Ermittlungen im medizinischen Bereich. Die Sache mit den Krähen, die sich gegenseitig kein Auge aushacken.

Aber da konnte ihm vielleicht die resolute Marliese behilflich sein.

Marliese, ein Mädchen Mitte der fünfziger. Gute Figur, immer im Kostüm mit eleganten Pumps und passender Bluse, ganz Dame und knallhart in der Seele. Sie hatte immer noch diesen reizenden bayrischen Akzent behalten, obwohl sie bereits als Kind mit ihren Eltern in die hessische Landeshauptstadt kam, da der Vater hier Oberstaatsanwalt wurde. Über sich selbst pflegte sie immer in eben diesem reizenden bayrischen Akzent zu sagen: „Ich weiß, dass ich ein greisliges G´Schnerf bin", aber gerade darin lag ihre Stärke. Sie war frei von Profilierungsneurosen und Karrierestreben. Sie machte einfach ihre Arbeit gut, hatte eine hohe Aufklärungsquote und ein Sozialverhalten, wie es unter Kollegen heute nicht mehr unbedingt üblich war. Sie war ein wahrer Arbeitskamerad.

Die Akte des Doktor von Kadenbeerg hatte Kaspar ihr bereits in Kopie im verschlossenen Umschlag zukommen lassen; mit einem Notizzettel, ob er sie am Treffen des Kommissar-Lehrgangs 39 der Polizeischule sehen könne.

Das war ein unauffälliges Pflaster und weckte keinen Argwohn, der sich in der Justiz durchschweigen könnte, um eventuell die Ermittlungen zu gefährden.

Unauffällig auch deswegen, weil beide bereits in der Polizeischule geklüngelt hatten, so dass hier lediglich das Schwelgen in Erinnerungen vermutet werden konnte.

Sein Gedanke war, die Ermittlungen mit der feurigen Marliese gemeinsam zu führen. Er als Ermittler des Todes des Doktor von Kadenbeerg, Marliese aus wirtschaftlichen Gesichtspunkten, ganz unauffällig nebenbei.

XIX

Das Hotel, als Treffpunkt für die Jubiläumsfeier, war eine der ersten Adressen in der Landeshauptstadt. Ungewöhnlich für ein Beamtendasein, bei dem traditionell ab Besoldungsgruppe A13 die Armut beginnt. Kommissar Kaspars Vater pflegte das schon immer zu sagen, rein aus der Erfahrung, dass seine Kollegen ihn zu Wochenbeginn entweder um Zigaretten oder Kaffee anschnorrten. Kaspar gehörte in dritter Generation einer Beamtendynastie von Kriminalern an. Ein Glück, dass er sich nochmals umgezogen hatte und vor allem neben der eleganten Kombination auch noch eine Fliege trug. Er betrat gerade den roten Teppich des Hotels, als er einen, ihm sehr bekannten, strammen Schritt auf Pumps gewahr wurde.

Er wurde etwas verhaltener in seinem eigenen Schritt und wartete auf die forschen Pumps mit der, richtig gehört, feurigen Marliese darin.

>Hallo Peter, altes Gebein! Schön Dich hier vor dem Hotel zu treffen. Wie geht es Dir? Hast mir ja wieder interessante Unterlagen zukommen lassen. Konnte diese im Büro nur überfliegen und habe den Ordner mit nach Hause genommen. Merkwürdig, wenn da keine Nachhaltigkeit zu ermitteln wäre ..... . Schlecht gelaunt? Sagst ja gar nichts<

>Marlieselchen, ich komm´ ja nicht zu Wort. <

>Ach ja, ich nun wieder. Ein Mann ein Wort, eine Frau ein Wörterbuch und die Marliese als Bestätigung von det Janze, wie die Berliner zu sagen pflegen. <

>Nur bin ich Rheingauer. Die Berliner sagen das allerdings eher. Und ja, die Unterlagen riechen mir danach,

als ob hier ein Mann systematisch ruiniert werden sollte. Mir fehlen hier noch die Beweise. Es war wohl ein Suizid, also somit nur Todesfolge und die Wirtschaftskriminalität mag überwiegen, aber es is´ en Schand´. Dass es so weit kam, widerstrebt dem mir anerzogenen „Schutzmannverhalten" in diesem Beruf und der Aufrichtigkeit unseres schrumpfenden Rechtsstaates. Ich vermisse zuweilen die Gleichmäßigkeit der Anwendung des Rechtes und wundere mich vor allem, wie schnell unsere Staatsanwaltschaft zuweilen Verfahren einstellt. Richte einmal Dein Augenmerk in der Akte hier auf die Zeitabläufe. Und vor allem auf die Leute, die auch Du alle kennst und die fast im gleichen Jahrgang sind!<

Beide betraten den für die Feier vorgesehenen Saal. Peter Kaspar in seinem guten Anzug und Marliese in ihrem dunkelblauen Kostüm mit der Champagnerfarbenen Bluse und den rotblonden Haaren, die ihr aus diesem feierlichen Anlass locker um die Schultern fielen und nicht hoch gesteckt waren. Die beiden wirkten hier wie das Traumpaar des Lehrganges und mussten auch gleich den entsprechenden Spott ertragen.

Sebastian V. Szablinsky war der erste, der diesen uralten Spott über sie ausschüttete. Ein kleines o-beiniges Etwas, das den Eindruck machte, bereits als Säugling auf einer Mülltonne geritten zu sein. Er kam gerade auf die beiden zu, wie John Wayne vom Pferd, noch immer seine alte Lederjacke mit den Harley Davidson Aufnähern tragend, dazu aber eine elegante dunkelgraue Flanellhose mit handgefertigten Budapestern. Und noch immer die Siebziger Jahre Frisur, wie zu Zeiten der gemeinsamen Ausbildung.

Marliese war natürlich die erste, die Kontra bot.

>Komm, schau dass d´ weiter kimmst, frecher Kerl, sonst muss ich einmal die Bedeutung des V in Deinem Namen vertiefen, Du „Venograd". Das ist kein Name deutschen Ursprunges, standesamtlich hier nicht üblich und was heißt das? Gerade Venen? Wird das durch Proktologen behandelt? <

Sebastian lachte sein bekanntes Lachen, das immer noch so jugendlich war, wie die Garderobe seine ewige Jugend verdeutlichen sollte. Aber er war halt Drogenfahnder und da musste das wohl so sein. Im Grunde seiner Herzens aber war er eine absolut ehrliche, ja fröhliche Haut und so konnte der Abend durchaus gelingen.

>Marliese, Du bist immer noch ein schlagfertiger Feger! Wie geht es Euch beiden? Interessante Fälle? Peter was macht Dein Fall mit dem verstorbenen Adeligen, war es ein Suizid? <

Sebastian begrüßte Marliese Westerhage mit einer herzlichen Umarmung und diese erschnupperte gerade auch sein exklusives Parfum, dass so kontra zu seiner Lederjacke wirkte, aber hervorragend zu dem Rest seines Outfits passte.

Peter Kaspar bekam einen langen, herzlichen Händedruck und war schon wieder verwundert. Nicht wegen des Händedrucks, sie hatten sich lange nicht gesehen und Sebastian war immer ein herzlicher Mensch gewesen.

Aber der Zwerg wusste einfach alles.

Er war ja schon gut vernetzt, aber Sebastian war darin ein Phänomen.

Wie ein Tagblättchen, er hörte die Flöhe husten und war immer über alles informiert. Aber vom Feinsten.

>Peter, ein Tipp: Achte einmal auf einen jungen Leut´, der kein kleiner Lloyd ist. Dessen Lebensgewohnheiten, dessen Art zu wohnen und zu leben und dessen Konsumverhalten, das zuweilen auch in mein Ressort fällt. <

>Wie hängst Du dann schon wieder da drin? Woher weißt Du das alles schon wieder, Du Kriminaler, Du notiger. < wusste Marliese.

>Ich sage nur Pathologie und jetzt entspannt Euch und genießt den Abend, Morgen mehr. <

Peter Kaspar staunte ein bisschen.

>Hat er unseren Pathologen mit etwas in Verdacht? <

>Nein Peter, aber das ist hier seine Quelle und die Antwort auf Deinen staunenden Blick mit der deutlichen, wenn auch nicht hörbaren Frage, woher Sebastian das schon wieder zur Kenntnis hat. Sebastian und Doktor Ott sind Lebenspartner und das war lediglich das Resultat eines Pillow Talks, der vielleicht auch in eine Ermittlung von Sebastian greift, der uns dann zur Verfügung stehen wird. Wirtschaftsverbrechen haben zuweilen auch eine Schnittmenge zu Drogen. Avez vous comprises? Du hast gerade wieder den stieren Blick, der auf gewisse Vorgänge hinter Deiner Stirn deutet. Entspann Dich, das hier ist ein Lehrgangstreffen. <

Es wurde ein herrlicher Abend, mit Tanz, gutem Essen und ausgesuchten Weinen. Der Espresso danach war herzhaft aromatisch und die Unterhaltung einfach hervorragend.

Weit nach Mitternacht verabschiedeten sie sich voneinander und die Auffrischung der alten Bekanntschaften war gelungen.

Es war Wochenende.

Peter Kaspar war schon wach und räkelte sich noch in seinem Bett, als sein Handy klingelte. Die feurige Marliese war dran.

>Ich habe heute Nacht noch die Akte gelesen und bin doch sehr verwundert über den Ablauf staatlicher Zwangsmaßnahmen. Das erscheint mir sehr suspekt. Würde aber nicht auffallen, wenn nicht zweimal das gleiche Umzugsunternehmen zweimal die gleiche Show abgezogen hätte und wenn nicht zweimal der Auftrag vom Amtsgericht an dieses Unternehmen gegangen wäre. Das steht wohl aber im unmittelbaren Zusammenhang damit, dass eine Ausschreibung üblicherweise nur alle zehn Jahre erfolgt und sich diese Umzugsunternehmer so lange über diese Aufträge freuen können. Problem ist nur, dass die Staatsanwaltschaft so früh das Verfahren eingestellt hat, das aufgrund der Anzeige des Opfers eingeleitet worden war. <

>Du sprichst von Opfer? <

> Ja! Das stinkt zum Himmel und ich weiß auch schon, wie ich meine Ermittlungen hier ansetze. Du kannst es ja nicht, da in Deinem Bereich ja noch kein Delikt erkennbar ist. Was mir zu Gute kommt, und hier schulden wir Sebastian unseren Dank, wurde heute Morgen der zuständige Gerichtsvollzieher im Wald gefunden. <

>Wie gefunden? Ich denke, ich habe kein Delikt zu ermitteln? <

>Hast Du auch nicht, Hase, er lebt ja noch. Er war nur gefesselt, den nackten Hintern mit Honig bestrichen und ohne Hosen im Ameisenhaufen sitzend. Du kannst Dir vorstellen, wie es dem Knaben geht. Ein Jäger hatte ihn gefunden, aber sitzen lassen. Der Kleine war fast ohnmächtig vor Schreien in der Nacht und keiner hörte ihn, Du kannst Dir vorstellen, wie dessen untere Körperregion ausschaut. Er war mit Kabelbindern gefesselt und wohl zunächst auch geknebelt, aber von dem konnte er sich wohl befreien. Er ist nervlich so mitgenommen, dass er in die geschlossene Abteilung der Psychiatrie des Krankenhauses eingewiesen wurde. Den nackten Hintern und Umgebung hat Doktor Ott behandelt, der als diensthabender Notarzt für dieses Wochenende gerufen wurde., <

>Wieso der Ott? Der ist doch Pathologe? <

>Ja, aber der Notarzt stand gerade nicht zur Verfügung. <

>Und wieso wusste das Sebastian schon wieder? <

> Ei Peter, Du Kapp, Pillow Talk! Die beiden sind doch seit Jahren ein Paar. Der letzte der es kapiert, bist wieder einmal Du. Ich habe es Dir doch bereits gestern Abend erklärt. <

>Ach. Ach was. Das war das. Die Kapelle war da so laut und ich dachte ich habe nicht richtig verstanden. Kenne den Sebastian ja schon seit der Grundschule. Wir wohnten einmal Haus an Haus und trafen uns dann hier beim Lehrgang wieder. Das hätte ich gar nicht vermutet. Hab´ deswegen gestern auch nicht nachgefragt. <

Marliese lachte sich fast tot. Manchmal lebt Peter Kaspar schon in einer anderen Welt. Er ermittelte gründlich, aber so was ging im Leben an ihm vorbei.

>Und unser Doktor ist ein mehr als gebildeter Mann! Er hat drei Facharztausbildungen. Er ist zunächst Internist; als zweites Anästhesist, was ihn als Notarzt befähigt und als dritte Facharztausbildung auch noch Pathologe. Weil aber in unserer Region wenig Leute gemeuchelt werden, hat die Gerichtsmedizin keine volle Stelle und deshalb bekleidet er das mit. Du kennst die Statistik Deiner Todesfälle, die in den Körperverletzungen und Gewaltverbrechen dann doch ein wenig untergeht. Schatzi, ich will los, wir hören und sehen uns! <

Marliese Westerhage warf sich in Schale, griff sich ein Seidentuch und lief freudig die siebenundzwanzig Stufen der Eichentreppe zum Hof dieses klassizistischen Mehrfamilienhauses hinunter, in dem sie eine vier Zimmer Wohnung gemietet hatte. Sie öffnete das Verdeck an dem funkelnigelnagelneuen Golf Cabrio, verließ die bereits vom Treppenhausfenster elektrisch geöffnete Garage und sauste die Straße hinunter und über die Allee Richtung Klinikum.

Sie hatte Rufdienst und wollte so die Ermittlungen zum Thema Körperverletzung zunächst in ihr Kommissariat ziehen, um unauffällig die weiteren Ermittlungen führen zu können. Gewagt, aber keiner würde hier ernsthaft etwas dagegen haben.
Sebastian würde sie dahingehend schon unterstützen und Peter Kaspar am Montag den Fall unauffällig übernehmen, nachdem sie selbst jetzt alle Fragen stellen konnte, die sie stellen wollte, denn niemand wusste, dass ihr die Akte des Doktor von Kadenbeerg ja vorlag.

Sie betrat das Krankenhaus über die Notaufnahme, meldete sich kurz bei der diensthabenden Schwester an und erklärte unter Vorlage des Dienstausweises zu welchem Patienten sie wollte. Sie bekam die Auskunft in welcher Station der Pavian Po zu finden war mit süffisantem Grinsen der Schwester, zu der sich die Angelegenheit wohl schon rumgesprochen hatte.

Mit schnellen Schritten durchquerte sie den Gang, kam auf die zuständige Station und hatte das Glück, dem diensthabenden Arzt in die Arme zu laufen. Sie stellte sich auch diesem vor und fragte nach der Vernehmungsfähigkeit des Patienten.

>Kein Problem, es war ja keine rote Feuerameise, sondern eine in Deutschland übliche, wenig gefährliche Art. Die körperlichen Schäden kommen eher von dem Material des Ameisenhügels, statt vom eigentlichen Gift. Der Honig führte nur dazu, dass die Viecher auf dem Hintern des Patienten herum krabbelten. Problematisch ist eher das Trauma, das daraus entstehen kann. Vor jeder Ameise wird der Mann zukünftig in Deckung gehen. <

Grinsend entfernte sich der Arzt.

Marliese klopfte an der Krankenzimmertür und betrat den Raum noch bevor ein zaghaft wimmerndes Herein erklang.
Weichei, so ihr Gedanke nach den Informationen des Arztes und diesem halb gewinselten, halb gestammelten „Herein". Krischberl.

Hätte eine schicke junge Frau an seinem Hintern geknabbert, würde er am Stammtisch den wilden Hengst geben. Aber so muss er jammernd auf dem Bauch im Bett unter einem Gestell mit Betttuch darüber liegen, damit er von seinen Kumpels nicht der Lächerlichkeit preisgegeben wird. Gerichtsvollzieher von Beruf. Geht auch nur um persönliches Machtgehabe. Hat zu Hause wahrscheinlich nichts zu vermelden und steht eher unter dem Pantoffel der Gattin, wenn er denn eine hat, der Milchbubi im Krankenhaushemdchen.

>Guten Morgen Herr Mohl, meine Name ist Marliese Westerhage und ich ermittle in Ihrem Fall. Wie kam es denn zu dieser schrecklichen Misshandlung. Haben Sie einen Verdacht, wer Ihnen das angetan haben könnte? Das ist ja furchtbar, wie müssen Sie leiden. <

Das Gesülze, wie Marliese es gerade von sich gegeben hatte, war ihr zuwider, aber wenn ich ein Ergebnis haben will, so muss ich auch den Weg dorthin wollen. Ziel war ja, das Weichei zum Reden zu bringen.

Aber das hatte gesessen. Sein Gesichtsausdruck wurde gleich noch leidender und er erklärte sich mit weinerlicher Stimme:
>Ich habe keine Ahnung. Ich kann mir das nicht erklären. Ich bin doch immer bemüht, jedem gleiches Recht angedeihen zu lassen und keine Maximaljustiz zu betreiben. Ich kann mir keinen Verdächtigen vorstellen. <

Schon gelogen, Schweinebacke. So der Gedankengang von Marliese Westerhage, du weißt genau wer das war und hast die Warnung auch verstanden. Entweder warst Du übergriffig, sonst hättest Du die Unschuld nicht so überschwänglich betont, oder hängst in einem anderen krummen Deal drin.

>Vermutlich haben Sie nichts dagegen, wenn ich Ihre Fälle der letzten sechs Monate prüfe, damit wir hier den Schuldigen finden, der Sie dieser Folter ausgesetzt hat. <

>Selbstverständlich, ich stehe zu Ihrer Verfügung. <

Marliese Westerhage erfuhr im Gespräch noch, dass er beim Aussteigen aus seinem Wagen auf einem dunklen Parkplatz in der Nähe seiner Wohnung plötzlich einen Sack über dem Kopf verspürte und Prügel bezog bis man ihn seiner Hose entledigt hatte. Er wurde dann in seinem Wagen über holprige Straßen transportiert, nachdem er gefesselt und geknebelt worden war. Dann hat man Honig über sein Gesäß gestrichen und ihn in den Ameisenhügel gesetzt.

Während Marliese Westerhage sich von Reginald Mohl verabschiedete rätselte sie noch, warum ihn niemand hatte schreien hören bis ihm der Knebel verpasst wurde. Das konnte ihr Kommissar klären, wenn er sich den Parkplatz anschaute und die Nachbarschaft befragte.

Sie verließ das Krankenzimmer und setzte sich auf den Stuhl davor, um sich Notizen zu machen. Nicht ohne Absicht, denn sie lehnte die Tür nur an, so als ob diese versehentlich nicht richtig geschlossen habe. Einem Ermittler ist ein gewisses Maß an Zerstreutheit durchaus zu Eigen.

Ihre Berechnung ging auf. Noch während sie ihr iPad aus der Tasche zog und ihre Notizen erfasste, konnte sie den Gerichtsvollzieher telefonieren hören.
>Ja, ich bin´s, der Regi. Eben war die Kripo bei mir, wegen den Ermittlungen. Die Beamtin ist auch der Auffassung, das war Folter. ....<

Leider kam dann das Pflegepersonal, betrat das Zimmer und verschloss die Tür richtig.

Marliese ging noch in die Telefonzentrale und ermittelte die Telefonnummer, mit der Reginald Mohl telefoniert hatte. Keine Frau oder Freundin mit der Vorwahl seines Wohnsitzes, nein, eine Telefonnummer in der Landeshauptstadt.

Das Wetter war entsprechend schön und Marliese wollte ihr neues Auto genießen. Heute am Samstag war ohnehin keine Möglichkeit mehr, die Ermittlungen aufzunehmen. Sie schickte eine SMS an Ihren Assistenten, der am Montag gleich die erforderlichen Schritte unternehmen sollte. Das war auch sein erstes freies Wochenende seit Wochen und das wollte sie auch ihm nicht verderben. Er hatte immerhin Familie und auch noch Nachwuchs, im Gegensatz zu ihr, die dafür nicht viel übrig hatte.

Sie entschloss sich, bei diesem Wetter den Rhein auf der rechten Seite hinunter zu fahren und vielleicht irgendwo einen Cappuccino zu trinken. Rechtsrheinisch hatte den Vorteil, dass noch eine Fahrspur und eine Leitplanke zwischen dem Auto und dem Abgrund war. Irgendwie machte sie das sicherer. Es ist immer so ein leicht aufgeregtes Gefühl in der Magengrube mit einem neuen Auto, dass einem noch nicht vertraut ist. Und Marliese Westerhage wollte ja nicht nur mit offenem Verdeck fahren, sondern auch ein wenig in die Landschaft schauen. Wozu kauft man sich sonst ein Cabriolet? Doch nicht allein dafür, dass die Nachbarn vor Neid zerspringen.

Die Herbstsonne wärmte, das Wasser glitzerte und das Misttelefon klingelte an der kurvenreichsten und engsten Stelle. Wie könnte es auch anders sein? Was nutzt die Freisprecheinrichtung bei einem offenen Verdeck? – Nichts, soviel war jetzt klar. Auch wenn die Technik es so regelte, dass das Gespräch hergestellt wurde ohne einen Finger zu krümmen.

Sie steuerte die nächste Parkmöglichkeit an und suchte eine schattige Ecke, um das Smartphone nicht in der Sonne ungenau bedienen zu müssen. Technische Hilfsmittel, die in unserem täglichen Leben wichtig geworden sind, uns aber dennoch mit ihrer Handhabung unbemerkt das Leben auch erschweren. Zuweilen bedienen sich die Geräte uns Menschen, statt umgekehrt.

Sie rief zurück. Es war eine Telefonnummer der Dienststelle. Und wer war dran? Sebastian V. Szablinsky, sprich der Drogenfahnder.

>Na, warum plagt Dich die Sehnsucht nach mir, wir sahen uns doch erst gestern Abend? Brauchst Du am frühen Morgen bereits schon meine weibliche Intuition beim Lösen Deiner Fälle oder soll ich Dich beraten, was Du anziehen sollst? <

>Marliese, Du bist noch immer das gleiche freche Stück wie vor zwanzig Jahren. Ich hörte gestern beim Anpirschen an Euren Tisch einige Sprachfetzen, denen ich wenig Bedeutung beimaß. <

>Tja, Sebastian, der Lauscher an der Wand, hört seine eigne Schand. < heißt es bei mir zu Hause.

>Jetzt hör´ doch mal zu. Ich wurde heute Morgen zu einem Drogentoten gerufen. Ein bekannter, aufstrebender Anwalt, der heute Morgen von seiner Reinemachefrau tot in seinem Bürosessel aufgefunden wurde. Kommt davon, wenn man den Sonntag nicht heiligt und in die Kirche geht, sondern der Arbeit frönt. Dem Anschein nach eine Überdosis, aber Ott hat in der Untersuchung vor Ort festgestellt, dass Mund- und Nasenschleimhaut verletzt sind, sodass der Verdacht besteht, dass die Dosis des bolivianischen Nasenpuders nicht ganz freiwillig aufgenommen wurde. Ferner

weist der Hinterkopf eine Wunde auf, deren Auswirkung die Obduktion ergeben wird. Und genau seinen Namen hattet ihr beide gestern Abend im Gespräch in einer anderen Sache erwähnt. Den Peter habe ich auch schon angerufen und informiert. Er ist wahrscheinlich auf dem Weg hierher. Im Gegensatz zu Dir schlief er noch. <

>Schlief wieder, ich rief ihn auch schon in dieser Angelegenheit an. Hihi. Aber er hat ja auch keine Rufbereitschaft. Ist aber gut, dass Du mich anrufst, denn einer der möglichen Partner dieses Herren, die so liebevoll in der mir vorliegenden Akte des Suizides genannt sind, saß heute Morgen gefesselt mit nacktem Arsch im Ameisenhaufen in den Taunushügeln. Hat gewinselt wie ein Leprakranker, der geküsst werden will. Sein Hintern war auch noch mit Honig eingepinselt. Ich war schon zur kurzen Vernehmung im Krankenhaus. Peter soll mich nachher doch noch einmal anrufen. Ich bin zu weit von Euch entfernt, um das zeitig zu schaffen. Ich fahre jetzt weiter, suche mir ein Café am Fluss und warte auf Euren Anruf! Und ja, ich habe Rufbereitschaft, aber auch noch nicht gefrühstückt und ein funkelnigelnagelneues Cabriolet. <

>Mach mal, wir rufen Dich zurück, trink´ einen Kaffee für uns mit! <

>Ich lade Euch zu einem gemeinsamen Kaffee ein! <

XX

Peter Kaspar war gerade mal bedient. Weil irgendwelche kleinkriminellen Vereinigungen sich des Nachts meuchlings mit dem Dolch im Gewande nähern und ihm den einzigen freien Tag im Quartal kaputt machen.

Er ging in die Dusche und zog sich an.

Eigentlich wollte er heute ausschlafen, danach einen Spaziergang in den Weinbergen machen und dann seinen alten Volvo polieren, an dem er so besonders hing.

Er trat vor die Tür und ging zum Garagenhof. Seit gestern Abend waren zwei der Leute, die mehrfach in der Akte des Doktor von Kadenbeerg genannt waren, durch kriminelle Handlungen geschädigt worden oder zu Tode gekommen.

Das war kein Zufall. Die Beschwerde des verstorbenen Doktor von Kadenbeerg war über den Landgerichtspräsidenten beim kleinen Amtsgericht gelandet und dürfte sich herumgesprochen haben.

Ob hier ein Zusammenhang zu sehen war oder ob eventuell die Familie von Kadenbeerg auf einen Rachefeldzug sinnte?

Die alte Gräfin mit ihren Schärgen auf einem Rachefeldzug ob des verlorenen Sohnes – das konnte er sich kaum vorstellen.

Nachdenklich fuhr er in die Stadt. Beste Lage, im Zentrum, mitten in der Allee. Kernsanierte Jugendstilvilla, im zweiten Weltkrieg nicht zerbombt und vor kurzem auf das feinste renoviert. Büro im ersten Stock, mit Balkon zur Straße, edelste Ausstattung. Und was nutzt es? Davon hat er nichts mehr. Zusammengesunken lag der Mann in seinem Schreibtischstuhl.

Die Rückenlehne war blutverschmiert, an seinem Hinterkopf eine massive, klaffende Wunde. Die Augen vor Angst weit aufgerissen, der Mund offen.

Beide Arme hingen über die Lehne herab. Hemd und Krawatte saßen ordentlich. Kein Hemdenzipfel aus der Hose. Der Überfall musste durch einen Bekannten erfolgt sein, dieser Mann hier hatte sich nicht gewehrt und wurde von dem Angriff vollkommen überrascht.

Einer dieser Anwälte, die über allem zu schweben glaubten, weil nach ihrer Auffassung alles intellektuell zu beherrschen war bis sie dann den richtigen treffen und fern jeder Klugheit eine aufs Maul bekommen bzw. wie in diesem Falle eine ins Genick.

>Ist der Anwalt jetzt am Drogenkonsum, egal ob erzwungen oder freiwillig, oder an der Hinterkopfwunde verstorben? <

>Das kann ich erst nach der Obduktion genau sagen. Zum einen ist die Hinterkopfwunde sehr stark und vor allem tief, sodass ich von einem Schädelhirntrauma ausgehen muss. Der Blutverlust war nicht gerade wenig. Bei den Drogen kann ich die Menge so nicht bestimmen. Wenn ich aber die Reste im Rachen und in der Nase sehe, so ist eine Zuführung noch erfolgt, als der Verstorbene schon nicht mehr in der Lage war, zu atmen. Hier war jemand schon sehr brutal zugange und gleichzeitig auch ein wenig dumm, denn der Einsatz der Drogen postum war eher eine Verschwen-

dung, als dass hier ein Obduktionsergebnis beeinflusst werden könnte. <

>Veno, was machst Du hier? War er Dealer? <

> Nana und ja. Ich habe ihn schon eine Weile auf dem Schirm. Immer die gleichen Lokale, immer die gleichen Leute in der Szene, die uns bekannt sind und die er - neben den Zwangsverwaltungen, die er in der Region in der Hauptsache macht - fast ausschließlich strafrechtlich vertritt. Ich habe gerade hier in der Klientenkartei nachgeschaut. Da ist kein allgemeiner Fall. Nur die vom Gericht übertragenen Zwangsverwaltungen und die immer nur von den gleichen Rechtspflegern und die strafrechtlichen Verteidigungen. Nicht eine Beratung, kein Verkehrsdelikt, keine nachbarschaftsrechtliche Sache. Sicher gibt es Fachanwälte hierfür, aber der einzelne Klient baut doch ein Vertrauensverhältnis zu seinem Anwalt auf und kommt auch einmal mit solchen Lappalien als Mandat, die ein Anwalt auch einmal übernimmt, ohne Fachanwalt zu sein. Ich kenne ja jetzt Deine Akte nicht, aber hier scheinen schon gewisse Querverbindungen zu bestehen, die darauf hindeuten, dass sich hier eine Bande in der Wolle hat. Kann ich eine Kopie Deiner Akte haben? <

>Aber klar doch, ich mache Dir nachher im Präsidium eine Kopie und werfe sie in Dein Fach. Gib´ Du mir eine Kopie Deines Berichtes und der Obduktion. <

>Geht klar. Marliese wartet übrigens auf unseren Anruf. Sie ist auch in Lauerstellung, denn sie hat im Rahmen der Rufbereitschaft ja die Ermittlungen vom Honigärschle noch an der Backe kleben. <

>Sebastian, Du babbelst ein Zeug. „Backe" im Zusammenhang mit em Honigärschle. <

>Ei ja na. <

Sie riefen ihre Kollegin an, die gerade in einem reizenden Café am Rhein saß und nachdenklich die Herbstsonne genoss und verabredeten sich mit ihr am kommenden Montag gleich morgens früh zum Ergebnisaustausch.

Also Kaffee und Frühstück eilig genossen und schnell zurück, um der Rufbereitschaft Satisfaktion zu gewähren.

Sebastian erklärte Marliese telefonisch den Tatort, während Peter Kaspar sich noch umschaute.

>Eisen neun, blutverschmiert im Bag, mmmhhh, ideal für das kurze Spiel oder einen Bump and run. Gute Wahl. Hätt´ ich auch genommen. <

Sebastian begann am Telefon zu kichern, denn Marliese hatte das Gemurmel am Telefon gehört und rügte lachend die Pietätlosigkeit.

Als pietätlos kann dieses Verhaltensmuster allerdings nicht angesehen werden. Ausbildung, Arbeitserfahrung und Ermittlungen führen automatisch zu dieser Einstellung und sichern den emotionalen Abstand zu diesen beruflichen Ereignissen.

Peter Kaspar suchte noch die Angehörigen des Anwaltes auf.

Er fuhr dazu hoch auf den einzigen kleinen Berg, den die Landeshauptstadt aufzuweisen hatte. An dessen Fuß schmiegte sich dieses kleine und noch feinere Wohngebiet, ebenfalls mit vorwiegend Jugendstilvillen, überwiegend kernsaniert und modern ausgestattet und kurstädtische Lebensart demonstrierend.

Hier wohnte der junge Herr Anwalt in einer diesen Feudalvillen, die dem Aussehen nach nicht von den Eltern ererbt wurde.

Die Villa umgab eine klassisch angelegte Gartenanlage mit heimischen Gewächsen wie Rhododendren, Funkien und Hortensien. Ausnahme bildete hier nur der kanadische Goldlack, der seit Jahren in der Region heimisch war.

Peter Kaspar hatte ein ähnliches Haus von seiner Tante geerbt und machte sich deshalb erst ein Bild von den unterschiedlichen Fluchtmöglichkeiten und Ausgängen des Gebäudes. Das ließ sich durch etwas Aufmerksamkeit auf dem Weg vom Wagen zum Haus klären, ohne dass dieses jemandem auffallen würde.

Der ermordete Anwalt hatte nur eine Freundin, die in dessen Wohnung sehr feudal lebte und geweckt werden musste. Es dauerte ewig, bis sie überhaupt an die Tür kam, um zu öffnen. Mit dem Aufzug war Peter Kaspar bereits in das oberste Stockwerk des Hauses gefahren, da er das Glück hatte, dass die Haustür im Erdgeschoss weit offen stand. Allein vom Flur aus bot sich bereits ein interessanter Blick über die Stadt. Feudal halt, so feudal, wie diese Menschen eben wohnen. Schon etwas fern vom Standard des Normalbürgers oder den normal gebliebenen. Fassade ist hier immer wichtig. Wie pflegte ein Freund gewöhnlich zu sagen: „Mit Geld, das ihnen nicht gehört, werden Sachen gekauft, die sie nicht brauchen, um damit bei Leuten anzugeben, die sie nicht leiden mögen." Jo, dem war nichts hinzuzufügen.

Gott, was stand denn da in der Tür? Ein mannequinartiges Gerippe mit dunklen Augenringen. Eine Wimper angeklebt, die andere fehlte. Schlabberiger Seidenmantel, tief geöffnet. Welche Einblicke auf die Ausblicke. Die Lady sah aus, als habe sie bereits bei der Kreuzigung unseres Heilands das Nagelkästchen getragen.

>Was´ n los, so früh am Morgen? <

>Guten Morgen, mein Name ist Peter Kaspar. Ich bin Hauptkommissar bei der Mordkommission. Ich bedauere sehr, Sie in Ihrer Regeneration von der gestrigen Nacht zu stören, aber kennen Sie Doktor Friedrich Liebergaad? <

>Warum? <

>Beantworten Sie doch bitte meine Frage und ergänzen Sie die Antwort doch dahingehend, in welchem Verhältnis Sie zu ihm stehen - und weisen Sie sich bitte aus. <

> Wenn er mich vorstellt sagt er immer, ich sei seine Freundin. <

Für Peter Kaspar kaum vorstellbar, dass er diese Frau überhaupt irgendjemandem vorstellte. Der Drogenkonsum war ihr doch dermaßen anzusehen, dass sich jede Frage danach erübrigte. Wo konnte man sich in den üblichen Kreisen des Anwaltes mit dieser Frau sehen lassen, ohne auffällig und von den Anwaltskollegen ungläubig beäugt zu werden? Welche Gedanken drängten sich da den älteren Anwaltskollegen auf, wenn er hier mit der Frau auftrat. Jetzt verstand er auch die Bemerkungen von Sebastian am Abend des Lehrgangstreffens.

>Warum wollen Sie das wissen? Er ist nicht hier, fragen Sie ihn doch selbst. <

Schnippisch auch noch, die doof´ Nuss. Wäre Marliese jetzt hier, wäre die erste Abreibung gleich fällig. Da wüsste die „Lady" nicht mehr, ob sie Männlein oder Weiblein ist.

>Das ist leider nicht mehr möglich, ihr Lebensabschnittsgefährte wurde heute Morgen tot in seiner Kanzlei aufgefunden. Die Todesursache ist zu dieser Stunde noch nicht klar. Gleichzeitig muss ich Sie der Vollständigkeit jetzt noch fragen, wo Sie sich diese Nacht aufhielten. <

>Wer ich? Ich war erst im Queens und dann hier. Hab´ bis eben geschlafen, bis Sie mich weckten. <
>Verständlich. < murmelte Kommissar Kaspar. Zugedröhnt bis zum geht nicht mehr, war sein Gedanke.
Im gleichen Moment hörte er die vertrauten Schritte von Sebastian in seinen Cowboystiefeln auf dem Steinboden des Treppenhauses. Er kam gerade mit seinen Mannen vom Tatort in die Wohnung.

>Guten Morgen Herr Kaspar, lange nicht gesehen, wie geht es Ihnen? <

Sebastian schaffte damit schon die nötige Distanz und vermied den Eindruck, dass hier weitere Verknüpfungen vermutet würden.

Er eröffnete der Lady seinen Namen und seinen Dienstrang in der Drogenfahndung, wies seine Begleitung an, die Wohnung zu durchsuchen und forderte die Lady ultimativ auf, ihre Papiere vorzulegen.

Susanne Bollendorf, geboren am 16. Januar 1992. Anfang zwanzig und sieht aus wie eine Puffmutter am Ende ihrer zweifelhaften Karriere. Verlebt, drogenabhängig, schlampig, sich vollständig aufgegeben und vom Leben wohl nicht mehr erwartend, als einen Bestand von Drogen, der die Traurigkeit im Herzen und im Geiste betäubt.

Und genau dieser Bestand von Tabletten, Extacy, Herointütchen und jede Menge Kokain hatte einer von Sebastians Beamten schon in der Hand.

>Im Badezimmer gefunden, im Unterschrank des Waschbeckens. Ohne Mühe, keine Anstrengung, es überhaupt zu verbergen. <

Sebastian nahm die Tüten an sich.

>Frau Bollendorf, ich darf Sie bitten, sich etwas anzuziehen und mich auf das Präsidium zu begleiten. <

>Das ist alles Eigenbedarf und das darf man. <

>Mann vielleicht, aber Frau nicht und es ist auch ein weit verbreiteter Irrtum, dass Drogen von fast fünfzigtausend Euro Verkaufswert Eigenbedarf sind, der nicht geahndet wird. Meine beiden Kollegen hier werden Sie begleiten. Wie viele Sachen haben Sie noch hier in dieser Wohnung? Ist es Ihnen möglich, diese zusammen zu packen und die Wohnung zu verlassen? Die wird nämlich versiegelt. Sie sind ohnehin hier nicht gemeldet und wohnen ja im Schauberland, dem Ortsteil am anderen Ende der Stadt. <

>Häh, warum das denn ? Wo soll ich denn hin? Wieder zurück in meine Einzimmerwohnung? Das gefällt mir aber gar nicht. <

>Ich bedauere sehr, aber es geht nicht anders. Sie wollen dem bitte Folge leisten und wie bereits gesagt, meine beiden Kollegen werden Sie begleiten. Wir sehen uns nachher im Präsidium. Vielleicht haben wir ja dann ein Appartement für Sie. < Sebastian hatte das wir besonders betont, aber das junge Gebein hatte seinen Gedankengang leider nicht begriffen.

Nachdem die Lady die Räume verlassen hatte, wandte er sich erneut an Peter Kaspar.

>Peter, wir sehen uns bitte gleich am Montag mit Marliese, die ich von unterwegs schon angerufen habe und besprechen den Fall. Bring Deine Akte mit. Ich erzähle Dir dann, was sich aus der Vernehmung der Bollendorf ergeben hat und was ich noch in meinen Akten habe. Da tun sich Abgründe auf! <

>Denk dran, Deine Einvernahme zu dem Mord nicht so gentlemanlike zu Madame, sondern klare Ansage, sonst kommst Du bei dieser Klientel nicht weiter. <

Peter Kaspar reichte wortlos Sebastian Szablinsky die kopierten Unterlagen seiner Akte „von Kadenbeerg" zur Einsicht, die er aufgrund des telefonischen Hinweises bereits gefertigt hatte, und verabschiedete sich. Die Durchsuchung der Wohnung überließ er der Spurensicherung, die ja jetzt für beide Delikte im Einsatz war. Er machte einen Rundgang durch die Wohnung, die bis auf das Schlafzimmer aufgeräumt, fast steril war. Hochmoderne Ausstattung, alles in weißem Lack, mit Chrom, weiße Fliesen, nur die Polstergarnitur war schrill pink. Über Geschmack lässt sich bekanntlicherweise nicht streiten. Ungemütlich, aber so sind wohl die Yuppies. Das Büro war hier in diesem Mordfall wohl interessanter, denn wenn es etwas zu verbergen gab, so tat der Herr Anwalt das in Anbetracht seiner Mitbewohnerin bestimmt im Büro. Er entschloss zurück zu fahren und sich das Büro nochmal anzusehen, bevor er sich an seinem Schreibtisch im Präsidium weiter in den Fall vertiefte.

Die Spurensicherung befasste sich noch mit dem Büro als Kommissar Kaspar dort wieder ankam. Er drehte noch eine langsame Runde durch alle Räume. Am interessantesten war das Büro des Opfers. Warum, war ihm noch nicht klar, aber irgendetwas war hier anders, als in den anderen Räumen. Obwohl überall genormte Möbel standen. Der einzige Unterschied bestand in der Ausrichtung der Schreibtische nach den Fenstern.

Er drehte noch eine Runde durch das Anwaltsbüro.

Die Schreibtischcontainer waren die gleichen, die Regale waren die gleichen, die Stühle, die Teppiche. Er begann, die Türen, Schubladen und Klappen an den Schränken zu zählen und sieh an, Liebergaads Aktenschrank hatte eine Schublade mehr. Ganz unten, wie eine Abschlussleiste aussehend, aber eine Schublade, die sich maximal zur Hälfte einer gewöhnlichen Schublade aus dem Schrank herausziehen ließ. Dahinter ließ sich ein Fach im Boden fühlen. Mit einigen Handgriffen hatte er die Schublade ausgeklinkt.

Der junge Beamte der Spurensicherung in seinem Overall war sehr überrascht und wollte sich entschuldigen.

>Lass mal gut sein, komm in mein Dienstalter mit meiner Erfahrung und dann findest Du diese Dinge auch. Ihr seid ja auch noch nicht komplett fertig. Meine Fingerabdrücke sind wohl am unteren Ende, denn ich war so unaufmerksam, anfänglich keine Handschuhe anzuziehen. Das ist der Nachteil bei den alten Hasen. Aber schau, was da alles drin ist. Kokain, wohl für die Leistungsfähigkeit, Aufputschmittel, ein Schlüssel, der wohl zu einem Postfach oder Schließfach gehört und eine Notiz mit Zahlen.

Peter Kaspar ließ sich den Schlüssel und die Notiz aushändigen und machte sich auf den Weg ins Büro.

Im Büroflur begegnete ihm Marliese mit Akten unter dem Arm.

>Guten Morgen Peter, ich hatte ein paar herrliche Stunden in der Sonne am Rhein. Wo andere freie Tage genießen, werden wir aufgrund unserer Berufswahl bescheidener und freuen uns über einzelne Stunden. Die Arbeit ruft. Ich habe uns ein paar Akten besorgt. Wir sprechen morgen früh gleich darüber, ich muss was nachsehen. <

>Na Bravo, wo würdest Du den Schlüssel zuordnen? Bankschließfach oder Postfach bzw. Bahnhof? <

>Versuch es erst einmal am Bahnhof, der ist näher und der Schlüsselbart scheint zu der dortigen neuen Anlage zu passen. <

Kaspar nickte und machte sich auf den Weg dorthin. Zu Fuß gut zu erreichen, nur ein paar Meter durch einen Park.

Die Sonne war sehr warm geworden, irgendwie fing er doch an, ein bisschen zu schwitzen.
Was war das für ein Fall, der drei Ermittler beschäftigt! Sollte hier die alte Gräfin doch etwas mit zu tun haben?

Es beschäftigte ihn Schritt für Schritt bis zu dem Bahnhofschließfach. Tatsächlich, alles neu.

Man konnte hier völlig unbemerkt agieren. Gut war, dass die Schließfachnummer ganz dünn auf dem Schlüsselkranz eingraviert war. Er brauchte zwar eine Lupe um das zu lesen, aber immerhin.

Er öffnete das Fach und fand lediglich ein kleines Schlüsselmäppchen mit einem weiteren Schlüssel. Spielen wir jetzt hier das Matrjoschka – Spiel.

Wo gehört jetzt dieser Schlüssel wieder hin? Vermutlich gehörte dazu jetzt die Nummer mit dem Zahlencode, der noch nicht zugeordnet werden konnte.

Also wieder zurück ins Büro.

Unvorstellbar, dass die alte Gräfin hier die Finger im Spiel haben sollte, aber er wird sie deswegen wohl dieser Tage noch befragen müssen.

Er rief Sebastian auf dessen Handy an.

>Sebastian, ich noch mal. Seid Ihr mit der Wohnung schon durch? Ich müsste nochmals hinein. Ich hab gerade im Bahnhof in das Schließfach geschaut, aber außer einem kleinen Schlüssel lag da nichts drin. Ich habe ja noch den Zettel mit der Zahlenkombination aus dem Büro des toten Anwaltes, den ich noch nicht zuordnen konnte. Das bereitet mir Kopfzerbrechen, großes Kopfzerbrechen. Da muss irgendwo ein Tresor, Schließfach oder ähnliches in der Wohnung sein. Im Büro war nichts. <

>Na dann schwing Dich mal her. Ich hab´ da was für Dich, ich verrat´s aber nicht am Telefon! Die Drogenschnüffler finden alles. <

Peter Kaspar war im Präsidium angelangt. Blöde Idee, per pedes an den Bahnhof zu laufen. Er stieg in seinen Volvo und fuhr zur Wohnung, diesem sterilen Ding mit der pinken Polstergarnitur. Er fuhr mit dem Aufzug nach oben, wo in Sebastian bereits grinsend erwartete.

>Peter, Du glaubst nicht, wie durchdacht bereits bei der Planung dieser Wohnung vorgegangen wurde. Komm mal in die Küche. Fällt Dir hier was auf? <

>Im ersten Moment nicht. <

>Pass einmal auf. Neugierig wie ich bin, habe ich jede Schranktür und Schublade geöffnet oder öffnen wollen. Schau hier, die untere Schublade ist keine Schublade, sondern eine Trittleiter. Du ziehst sie einfach heraus stellst sie auf, klappst das Blendbrett um und kannst bequem an die oberen Schränke. <

>Und jetzt soll ich nach oben? <

>Mitnichten mein Guter. Im Gegenteil, nach unten. Schau einmal in den Schacht. Dort ist ein Revisionsrahmen im Boden, der sich an allen vier Ecken mit einem Eurostück öffnen lässt, durch Federn nach oben gedrückt wird und dann leicht zu verschieben ist. Und was befindet sich darunter? Ein in den Boden eingelassener Safe! <

Beide lagen zwischenzeitlich flach auf dem Boden, da die übliche Schubladenhöhe von knapp fünfzehn Zentimeter nicht viel Bewegungsspielraum ließ.
Peter Kaspar nahm den Schlüssel aus seiner Tasche und den Zettel mit der Nummernkombination, die er in das elektrische Zahlenschloss des Tresors eingab. Es ertönte ein Klicken und die Tür ließ sich nach rechts unter die Fliesen verschieben. Welche Raffinesse, auch hier sicherheitshalber alles in den Boden einzulassen. In dem Tresorfach lag ein Beutel Kokain und ein Aktenkoffer. Der Schlüssel passte zu der, den Aktenkoffer umschließenden Kette mit dem integrierten Schloss. Alles Maßarbeit. In dem Koffer lagen jede Menge handschriftliche Aufzeichnungen über die Verwertung von Vermögensgegenständen aus.

Zwangsversteigerungen und Diebstählen. Das halbe Kilo Koks hatte einen Marktwert von fast fünfunddreißigtausend Euro und konnte in dieser Menge nicht für den Eigenbedarf sein. Das Kokain wurde von Sebastian konfisziert.

Peter Kaspar hatte es geahnt. Der Fall des Doktor von Kadenbeerg ließ ihn das vermuten und diese Intuition hatte ihn Marliese einschalten lassen. Beim Anblick und beim Einblick der jetzt eben gefundenen Unterlagen wurde einiges deutlich.

Er rief sie an. Marliese Westerhage saß in Ihrem Büro über den vorliegenden Unterlagen und machte sich bereits entsprechende Listen, die noch abzuarbeiten waren.

>Marliese, ich habe hier etwas für Dich, in Ergänzung der bisherigen Unterlagen, das wird Dich umhauen. Wo bist Du denn? Ich bringe Dir das gerne noch vorbei. <

>Na Hase, wo werd´ ich schon sein? In meinem Büro an meinem Schreibtisch. Wirtschaftsvergehen werden im Papier am Schreibtisch ermittelt. Wenig Ermittlungsarbeit findet an Tatorten statt. Wir sind ja nicht beim Zoll. Komm´ her, ich mache uns einen sehr guten Kaffee, und Kekse habe ich gewiss auch noch. <

XXI

Am frühen Montagmorgen trafen sich Peter Kaspar, Marliese Westerhage und Sebastian Szablinsky mit Ihren Aktenbergen im kleinen Besprechungsraum. Marliese für Wirtschafts- und Betrugsdelikte, Peter Kaspar für die Mordkommission und Szablinsky für das Drogenreferat.

>Guten Morgen die Herren! Peter, dort steht schwarzer Tee für Dich, den Du ja am Morgen so liebst. Sebastian, Dein Kaffee ist hier. Der Löffel bleibt drin stecken, mein Guter. Lasst mich gleich anfangen, denn ich habe heute noch einiges vor. Begonnen habe ich mit den Unterlagen Deines verstorbenen Doktor von Kadenbeerg und hier eine Liste mit Namen der Personen gefertigt, die zum Verhör zu laden sind. Wichtig war mir hier vor allen Dingen das später als Dienstaufsichtsbeschwerde gewertete Schreiben des Doktors an die Justizministerin. Das hat meines Erachtens indiziären Charakter. Ferner müssten wir hier ermitteln, welche Rolle unser mit Eisen neun erschlagener Anwalt gespielt hat. Neben den Ermittlungen zu seiner Tätigkeit in der Drogenwelt, um die sich wohl Sebastian kümmern muss. Laut Doktor Ott wurde er mit einem Eisen seiner eigenen Golfausrüstung erschlagen, was am Hinterkopf nach vorn einen Bruch des Schädels mit einem offenen Schädelhirntrauma bewirkte, dass letztendlich zum Tode führte. Der dritte Grad des Traumas führte wohl, laut dem hier vorliegenden Bericht, zum Einklemmen des Gehirns durch die Blutung und seine Verschiebung nach vorn und zur Seite. In der ersten Phase die neuronale Schädigung, in der Phase zwei dann die Hirnschädigung. Während der Phase eins, der Bewusstlosigkeit bzw. dem Koma wurde wohl das Kokain verabreicht, um sich die At-

mung noch zu Nutze zu machen. Hier war ein Kenner der Verletzungsmaterie am Werk.

Das, Peter, fällt wohl in Dein Ressort. <

Peter Kaspars mobiles Telefon klingelte.

>Kaspar, was ist denn Herr Möbius? Wie bitte? Eine Leiche in der Pfandkammer der Vollziehungsbeamten ?! Ich glaub es ja nicht. Am Wochenende war der Atzekratz aber fleißig. <

>Sebastian, wer ist denn dieser Atze Kratz? < wollte Marliese wissen.

Sebastian lachte.

>Das ist nicht der Atze Kratz, sondern de Atzekratz, bei Euch daheim der Boandelkramer! <
>Ach so, der Gevatter Tod.<
>Ich werde Eure Versammlung verlassen müssen. Muss mir das einmal anschauen. <

Peter Kaspar dirigierte den Volvo durch die engen Gassen der Altstadt und hatte das Glück, einen freien Parkplatz vor der Tür zu erwischen.

Er schlenderte durch die Toreinfahrt zum Hinterhaus. Eine Bauart, die hier in der Region üblich war. Was für ein Aufruhr hier in dem kleinen Hof durch die Spurensicherung.

>Guten Morgen, wer ist denn der Tote? Was haben wir denn für Erkenntnisse? <

>Der Tote ist der Umzugsunternehmer Johann Blaschewsky, der auch hier die Pfandkammer verwaltet

und die Zwangsräumungen für die Justiz vornimmt. Am Flaschenzug aufgehängt. <

>Aufgehängt oder Erhängt? <

>Aufgehängt. Zuvor von hinten mit einem Draht oder einer Instrumentensaite erdrosselt. Interessant war, dass der Flaschenzug so positioniert war, dass dieser zwischen den beiden Fenstern hier im ersten Stock von außen und unten nicht zu sehen war. Der Todeszeitpunkt liegt irgendwo zwischen Freitagnacht und Samstagmorgen! <

>Und wo ist die Instrumentensaite bzw. wo war die her? Erfolgte der Mord hier? <

>Ich gehe davon aus, dass der Mord hier nicht passiert ist. Das Umfeld ist zu steril für diese Handlung, keinerlei Spuren. <

>Wer hat ihn gefunden? <

>Der Obergerichtsvollzieher Müller. Ihn störte der Geruch nach Exkrementen. Der Verstorbene hier ist stark eingekotet und das hätte normalerweise hier andere Spuren hinterlassen. Nach verschiedenen Ermittlungen hat er seinen Firmensitz aber in der Stadtmitte. Ein Trupp von uns ist schon dort. Wegen des strengen Aromas tippte Müller in seiner Meldung an die Polizei auf Suizid. Sein Büro ist gerade nebenan, am Ende des schmalen Flures. <

>Ott, was lachst Du andauernd so in Dich hinein? <

>Sprich mit Müller! <

Peter Kaspar ging langsam den kleinen Gang hinunter und öffnete das Büro des Vollziehungsbeamten.

214

Hier saß ein feister alter Herr, ganz in Schwarz geklei-
det mit weißem Haar und einem Ziegenbart, der mit
grünen Wollfäden in drei Einheiten unterteilt war. Er
war gerade am Telefonieren. Ein recht deutlicher Berliner Dialekt war da zu hören. Eidelweidel. Deswegen
lachte Ott so in sich hinein. Jetzt war im alles klar.

>Guten Morgen Herr Müller, mein Name ist Peter
Kaspar und ich ermittle im Todesfall des Herrn Blaschewsky. Können Sie mir bitte dazu etwas erzählen?
<

>Selbstverständlich. Als ich heute Morgen hier herein
kam, denn ich habe gleich einen Termin mit einem
Schuldner, dessen Sachen hier verwahrt sind, bemerkte ich diesen ekelhaften Geruch. Das kann ich ja niemandem zumuten und so wollte ich nicht nur durch
mein Bürofenster lüften, sondern Durchzug über den
ersten Stock der Pfandkammer hier machen und da
hing er halt. Unverständlich, dass dieser Mann einen
Suizid hier begangen haben soll. Er wirkte so im Leben
stehend, planend, Geld ohne Ende mit dem florieren-
den Unternehmen, von Jahr zu Jahr mehr Mitarbeiter.
<

>Hatte er vielleicht eine Beziehungskrise? <

>Der? Ne, ein typischer Womenizer, kein Rock sicher.
Vom Fitnessstudio auf die Piste un de Weiber no, wa. <

>Aha, vielen Dank für die Auskunft. Noch eine Frage,
wie war Ihr Wochenende? <

>Sie wollen also mein Alibi wissen, wa. Ick war mit
dem Motorrad unnerwegs, jede Menge Zeugen und
anschließend auf der Lorelei gezeltet. <

Peter Kaspar bedankte sich und ging. Insgeheim schüttelte er den Kopf. Der Knecht war locker Anfang sechzig und machte solche Touren mit Gleichgesinnten, die bestimmt zwanzig Jahre jünger waren. Na aufhören, jetzt entwickelte er wieder Vorurteile, die ggf. den Ermittlungen schaden. Der Müller schien unverdächtig, obwohl sein Alibi noch geprüft werden musste. Das konnte aber sein Mitarbeiter machen. Wird sich so bestätigen.

Er schaute sich noch einmal in der Pfandkammer um. Merkwürdige Räume, gefüllt mit Möbeln und Kartons voller persönlicher Sachen. Hier standen Schicksale dahinter von denen er besser nichts wusste, aber jetzt wissen musste, denn auch hier war der Bereich der Tatverdächtigen zu suchen. Aber wohl erst in zweiter Linie. Ihm erschienen die Verquickungen der beiden Mordfälle und dem heißen Hintern aus dem Ameisenhaufen mit dem Todesfall von Kadenbeerg interessanter.

Er fuhr in den Betrieb des Verwalters der Pfandkammer, um zu sehen, was die Spurensicherung dort feststellen konnte.

Als er auf den Hof fuhr, war schon alles abgesperrt. Jede Menge uniformierte Bereitschaftspolizei deutete darauf hin, dass hier was im Busch war.

>Wo muss ich hin? < fragte Kaspar unter Vorzeigen seines Ausweises.

>Geradeaus, die drei Stufen hoch und dann rechts in das große Büro.<

Als er dort ankam, nahm ihn der führende Ermittler in Empfang.

>Einwandfrei, der Tatort. Ein stümperhafter Täter, die Klaviersaite liegt auch noch hier. Er muss ihn damit in seinem Schreibtischstuhl von hinten überrascht und erwürgt haben. Das Opfer hat sich nicht gewehrt. Warum er ihn aber durch das halbe Viertel transportiert, um ihn in der Pfandkammer zu deponieren, ist unklar. <

>Er? Was lässt darauf schließen? <

>Sehr kräftig bei der Tat, was uns die Tiefe des Abdrucks seitlich am Hals des Opfers verrät. Schuhgröße zehneinhalb, klassischer Abdruck eines Herrenschuhs hier im verschütteten Sägemehl. Laufschuh, von der Sohle her tippe ich auf Nike oder Adidas. <

>Sonst noch was Besonderes?<

>Ja, schau´n Sie einmal hier in das untere Fach des Schreibtisches. Jede Menge Fotografien von Schmuck und Antiquitäten mit Vermerken auf der Rückseite, ein Wareneingangsbuch und ein Warenausgangsbuch an wen, was zu welchem Preis verkauft wurde. <

>Das interessiert mich besonders, Darf ich das mitnehmen? <

>Fingerabdrücke haben wir bereits genommen, die fotografische Dokumentation ist auch bereits erfolgt, ich wüsste also nicht, was dagegen spräche. <

Peter Kaspar packte die Bücher mit den Fotos ein und fuhr zurück ins Präsidium.

Er ließ Kopien davon machen und stellte diese Sebastian und Marliese zur Verfügung.

Die nächste Besprechung war jetzt gleich für vierzehn Uhr terminiert.

XXII

Kurz nach vierzehn Uhr saßen alle zusammen im Büro von Marliese Westerhage, da das Wirtschaftsdezernat die eleganteren Büroräume hatte und Marliese sogar eine Polstergarnitur. Feudal, feudal waren Sebastian Szablinskys Gedanken und er fragte spontan, ob er denn seine Stiefel ausziehen müsse.

Peter Kaspar grinste und Marliese bat ihn mit der süffisanten Bemerkung, sie habe kein Interesse, seine Löcher in den Socken zu bewundern, die Stiefel anzulassen.

Der Bote brachte gerade einen Wagen voll beschlagnahmter Akten aus dem Umzugsunternehmen, insbesondere die Buchhaltung und die Personalakten, die Marliese durchgehen wollte.

Sebastian hatte in beiden Mordfällen einige Depots mit stattlichen Mengen an Kokain gefunden. Zwei Morde und wohl ein Suizid standen in unmittelbarem Zusammenhang und es bestand der Verdacht der Hehlerei, denn die Fotos aus der Schublade des Umzugsunternehmers ließen nicht zuletzt wegen der entsprechenden Vermerke auf der Rückseite Marliese Westerhage nichts anderes vermuten. Deswegen hatte sie all die gerade angelieferten Akten beschlagnahmt.

>Wie stellt Ihr Euch unser weiteres Vorgehen vor? <, fragte Marliese in die Runde, nachdem jeder mit einer Tasse Kaffee versorgt war.

>Wir haben ja nun beim Anwalt kiloweise Kokain gefunden und merkwürdige Schlüssel. Wir haben hier einen offensichtlichen Mord, der zunächst den Eindruck erweckt, im Affekt erfolgt zu sein und einen

weiteren Mord, der als Selbstmord vertuscht werden sollte. Zusätzlich haben wir diverse Unterlagen, die den Anlass zur Vermutung geben, dass hier unter dem Deckmantel des Umzugsunternehmen auch Dinge vertickt werden, die nicht auf legale Weise in die Hände unserer Kameraden gelangt sind. <

>Sebastian, ich nehme zwar nicht an, dass eines unserer Opfer bei von Kadenbeergs Selbstmord nachgeholfen hat, wenn ich aber die vom Verstorbenen angelegte Akte und seine Briefe lese, rieche ich förmlich den Zusammenhang. Der zweite Mord erfolgte in der Pfandkammer. Doktor von Kadenbeerg beklagte immer die Diebstähle, die er dort vermutete und die Form der Behandlung durch die Justiz. Er kam irgendwie nie über die Tatsache hinweg, wie er behandelt wurde und in all seinen Schilderungen tauchen die Namen auf, die jetzt die Opfer sind.

Anwalt Liebergaad als Zwangsverwalter des früheren Privathauses des Doktor von Kadenbeerg, und der Umzugsunternehmer wird auch lobend im Zusammenhang mit Gebühren und einer Quittung erwähnt. Dieses Schreiben war an die Justizministerin gerichtet und wurde dann an den Landgerichtspräsidenten als Dienstaufsichtsbeschwerde weitergeleitet. Dieser war darüber nicht erfreut und hat das zuständige Amtsgericht zur Stellungnahme aufgefordert. Weiß ich aus seinem Vorzimmer. < Er blickte kurz auf. >Klappt die Münder wieder zu. Seine Vorzimmerdame war zu meinen Ausbildungszeiten im gleichen Amt und sehr fürsorglich zu mir. < so Kommissar Kaspar zur Runde.

>Ja Peter, einen ähnlichen Verdacht hatte ich auch schon. Was, wenn sich die Herrschaften in der Pfandkammer bedienen und bereits bei den Zwangsräumungen wertvolle Sachen auf die Seite schaffen? Hinweis dafür könnte unser Ameisenärschle sein. Dann wären

weder der Amtsgerichtspräsident noch der Landgerichtspräsident amused. Gleichzeitig erschwert es uns außerordentlich die Ermittlungen. Keiner der Richter wird diese gerne zulassen und entsprechend unterstützen, sofern wir nicht definitive Fakten haben. Ich denke, ich werde in entsprechender Nachtarbeit die Akten sichten und eine Aufstellung der noch zu verhörenden Personen. Ein paar davon konnten wir ja schon vernehmen. Gleichzeitig bitte ich die „Wandergarde", einmal in den Schaufenstern zu prüfen, was von den fotografierten Sachen auf dem Markt ist und vor allem wo.

Was schaut ihr so fragend? „Wandergarde" sind bei mir die Streifenpolizisten per pedes, die in der Stadt patrouillieren. Aber zurück zum Thema.

Gleichzeitig wäre es interessant zu wissen, und das, Sebastian, ist jetzt Deine ehrenvolle Aufgabe, woher das Kokain kommt und wohin es verkauft wird, welche Rolle Liebergaad und seine Tussi dabei spielten und welche Verknüpfung hier zum Amtsgericht besteht.< verteilte Marliese Westerhage die Aufgaben.

>Vor allem auch, welcher Zusammenhang zwischen Zwangsverwaltung, Bank als Auftraggeber, dem Kokain und dessen Finanzierung steht.< so Peter Kaspar.
>Ich verweise hier auf den Brief des Doktor von Kadenbeerg ans Justizministerium, der aus unserer Sicht sehr aufschlussreich ist. Ich kann in diesem Fall zwar nichts machen, denn es war einwandfrei ein Suizid, dennoch sind hier deutliche Hinweise und Vermutungen meinerseits auf ein Maß an Korruption, wie es nicht sein dürfte. <
>Ja, Peter ich versteh. Deswegen führe ich ja zunächst die Ermittlungen seitens des Dezernates Wirtschaft. Mach Dir mal keine Sorgen. Wir stimmen jetzt erst einmal die Personallisten ab, damit wir sehen,

wen wir bereits verhört haben und wen wir noch verhören müssen. Führ Du die Mordermittlungen im Fall Liebergaad und dem des Umzugsunternehmers. Aber Deine Auffassung teile ich voll und ganz. < sagte Marliese Westerhage.

>Vor allem haben wir in den beiden Mordfällen, dem Bereich des Drogenhandels und –konsums und den Wirtschaftsverfehlungen den gleichen Personenkreis der auch zu den Verdächtigen zählt. Ohne das Umfeld, das sich noch auftun wird, wenn unsere Ermittlungen tiefer gehen.<

Die Arbeitswoche hatte sich wieder in das Leben der drei Kommissare geschlichen, so wie das bei allen arbeitenden Menschen passiert, die einem Schichtdienst oder einer terminverpflichtenden Arbeit nachgehen müssen.

Marliese Westerhage stimmte die Personallisten ab. Sie erstellte eine Exceltabelle mit allen Namen und Personaldaten, verglich diese mit der Fahndungsliste und den historischen Daten und war dann doch ein klein wenig verwundert, wer alles in der Vergangenheit schon einmal über die Polizei gestolpert war. Sie ließ sich auch hier alle Ermittlungsakten aus dem Archiv bringen.

Peter Kaspar suchte immer noch nach dem zu dem Schlüssel aus dem Bahnhofschließfach passenden Schloss.

Sebastian Szablinsky machte sich so seine Gedanken und war in der Innenstadt unterwegs, um einige seiner Informanten aufzusuchen. Ihn interessierte vor allem, wo diese große Menge von Koks überhaupt herkam.
Er fand einen seiner gesprächigen Junkies auf einer Parkbank in der Anlage gegenüber dem Hauptbahnhof.

Leicht angedröhnt. Zunächst wusste er nicht so genau, ob der Typ auf den Trip ging oder von einem zurückkam. Immerhin erkannte er ihn.

>Sag mal, sagt Dir der Name Friedrich Liebergaad etwas? < versuchte Sebastian einen knappen Einstieg zu finden, ohne den Junkie zu überlasten.
>Kloar eh, der Friedel, iss en goiler Typ. Hilft immer, wenn de was brauchst, der hat immer. Kost auch nix, musst nur mal helfen Sachen schleppen uff en Flohmarkt, für seinen Hausmeister. <

>Was für einen Hausmeister?<

>Hausmeister? Wer ist Hausmeister? Ich nicht, ich kenne einen. Hat bisserl Schuppenflechte im Gesicht, macht aber goilen Sex, eh. Willste maah? Hab´ Tel von ihm. Kriegst ne Tüte von ihm. <

Sebastian erkannte schon, dass das keinen weiteren Zweck hatte. Hier ging jemand auf nen Trip und träumte von Sex, der dann nicht funktioniert. Der Drogenkonsum wirkt sich ja deutlich auf die Libido aus. Kringel im Kopf und Knoten in der Leiste.

>Ne, ne, lass man stecken, ich hab´ schon einen und bin recht glücklich seit vielen Jahren. <

Er entfernte sich Richtung Präsidium. Hausmeister. Mal sehen, wie weit Marliese mit ihrer Datenerhebung war. Vielleicht fand er den Typen ja darin.

Zeitgleich hatte Peter Kaspar über seinen Innendienst Fotoaufnahmen des ominösen Schlüssels im gesamten Gebiet an Banken, Postämter und Bahnhöfe via E-Mail senden lassen, um festzustellen, wo dieser zugeordnet werden kann.

Gerade kam eine Mitarbeiterin mit einer Antwortmail in sein Büro. Eine große Privatbank in Frankfurt, die sich direkt am Römerberg in einer Seitenstraße befand, über mehrere Gebäude bis zur nächsten Straße verteilt, informierte ihn sehr freundlich darüber, dass der Schlüssel zu einem ihrer Wertfächer gehörte. Nicht ohne sich vergeblich zu erkundigen, aus welchem Grund die Polizei ermittelte.

Peter Kaspar reichte diese Information an die Staatsanwaltschaft weiter und forderte über diese einen Beschluss zur Öffnung des Faches an.

Es klopfte erneut. Nach einem Herein öffnete sich die Tür von Peter Kaspers Büro und ein kleiner Herr in schwarzem Mantel mit Homburg auf dem Kopf und einem Regenschirm in der Hand trat ein. Peter Kasper wusste nicht, ob er hier Pan Tau vor sich hatte, den mal kleinen und dann wieder großen tschechischen Magier, der immer auf der Seite der Kinder war oder ob er sich hier an einen klassischen Briten erinnert fühlen sollte.

>Guten Tag, an der Pforte hat man mich an Sie verwiesen als Ermittler im Falle des Todes des Herrn Doktor von Kadenbeerg mit doppeltem e, der vor einigen Tagen auf einer Parkbank verstorben aufgefunden wurde.

Ich bin der zuständige Notar. Doktor Hubertus Blume.

Ich darf Ihnen hier in Ihrer Eigenschaft als Ermittler bitte diesen Brief des Doktor von Kadenbeerg überreichen.

Dieser wurde bei mir vor drei Monaten in diesem Umschlag hinterlegt, dessen Siegel ich gestern, nachdem mich die Todesnachricht erreichte, ordnungsgemäß gebrochen habe.

Der Umschlag enthielt das persönliche Testament in einem gesonderten und versiegelten Umschlag, sowie diesen Brief mit der Anweisung, diesen dem ermittelnden Kommissar auszuhändigen.

Ich erfülle hiermit meinen Treuhänderauftrag als Notar und darf Sie bitten, mir hier den Empfang zu quittieren.

Das notarielle Testament ist auch beim Nachlassgericht hinterlegt und geht Ihnen von dort zu. Über die Anforderung bin ich informiert. Das ergänzende Testament mit den Vermächtnissen hat mir das Wohnsitzkommissariat des Verstorbenen, Frau Mayrhofer gestern im Original ausgehändigt. Ich gehe davon aus, dass Ihnen Kopien vorliegen. <

Peter Kasper unterschrieb und stempelte die Empfangsbescheinigung. Der Notar stand auf, verneigte sich und verließ rückwärtsgehend das Büro.

Peter Kasper musste schmunzeln. Die alte Schule des Kaiserreiches war ihm auch schon lange nicht mehr in dieser Form begegnet.

Er brach das Siegel des Briefes und begann diesen zu lesen:

Sehr geehrter Herr Kommissar,
zunächst entschuldige ich mich dafür, dass ich Sie nicht mit Ihrem Namen anspreche, aber wie sollte ich diesen herausfinden, nachdem ich zwar den Entschluss für einen Freitod gefasst, aber noch nicht durchgeführt habe, ohne dass die Gefahr bestünde,

dass ich an meiner Entscheidung durch den Staat und dessen Vertreter gehindert würde.

Gleichzeitig bringe ich hier mein Bedauern zum Ausdruck, Sie als Ermittler mit meinem Tod und meinen sterblichen Überresten tangiert zu haben.

Sehen Sie in meinem Handeln in der Öffentlichkeit, bei Sonnenaufgang am Fluss unter den alten Pappeln, die sich hoffentlich leise in einer Brise wiegten und mit ihren Blättern raschelten, um mich auf meinem letzten Weg zu begleiten, bitte den letzten Genuss einer Landschaft, aus der ich mit staatlicher Gewalt deportiert wurde.

Ja, ich habe einen Suizid begangen ohne jede fremde Unterstützung, dennoch aus fremdem Anlass, der mir, gerade aufgrund meiner Lebensauffassung und meiner Erziehung, so präsent ist, als wären die Ereignisse gestern erst eingetreten. Das immer präsente Gefühl des verstoßen und geächtet zu sein wurde trotz der zwischenzeitlich vergangenen Zeit einfach unerträglich, unüberwindbar.

Vor einigen Jahren geriet ich aufgrund eines Forderungsausfalles für ein von mir entwickeltes Pflegeheim für meine Heimatgemeinde in einen Liquiditätsengpass. Die Hilfe in diesen Tagen der Not war recht eingeschränkt, vielmehr musste ich den Eindruck gewinnen, dass ein Teil meines sozialen Umfeldes positiv diesen Umständen gegenüber stand. Eine Erfahrung, die ich Jahre zuvor, aus Anlass einer Tumorerkrankung, bereits machen durfte und für die ich eine besondere Empathie entwickelte. – Gegen die ich auch nicht ankämpfen kann oder will.

Diesen Eindruck hat verstärkt auch meine Hausbank bei mir hinterlassen, so dass ich gezwungen war, die bisher gedeihlich erscheinende Zusammenarbeit nach achtundvierzig Jahren Kundendaseins, also seit meiner Geburt, schrittweise zu beenden. Vorweggegangen waren hier einige Streitpunkte, die ihren Ursprung immer in einer mangelnden Prüfung der Unterlagen hatte und den ich auch beweisen konnte. Aber wie ein berühmter Bankier bereits sagte: „Die Bank gewinnt immer" – hat also auch immer Recht mit ihren Aussagen.

Statt ein klein wenig Geduld zu haben, als ich nach sechs Monaten zunächst nicht in der Lage war, die Kreditrate für meine Immobilien in Höhe von viertausendvierhundert Euro pünktlich zu begleichen, griff die Bank in voller Härte durch. Obwohl ich die Aussicht hatte, dieses in vier Wochen nachholen zu können.

Das zuständige Amtsgericht hier handelte meiner subjektiven Betrachtung zufolge auch mehr an der Macht des Geldes orientiert, als an einer objektiven Rechtsanwendung.

Ich gehe davon aus, dass Sie den Ordner in meinem Wagen bereits studiert haben und ebenfalls entsprechende Eindrücke gewinnen konnten. Zu diesem Zweck hatte ich diesen bereit gelegt, vor allem aber auch, um diesen Brief zu belegen und Ihnen die erforderlichen Nachweise für meine Thesen zur Kenntnis zu bringen.

Mein damaliges Privathaus und zwei Eigentumswohnungen wurden zwangsversteigert, obwohl die Auflassungsvormerkung über einen bestehenden Kaufvertrag im Grundbuch eingetragen war. Das kümmerte bei Gericht niemanden. Das Landgericht hat dem Gericht in der Versteigerung den Zuschlag untersagt. Dennoch wurde später ein Zuschlag erteilt, der dann wieder durch das Landgericht aufgehoben wurde. Das ist doch keine normale Rechtsanwendung.

Viermal wurde ich gemäß Gerichtsbeschluss durch Psychiater untersucht, die mir dann ein narzisstisches Ehrgefühl testierten, weil ich lediglich versuchte, meinen Lebensweg mit Anstand und Würde zu beschreiten.

Vollkommen überraschend wurde ich ohne schriftliche Vorankündigung aus meinem Haus deportiert und obdachlos gemacht. Und das trotz einer Aussetzung der Vollstreckung durch das Landgericht, gegen die die Bank zwar den Bundesgerichtshof anrief, von diesem aber abgewiesen wurde. Gleichzeitig hat ein übereifriger Gerichtsvollzieher in Absprache mit dem Zwangsverwalter Liebergaad mein gesamtes Vermögen beschlagnahmt.

Ich wurde aufgefordert, weitere vierzehntausend Euro zu begleichen, um meine Einrichtung wieder zu bekommen, ansonsten würden die Möbel für einen Einstandswert von einem Euro versteigert. Meine Möbel seien ja nichts wert, so hatte der Gerichtsvollzieher entschieden. Antiquitäten und Erbstücke aus der Gründerzeit und davor sind in den Augen dieser Justiz nichts wert.

Ich habe diese Summe beglichen und dadurch wieder Anspruch auf mein Eigentum gehabt. Die Pfandkammer wurde mir aber erst aufgeschlossen, nachdem ich mich verpflichtete, pro Stunde eine Gebühr von zwanzig Euro zu begleichen, die in keiner Gebührenordnung auftaucht.

Viele der Sachen waren dann beschädigt, Schmuck und andere Wertgegenstände gestohlen. Die Staatsanwaltschaft und die Polizei haben nur sehr sporadisch ermittelt und das Verfahren sehr schnell eingestellt.

Das passiert vor den Augen eines Gerichtsvollziehers, der hier doch eine besondere Sorgfaltspflicht hat.

Diese Vorkommnisse haben mein Vertrauen in diesen Staat, die Anwendung einer Rechtsstaatlichkeit und die demokratische Sicherheit vor Übergriffen durch einen Staat so erschüttert, dass es mir in all den Jahren danach nicht gelungen ist, diese Ereignisse und die damit verbundenen Gefühle Vergangenheit werden zu lassen.

Diese Orientierung der Justiz an der Macht des Geldes, die Missachtung der Persönlichkeit eines Delinquenten, die Ignoranz für höchstrichterliche Rechtsprechung durch die Institution Bank, waren so einschneidende Erlebnisse und von so prägender Natur, dass ich mich täglich verfolgt fühle.

Der danach folgende wirtschaftliche Erfolg, der mir Gott sei Dank wieder beschieden war, konnte mich nicht darüber hinweg trösten. Vielmehr war die Angst, wieder das Vermögen zu verlieren und des neu geschaffenen Heimes verwiesen zu werden, täglich präsent.

Immer wieder das Gefühl, dass das Klingeln jetzt der Gerichtsvollzieher ist, mit dem Umzugsunternehmen, unterstützt durch eine Horde von Hilfs-Polizisten des Ordnungsamtes meiner Heimatstadt.

Die Angst, das Haus überhaupt zu verlassen. Die belastende Vermutung, nicht mehr alles vorzufinden oder keinen Zugang oder Zugriff auf meine Sachen mehr zu haben.

Es weckte Erinnerungen an die Erlebnisse meiner Vorfahren in der traurigsten Zeit dieses Landes in der sich die Bevölkerung eine Regierung erwählte, um die neue Demokratie zu unterstützen und zur sozialen Gerechtigkeit zu gelangen, die dann als Regierung den demokratischen Weg verließ und als Diktatur seine Bevölkerung missachtete und unterdrückte ohne deren Persönlichkeit zu beachten.

Das Verhalten wurde dann vom Arbeiter- und Bauernstaat neben unserer Republik indirekt fortgesetzt, nur dass die Gestapo dann Stasi und die Gefängnisse nicht mehr Konzentrationslager hießen.

Ich habe den Eindruck, wir haben hieraus nichts gelernt und deshalb resigniert.

Ich fühle mich zu sehr bedroht und verraten, der Gefahr staatlicher Willkür ausgesetzt, die heutzutage durch Fernsehsendungen mit Liveberichten über die Tätigkeit von Gerichtsvollziehern und Polizisten unterstützt wird, als dass ich in dieser Welt noch leben möchte.

In dieser Gesellschaft darfst du nicht stolpern, auch nicht durch andere. Denn ich habe mein Vermögen nicht verspielt oder verhurt, mir wurde meine Leistung nicht vergütet, wie dieses vertraglich vereinbart war.

Der Verlust meiner vertrauten, heimatlichen Umgebung mit den Weinbergen, dem großen Strom am anderen Ende und den gemütlichen Straußwirtschaften haben mich aus meinem Wohlgefühl geschleudert. Daran konnte auch die Erstattung meiner Vermögensverluste nach acht Jahren Rechtsanhängigkeit nichts mehr ändern. Letztendlich war die Bank zwar teilweise unterlegen, aber erst auf Landgerichtsebene, nicht beim Amtsgericht. Aber mit Hilfe des Amtsgerichtes nahm sich die Bank das Recht heraus, das Verfahren so lange zu verzögern, dass sich deren Hoffnung, mich durch Zeitablauf zu ruinieren und zur Aufgabe zu zwingen, fast erfüllt hätte.

Wenn das Verbrechen jetzt schon in der Judikative beheimatet ist, kann ich auf dieser Welt nicht mehr leben. Ein Leben, dass nicht gelebt werden konnte, wie man es hätte leben wollen, ist ein vertanes Leben. Der Schöpfung nicht würdig. Die Zerstörung eines wertvollen Geschenks durch Dritte, die sich als Menschen bezeichnen.

Mein Schöpfer und die wenigen Menschen, die mich lieben und in der schweren Zeit zu mir gehalten haben, mögen mir mein Handeln verzeihen und mich in freundschaftlicher Erinnerung behalten.

Herzlichst

Dr. Jonathan Sibelius Constantin von Kadenbeerg

Ein Brief, der Peter Kaspar zwar sehr bewegte, aber keinen formellen Anlass für Ermittlungen gab, denn er bestätigte eindeutig den Suizid. Allerdings griff dieser Brief genau die Gedankengänge auf, die Peter Kaspar selbst schon aufgrund der Akte des Doktor von Kadenbeerg entwickelt hatte bevor er diesen Brief zu lesen bekam.

Dennoch waren gewisse Anschuldigungen bei Belegkenntnis hier zwischen den Zeilen erkennbar und sollten im Rahmen der Gesamtermittlungen den entsprechenden Namen zugeordnet werden.

Wer waren die Ordnungspolizisten? Der Gerichtsvollzieher und das Umzugsunternehmen waren ja bereits bekannt, aber wer waren die bezeichneten „Undemokraten" bei Gericht?

Es war also an der Zeit, sich heute am späten Nachmittag mit der Sekretärin des Landgerichtspräsidenten
im Parkhaus zu treffen, denn diese Ermittlungen benötigten Fingerspitzengefühl und sollten keinesfalls
schlafende Hunde wecken.

Im Zusammenhang mit den beiden anderen Morden,
den Drogen und der wahrscheinlichen Wirtschaftskriminalität hatte diese Akte allerdings indiziären Cha-
rakter und verblieb noch auf seinem Schreibtisch.

XXIII

Er telefonierte kurz mit Marliese und Sebastian und informierte sie über von Kadenbeergs Brief. Gerade als er diesen seinen Mitarbeitern übergab, damit sie Kopien für die beiden Dezernate fertigten, stand ein uniformierter Beamter in seiner Bürotür.

>Kommissar Kaspar? Ich bedaure, Sie zu stören, aber bei Ihrem Anschluss war andauernd besetzt, so rief Dr. Ott in der Wache an. Ein Toter in einem Taxi im Wald an der Quelle beim Naturdenkmal „Schanze" mit einem Kopfschuss und großen Zweifeln des Dr. Ott an einem Suizid. Sie möchten doch so freundlich sein und den Tatort in Augenschein nehmen. Ich habe mir erlaubt, gleiche Information an die Spurensicherung weiter zu geben. <

>Ja, mache ich sofort – Danke. < Kaspar musste etwas schmunzeln über die schüchterne, respektvolle Art des jungen Beamten, der doch so perfekt mitgedacht und gehandelt hatte.

Wird sich in zehn Jahren auch gelegt haben. Dann klingt so etwas, regional gefärbt auch prägnanter, wie: „Sollst hinaus an die Schanz komme, da ist wieder ein Gemeuchelte mit Loch im Kopp" oder so ähnlich.

Die Schanze war ein gemauertes Tor aus uralter Zeit, ähnlich eines Stadttores. Die Dörfer hier in der Region am großen Strom schützen sich damals mit diesen Toren und Hecken gegen Eindringlinge.

Er war in der Tiefgarage bei seinem Volvo angelangt und freute sich ein wenig, wie sich dieser Wagen aus dem üblichen Einerlei abhob. Er startete und fuhr aus der Garage, aus der Stadt Richtung Land und Wald zunächst ein Stück auf dem Schnellweg und dann

Bundestraße. Er genoss die Schönheit der Landschaft und der Natur. So ernst konnte kein Anlass sein, dass er den Blick und die Freude über die Schönheit dieser Landschaft verlieren könnte. Er dachte an den Brief des Doktor von Kadenbeerg, der eben dieses Gefühl mit ihm teilte und dieser Schönheit so entrissen wurde und das nicht verwinden konnte. Welche Liebeserklärung war der Suizid an diese Landschaft. Welch schlechtes Licht warf das auf die Beteiligten in dem Verfahren gegen ihn, die seinen wirtschaftlichen Ruin durchsetzen wollten und auch zum Teil durchsetzten und hier einen Menschen skrupellos zerbrachen. Liegt darin nicht auch eine Verantwortung für die Todesfolge? Eine moralische mit Sicherheit, eine strafrechtliche lässt sich nicht herleiten.

Er ließ seinen Wagen auf den Parkplatz rollen und genoss das Knirschen des Kieses unter den Rädern des ausrollenden Wagens.

Das Taxi war seitwärts mit der Haube Richtung Quelle geparkt, so dass es von der Straße aus kaum wahrnehmbar war.

>Sin´ Sie de Kommissar? Ich hab´ en gefunde, heut 'Morgen als ich Wasser für mei Fisch hole wollt. Schon als ich hier vorgefahrn bin, kam mir des Taxi merkwürdisch vor, weil das so in dene Hecke steht. Ich hab´erst an ein Liebespärchen gedacht bis ich uff em Rückweg von der Quell das ganze Blut an der Scheib´ gesehe hab. Dann hab´ ich gleich die Polente, äääähhh Ihre Behörde, angerufen und bin hier stehe gebliebe. <

Kommissar Peter Kaspar nickte bei jedem zweiten Schritt, um nicht unhöflich zu erscheinen und reichte den Zeugen dann an einen Beamten der Schutzpolizei weiter, damit dieser die persönlichen Daten aufnahm und die Aussage sicherte.

Peter Kaspar grüßte Dr. Ott mit einem Kopfnicken, der mit der Spurensicherung schon eine Weile vor Ort war, das der genauso kurz erwiderte.

>Das sieht mir aber nicht nach einem Suizid aus, stellte Peter Kaspar fest. Der Einschuss ist mehr Richtung Felsenbein, also hinter dem Ohr. Das macht doch kein Selbstmörder. Das Opfer wurde doch eher von dem linken hinteren Sitz erschossen. <

>So sehe ich das auch< sagte Dr. Ott, >Vor allem ist die ausgetretene Kugel in die A-Säule des Wagens eingeschlagen nachdem diese die rechte Schläfendecke weggerissen hat. Vermutlich hat neben dem Taxler noch jemand im Fußraum vor der Rücksitzbank gewartet. Und weißte wer das ist? Kennste die Reste?<

>Nein, das Opfer habe ich noch nicht gesehen. <

>Stimmt, Marliese war ja im Krankenhaus, nicht Du. Das ist der Gerichtsvollzieher, der im Wald mit dem Hintern im Ameisenhaufen saß. Ich durfte ihn vergangenen Sonntag mit Kortison behandeln, weil die Damen Ameisen seinen Hintern so malträtiert hatten. Er hat ja furchtbar gejammert deswegen. < so Doktor Ott.

>Das Jammern hat sich jetzt wohl erledigt. < stellte Kommissar Kaspar kopfschüttelnd in dem Bewusstsein fest, dass auch dieses Opfer den vorliegenden Fällen zuzuordnen sei.

Er fuhr auf dem Rückweg im behandelnden Krankenhaus vorbei und erfuhr dort von der Stationsschwester, dass diese selbst gestern die Entlassung fertig gemacht und persönlich ein Taxi bei der Taxizentrale für den Patienten geordert habe.

Treffpunkt mit dem Taxi sei aber das Hauptportal des Krankenhauses gewesen sein, so dass sie keine Beschreibung des Taxifahrers abgeben konnte.

Der Pförtner des Krankenhauses hingegen erinnerte sich, dass ihm ein junger, dunkelhaariger, mannequinmäßiger südländischer Typ aufgefallen war, der übermäßig laut Harry Belafonte hörte und einen Mann mit einem furchtbar bunten Hawaii-Hemd mit beigen Hosen und beigen Schuhen abholte, ihm den Koffer trug und die beiden ausgelassen scherzten. Auffällig war halt, dass der eine aussah, als käme er gerade aus einem Südseeurlaub und der andere so übertrieben höflich war und den Koffer trug, was hier allgemein nicht üblich war. Meist wurde nur der Kofferraumdeckel aufgemacht und aufgehalten, das war es aber dann schon auch.

Die Taxizentrale lag auf dem Weg ins Präsidium. Dort angekommen konnte Kaspar gerade den Chef am wegfahren hindern. Herr Braun konnte anhand der Unterlagen sehr schnell feststellen, dass der Anruf der Klinik um 10:11 bei der Zentrale eingegangen war und das Taxi 181 zu der Zeit von Adrianosh Klautschewski gefahren wurde.

>Wo finde ich den Herren? <

>Der ist heute nicht zum Dienst erschienen. Deswegen sind wir hier so in der Hektik, weil uns dadurch ein Mann bei den Stammfahrten und dem flexiblen Einsatz fehlt. Ich wollte gerade weg, um den Ersatzmann zu geben. Wir machen hier ja die Dialysefahrten und die Fahrten zur Onkologie in Abstimmung mit den Krankenkassen. Holen die Patienten vor der Tür ab und bringen diese auf die jeweilige Station und holen sie nach der Therapie auch dort wieder ab. An diesen

Tagen habe ich immer einen etwas höheren Personalbedarf, weil ja auch die flexiblen Fahrten noch abgedeckt werden müssen. Ich wollte nachher bei ihm zu Hause nach dem Rechten sehen, denn telefonisch erreichen wir ihn auch nicht. Sein Handy ist permanent ausgeschaltet. Wir hören immer nur die Ansage, dass der Teilnehmer momentan keine Anrufe annehmen möchte. Da könnt´ ich platze vor Zorn, aber Festnetz habbe die junge Leut ja heute nicht mehr. Keine Alternative. Wolle se dem sei Handy-Nummer habbe, isch schreib´ se Ihne uff. <

Klassische regionale Sprachfärbung, insbesondere in der Aufregung.

Wieder im Präsidium ließ Peter Kaspar den Assistenzdienst das Handy orten.

Er informierte seine beiden Kollegen Marliese Westerhage und Sebastian Szablinsky über den Sachstand. Marliese zeigte sich doch sehr betroffen. Gerade weil Sie bisher der Auffassung war, dass der Gerichtsvollzieher ein Weichei sei. Diese Gefährdung hätte niemand so vermutet.

Parallel dazu liefen die Verhöre in drei Verhörräumen des Präsidiums im Hinblick auf die nun drei Morde des letzten Wochenendes, der Rauschgiftfunde und der Veruntreuungen aus der Pfandkammer der Gerichtsvollzieher. Jeder der drei Ermittler war nach Möglichkeit in den Nebenräumen als Beobachter zugegen. Zwischenzeitlich lagen Geständnisse von drei Mitarbeitern des Umzugsunternehmens vor, dass das was gebraucht wurde, aus der Pfandkammer genommen wurde oder gegebenenfalls sind diese Dinge „vom Lastwagen gefallen". Die gefundenen Aufzeichnungen im Aktenkoffer des Anwaltes Liebergaad aus dessen

Fußbodentresor bestätigten die Aussagen der teilweise arg verängstigten Mitarbeiter.

Das schlimme dabei war, es herrschte kein Unrechtsbewusstsein. Das ist doch alles gepfändet, die Leute bekommen das doch sowieso nicht wieder, die sind doch pleite, so einhellig die Meinung der drei Kandidaten, die nach Aktenlage ohnehin keine unbeschriebenen Blätter waren. Mehrfach Verurteilungen wegen Raub, eine sexuelle Belästigung, zweimal Drogenbesitz. Die fünf anderen Mitarbeiter des Umzugsunternehmers wussten nichts oder wollten nichts wissen.

Auf die Drogen angesprochen stellten sich die drei Kandidaten vollkommen dumm bis Sebastian Szablinsky der Kragen platzte. Er ordnete für jeden der drei Untersuchungshaft an und ließ diese in Einzelgewahrsam nehmen, damit keine Absprache erfolgen konnte.

Die anderen fünf Kandidaten nahm er sich erneut zur Brust. Allerdings konnte in diesen Verhören nur ermittelt werden, dass die fünf immer dann von weiteren Arbeiten befreit waren, wenn der Anwalt und der Eventmanager auftauchten. Sie trafen sich immer im Büro des Umzugsunternehmers und die Gardinen wurden geschlossen.

Der Anwalt wurde anhand der Fotos identifiziert, der Eventmanager konnte noch nicht ermittelt werden. Einer der vier Aushilfsmitarbeiter konnte ihn jedoch beschreiben und wusste den Namen. Ibrahim al Saoud, denn er hatte im Rahmen einer Umschulungsmaßnahme über die Arbeitsagentur den Eventmanager dort getroffen, der diese Ausbildung ebenfalls auf Kosten der Arbeitsagentur machte.

Das Bübchen war so am Zittern, dass Sebastian langsam von ihm abließ. Er ließ allerdings nach dessen Angaben eine Phantomzeichnung fertigen und erteilte ihm die Auflage, die Stadt nicht zu verlassen und sich täglich um sechzehn Uhr auf dem dritten Polizeirevier der Stadt zu melden.

Die anderen drei Aushilfen, für die er die Untersuchungshaft angeordnet hatte, entließ Sebastian nun mit der gleichen Auflage.

Die Phantomzeichnung ließ er kopieren und verteilte sie an die Streifenbeamten, Marliese Weserhage und Peter Kaspar.

Marliese hatte zwischenzeitlich die Personallisten, das Lohnkonto, das Aushilfslohnkonto und die Einsatzpläne der Mitarbeiter der Firma Blaschewsky verglichen und miteinander abgestimmt.

Ein Ibrahim al Saoud erschien dort aber nicht. Lediglich ein Adrianosh Klautschewski, was auch viel mehr in die Systematik der Mitarbeiter passte. Alle hatten die gleiche Muttersprache und kamen selbst oder ihre Eltern aus der Region des Nachbarlandes. Entweder kamen sie selbst aus wirtschaftlichen Gründen in die Region oder die Eltern kamen mit den Großeltern bereits nach dem zweiten Weltkrieg hier an den großen Strom, weil sie aus ihrer Heimat vertrieben wurden, da sie die deutsche Staatsangehörigkeit nicht ablegen wollten. Auch hier ein trauriges Kapitel deutscher Geschichte, die wieder einmal in einer Deportation endete.
Sebastian stellte allerdings mit schelmischem Grinsen noch fest, dass er und die anderen Herrschaften am Namensende ein „y" tragen, was auf Landbevölkerung hinweist, während das „ki an et Ende den Landadel ausweist".

>Sebastian, Du bist ein Kaspar. < konterte Marliese Westerhage.

>Danke <, kam von beiden Herren einstimmig zurück und alle drei mussten in der Situation dann doch lachen.

Peter Kaspar nahm sich die Phantomzeichnung und fuhr nochmals zur Taxizentrale.

Der Cheftaxler kam gerade hinter ihm auf den Hof geschossen, sprang aus dem Wagen ohne die Tür zu schließen und rannte erbost in sein Büro.

>Ich hab mindestens zehnmal geklingelt, aber keiner hat sich gerührt. Als dann jemand aus der Haustür kam, bin ich rein. Bin dann die vier Stockwerke hochgerannt und hab an die Tür gehämmert. Nix. Wo ist der Kerl nur? Wenn der wiederkommt, kannst ihm gleich sagen, dass er daheim bleiben kann. So Mitarbeiter brauch ich nicht. Ich fahre jetzt zur Dialysestation und bringe die Leute wieder heim. <

>Ach Herr Kommissar, wie lange stehen Sie dann schon hinter mir? Habe gerade im Zorn rumgepoltert weil des Bürscherl nirgendwo anzutreffen ist. Wahrscheinlich mit seinem Callboybody mit Tiroler Landluft aus dem Steckdöschen irgend so ein Mensch aufgerissen und hormonell bedingt alles andere vergessen. <

>Interessante Ausführungen, kommt das häufiger vor? Arbeitet er als Callboy? < fragte Kommissar Kaspar.

Die Sekretärin des Taxlers schaute unter sich und kicherte leise bei der Mutmaßung des Callboydaseins des Vermissten.

Kaspar packte sein Tablet aus und rief in der Datei die Phantomzeichnung auf.

>Kennen Sie diesen Mann? <

>Ja, das ist Adrianosh, mit drei Tage Bart, den er sich hin und wieder stehen lässt. <

>Sie identifizieren diesen Mann auf dieser Zeichnung also als Adrianosh Klautschewski? <

>Aber ganz klar. < antworteten sowohl der Taxlerchef als auch seine Sekretärin einhellig.

>Kennen Sie einen Ibrahim al Saoud? <

>Nein, wer soll das sein? Ein Patient, den wir regelmäßig fahren? Die kenne ich an sich alle. Und auf der Personalliste haben wir diesen Namen gewiss nicht. <

>Fahren Ihre Leute immer die gleichen Wagen? <

>Ja, wir haben hier eine feste Zuordnung der Wagen, sofern diese nicht durch eine Störung oder Inspektion ausfallen. Dafür haben wir zwei Ersatzwagen. In der Regel sind zwei, manchmal drei Fahrer für einen Wagen zuständig. <

>Wer ist für Taxi 181 zuständig? <

>Adrianosh und der Peter Maier. Der Peter Maier ist aber zwei Wochen in Urlaub und verreist. Gestern kam eine Karte vor Gardasee. Und der Adrianosh war heute noch nicht hier. Hat aber das Auto mit nach Hause genommen. Deswegen ist der Chef ja so wütend, weil uns der Wagen heute im Fuhrpark fehlt. Wo iss der eigentlich jetzt wieder hingerannt? <

>Davon habe ich keine Ahnung, aber Ihr Wagen 181 ist bei uns in der Spurensicherung, wenn es sich dabei um einen Mercedes W123 220 Diesel handelt. Der Wagen ist Teil einer Untersuchung im Wege einer Ermittlung eines Verbrechens mit Todesfolge< erklärte Kommissar Kaspar.

>Ach Du lieber Himmel, des hatt´ abber jetzt grad noch gefehlt! Ei was sach´ ich dann jetzt dazu? Ei Herr Braun, was steh´n se dann so plötzlich hinner mir? Habbe se dess jetzt mit gehört? Unser Auto is´ Teil einer Vermittlung, wegen einer Todestat mit Verbrechensfolge. Ei jetzt bin ich abber ferdisch, do kann ich jo nicht mehr schwätze. Ei Herr Kommissar, is dem Adrianosh ebbes passiert? Liegt er im Krankenhaus? Kann man ihn besuchen? In welchem Krankenhaus iss er dann? Was ist dann mit dem Auto? Is es kaputt? Kann mer´s reparieren? Wie lang dauert dann die Reparatur? Ei ich bin jo ganz aufgeregt. <

Peter Kaspar dachte an den alten Spruch von Marliese: „ Ein Mann, ein Wort; eine Frau, ein Wörterbuch" und überlegte, ob er für die Disponentin einen Arzt rufen sollte.

Der Eigentümer des Taxiunternehmens saß zwischenzeitlich kreidebleich auf einem Stuhl in der Ecke des Empfangs. Aufgrund seines Schweigens waren seine Gedanken schwer zu erraten. Machte er sich Sorgen um das Auto, um den Mitarbeiter oder hatte er Informationen zur Tat?

>Herr Braun, wann hat Ihr Mitarbeiter das Taxi gestern übernommen? <

>Er kam gestern wieder einmal zu spät und war erst gegen 10:00 Uhr hier. Die Patientenfahrten hatte ich dann am Morgen gemacht, so dass er den Wagen in

Empfang nahm und die Flexibel Fahrten machen wollte. Seine Absicht war es, sich oben an der Klinik zu
postieren und am Taxistand in Rufbereitschaft zu stehen. Ich habe den Rest nicht weiter kontrolliert. Ich
ging gegen Mittag, meine Tochter hatte zwanzigsten
Geburtstag, zur Grillparty meiner Tochter. Ich war der
Grillmeister und deswegen den ganzen Mittag nicht
mehr für das Geschäft zu erreichen. Mir fehlen daher
die Informationen. Deswegen auch die Aufregung mei-
nerseits heute Morgen, weil mir der Wagen fehlte. <

Peter Kaspar begab sich zurück ins Präsidium. Auf
dem Weg zu seinem Wagen rief er noch Marliese Westerhage an und erkundigte sich nach dem Stand der
Vernehmungen der vielen Mitarbeiter des Umzugsunternehmens.

>Hallo, Peter, wir kommen hier recht gut vorwärts,
aber keine wesentlichen Erkenntnisse bezüglich der
Morde, nur im Hinblick auf die Drogen und die Veruntreuungen. Allerdings besteht in allen Aussagen Einigkeit dahingehend, dass die Besprechungen immer
nach Ende des Geschäftsbetriebes stattfanden und
immer nur vereinzelte der Aushilfsmitarbeiter die Ankunft einzelner Teilnehmer zu diesen konspirativen
Sitzungen bemerkten. Ich habe nur eine Diskrepanz
zwischen den Personallisten des Umzugsunternehmens, den Akten der Vollziehungsbeamten und Deiner
Akte des Suizides von Kadenbeerg. In dieser Akte ist
die Kopie eines Beleges über eine Gebührenzahlung.
Dein Doktor von Kadenbeerg hat stündlich Gebühren
zahlen müssen, damit die Pfandkammer für ihn offen
blieb, um mit seinem Umzugsunternehmen wieder zu
seinen Sachen zu kommen. Er hat den Beleg, den man
ihm wohl vorenthielt, mit dem Handy fotografiert und
zu den Akten genommen. Unterschrieben ist das, fast
unleserlich, mit Adrianosh Klautschewski. Wer ist das,
den habe ich hier nicht auf den Personallisten.

Dann bin ich mir noch nicht sicher über die Rolle des Hausmeisters des Zwangsverwalters Liebergaad, der immer wieder sporadisch in den Aussagen auftaucht und dessen Rolle noch nicht genau geklärt ist. Den lasse ich mir einmal bringen, wir finden ihn leider nicht an seinem mobilen Telefon oder an seinem Betriebssitz. <

>Marliese, das mit dem Adrianosh Klautschewski ist eine lange und kuriose Geschichte, wie ich gerade ermitteln konnte. Hast Du den Namen Ibrahim Al Saoud? <

>Nein, ich habe hier keine arabische Namen, die Personalstruktur setzt sich wohl eher aus Bekannten und Freunden aus dem Heimatland des Umzugsunternehmers zusammen, damit in der Muttersprache entsprechende Verabredungen getroffen werden können, ohne dass es die hiesige „Kundschaft" versteht und vielleicht Verdacht schöpft. <

>Lunte riecht. < erklang es aus dem Hintergrund, denn Sebastian hatte gerade Marlieses Büro betreten.

>Was willst, Kriminaler, notiger? < lautete Marlieses Begrüßung im heimatlichen Dialekt.
>Ich hab´ uns noch einmal den Junkie mitgebracht, der den Liebergaad so gut kannte und sich teilweise als dessen Lustknabe hingab um an Stoff zu kommen. Ich denke in einer Viertelstunde ist er auch geistig bei uns. Er sitzt - also bereits im Verhörraum eins, noch nicht dauerhaft. Vielleicht kann ich ihm was entlocken. Allerdings ist er arg angedröhnt. Grau und kreidebleich, dürr, wie ein Gespenst, die Leiden Christi im Bierfläschje, würde man bei uns zu Hause jetzt sagen. Ich hab´ mal Otti, dessen Dienst gerade zu Ende geht

gebeten, mit dem Notfallkoffer zu kommen, damit mir das „Krischberl" im Verhör nicht zusammen bricht. <

Peter Kaspar kam gerade zur Tür herein, das mobile Telefon noch am Ohr. Er hielt Sebastian die Phantomzeichnung hin mit dem Hinweis >Frag ihn danach <.

Gleichzeitig mailte er die Zeichnung noch an die „Kundenkartei", das Einwohnermeldeamt, die Arbeitsagentur und an die Bundesdruckerei für die Personalausweise.

Es dauerte nicht sehr lange, da lag ihm bereits das erste Ergebnis vor. Laut Arbeitsagentur handelt es sich um Ibrahim Al Saoud, der eine geförderte Umschulung zum Eventmanager machte und gerade in der „Werbeagentur Zarrafin" ein praktisches Jahr absolvierte. Peter Kaspar schickte einen Assistenzbeamten sowohl zur Arbeits-, als auch zur Werbeagentur, um Informationen zu sammeln.

Er rief beim Einwohnermeldeamt an. Er kannte dessen Leiter, der mit einer längst verstorbenen Freundin von Peter Kaspar verheiratet gewesen war und dessen Geburtstag am zehnten Januar er regelmäßig vergaß, was ihm dann pünktlich Mitte April wieder einfiel. Jürgen nahm das immer gelassen.
>Arlad. <
>Hallo Jürgen, hier spricht Peter. <
>Hihi, zum Geburseltag haste mir aber schon im April gratiniert. Also, was ficht Dich an? <
>Ich hätt´ da gern a mal ein Problem, schau mal in Deine E-Mails. <
>Hase, schon gemacht, mit den Gesamtdaten hier bereits abgeglichen und Dir Kopien gezogen und ...<
Peter Kaspar hörte das klicken einer Computertaste,
>... jetzt ist es unterwegs zu Dir. Du wirst mehr als überrascht sein! <

>Schnitzel dieser Tage? Ich lade ein, frag nach dem Dienstplan von Jutta und melde Dich bitte. Wird Zeit, dass wir uns wieder einmal sehen. <

Er schaute in sein E-Mail Account und es riss ihn fast vom Hocker.

Der jüngste Ausweis lautete auf den Namen Adrianosh Klautschewski und zeigte den Verdächtigen mit drei Tage Bart, moderner Kurzhaarfrisur, einem Augenbrauenpiercing und Ohrring links.

Drei Jahre zuvor hatte er sich einen Ausweis auf den Namen Ibrahim Al Saoud ausstellen lassen und kam als Flüchtling aus Syrien. Hier hatte er langes lockiges Haar und war glatt rasiert, fast ein Milchbubi Gesicht. Mit dem Ausweis hatte er sich wohl auch bei der Arbeitsagentur eingekauft und sich ein monatliches Fixum beschafft.

Der dritte Ausweis war der älteste und lautete auf den Namen Fabian Figge–Bräuttel und war nach Jürgens Datei wohl der richtige Ausweis. Kein Wunder, dass dieser kleine, wenn auch erfolgreiche Gauner diesen Namen ablegte.
Auf welchen Kanälen er die anderen beiden Ausweise über die Bundesdruckerei beschafft hatte, war noch zu ermitteln, aber für Peter Kaspers Ermittlungen zunächst nicht weiter von Bedeutung. Außerdem wurde das vom Einwohnermeldeamt ermittelt.

Er schrieb den Strolch zur Fahndung aus. Mit den vorhandenen Daten war das jetzt kein Problem mehr. Vor allem war dort auch das Auto benannt und das stand nicht vor seiner Haustür. Es war anzunehmen, dass er jetzt mit dem Wagen auf der Flucht war. Etwas unüberlegt, der Polizei aber hilfreich. Ein grünes BMW Coupé der bekannten Dreier Reihe E sechsunddreißig und seinem Geburtsjahrgang auf dem Nummernschild. Die Leute müssen ja heute alles mitteilen. Ein viel zu schönes Auto für diesen Strolch.

Als er den Hörer aufgelegt hatte, klingelte das Telefon sofort erneut. Es war der Gerichtsmediziner, der ihn in die Pathologie bat.

Eiligen Schrittes verließ er das Präsidium, um quer durch die Stadt auf den Klinik-Hügel zu fahren. Parkplatz natürlich wieder nur in der letzten Reihe, was allein fünfzehn Minuten Fußweg bergauf bedeutete.
Nach der Ankunft dort machte Dr. Ott gleich seine Witze:
>Na, die Sesselartisten sind ja ganz außer Puste. Nehmen Sie sich doch einen Kaffee, ist frisch gekocht. Ein Stuhl zum Platz nehmen steht auch dort. <
>Freches Stück, aber den Sitzplatz habe ich mir nach dem heutigen Tag verdient. <

>Nicht nur verdient – Sie werden ihn brauchen. <

>Inwiefern? <

>Unser Opfer hier wurde an sich „doppelt getötet". Zunächst wohl mit einem Messerstich in die linke Niere, wobei infolge des Einstichkanals und der Schäden das Messer in der Stichwunde auch noch gedreht wurde. Der Täter muss im Auto hinten auf dem Fußboden gelegen haben und aus dieser unbequemen Stellung von unten nach oben zugestochen haben. Ich habe das in der Spurensicherung ausprobieren lassen. Allerdings passt nur ein sehr schlanker Körper in den Fußraum, kein gestandener Mann.

Der Körper unseres Opfers ging nach dem Stich gleich in einen Schockzustand. Dann wurde er, als hätte das nicht gereicht, durch einen Kopfschuss hingerichtet.

Dabei wurde die Waffe links hinter dem Ohr angesetzt und abgedrückt. Aus nächster Nähe, wie die Schmauchspuren zeigen und die zerrissene Schädeldecke auf der Austrittsseite der Kugel. Wildwestmäßig, vermutlich mit einem 45er Colt, auch Engelmacher genannt. Das Opfer ist Ihnen bekannt? <

>Ja, er heißt Reginald Mohl und ist Gerichtsvollzieher, der wohl auch einige Verwicklungen in den Bereich Drogen und Wirtschaftskriminalität hat, was gerade ermittelt wird. Und vermutlich kenne ich auch den Zarten aus dem Fußraum, ich glaube den hat Sebastian gerade im Verhör. <

>Korrektur: Er hieß Reginald Christopherus Mohl. Dem zweiten Namen nach, hatten seine Eltern größeres mit ihm vor, sonst hätte er nicht den Namen des Schutzpatrons der Autofahrer. Wenn man bedenkt, dass der hl. Christopherus um 250 n. Chr. lebte. Hatte man damals schon die Idee Auto? <

>Irrtum, Franziska von Rom ist die Schutzpatronin der Autofahrer. Von Papst Pius XI dazu erklärt im Jahr 1925. Als Frau erfuhr sie jedoch Ablehnung bei den Männern und so zeigen die Plaketten den erwähnten Märtyrer, das erschien männlicher. <

>Na ja, Einparken in Rom ist auch nicht einfach. <

> Doktor Ott, Ihnen fehlt die sittliche Reife. <

Kommissar Kaspar entfernte sich mit einem Grinsen und hörte noch lange das Lachen des Pathologen.

Von der Klinik fuhr er noch schnell in die Kriminal - Technische Untersuchung und schaute sich noch einmal das Taxi an.

Der Beifahrersitz des Taxis stand ziemlich weit vorn. Welcher Kunde, größer als eins siebzig, setzt sich so in das Auto? Eine Sitzposition, als würde man einen Stockschirm reiten. Ließ natürlich jede Menge Platz im hinteren Fußraum, was dem Mörder die erforderliche Deckung verschaffte, wenn er denn nicht allzu stark gebaut war. Die auf dem Rücksitz liegende Picknickdecke sprach dafür. Neben dem Wagen stand eine Styroporkiste wie die, die man benutzt, um temperaturstabile Transporte vorzunehmen. Daneben lag eine gerollte Notfalldecke. Ob darin etwas transportiert wurde? Was wurde üblicherweise darin transportiert? Peter Kaspar dachte noch nach, als sein Mobiltelefon klingelte.

Irgendwie klang das Telefon hektischer als sonst. Er fummelte es umständlich aus der Hosentasche. Dass diese Dinger sich auch immer verheddern müssen, wenn man eilig dran will.

Es war die Leitstelle mit der Meldung, dass der Wagen des zur Fahndung ausgeschriebenen Tatverdächtigen ungefähr dreißig Kilometer flussabwärts auf dem Parkplatz des Romantik Hotels „Zum weißen Schwan" parkte und die Zivilstreife schon durch ein Telefonat mit der Eigentümerin geklärt hatte, ob eine Person mit einem der drei der Polizei bekannten Namen Quartier bezogen hatte. Tatsächlich hatte er sich mit seinem Taufnamen Fabian Figge-Bräuttel an der Rezeption angemeldet.

Peter Kaspar kannte den Concierge im Hotel. Ein etwas steifer, älterer Herr. Was wird der wohl gedacht haben und vor allem, wie wird der das Doppelkinn gespannt haben, als er den Namen hörte. Wie ein Leguan.

XXIV

Bei dem Gedanken wählte er schon sein Büro an und bat um eine entsprechende Einheit, um das Gebiet absichern zu können. Auch ein Psychologe erschien ihm ratsam, denn es war ungewiss, wie dieser Mensch sich verhalten würde zum Zeitpunkt der drohenden Gefahr des entdeckt- und verhaftet Werdens. Er war wohl einer der Hauptverdächtigen. Es lag sogar die Vermutung nahe, dass er der Drahtzieher der Handlungen war, denn die Unterlagen des erschlagenen Anwaltes Liebergaad wiesen darauf hin.

Er begab sich in Richtung seines Autos und rief während des eiligen Schrittes noch Marliese Westerhage an, um diese zu informieren und zu bitten, dass diese Informationen auch an Sebastian weiter gelangen, der sich noch immer im Verhör mit dem Drogenjunkie befand.

Der Einsatzleiter meldete sich im Anschluss an dieses Telefonat und stellte die erforderliche Einheit zur Verfügung. Peter Kaspar hatte das Glück, eine Antiterroreinheit für diesen Einsatz zu bekommen; mit einem Einsatzleiter, der aus der kleinen Gemeinde stammte und die Gegend wie seine Westentasche kannte.

Peter Kaspar hatte ein recht flaues Gefühl in seiner Magengrube. Jemand im Verdacht, drei Morde begangen zu haben, war nach seiner kriminalistischen Erfahrung unkalkulierbar und gefährlich. Das Romantik Hotel lag eingebettet in die historische Altstadt, es war Markttag und wenn er Pech hatte, könnte auch noch ein Reisebus vor dem Hotel stehen. Das Hotel war bekannt für seine geführten Touren durch die Region und die frohen Japaner vor den Fachwerkhäusern.

In Gedanken sondierte er schon die möglichen Wege, die der Tatverdächtige, wie es der Fachjargon verlangte, zur Flucht nehmen könnte. Hier in der Region hieß es nur „was en Drecksack" und schon war alles gesagt. Er hatte die Einheimischen als „auf den Punkt kommend" schätzen gelernt.

Mit dem Auto kam er gerade auf dem Parkplatz am Fluss neben dem Weinprobierstand an und stellte seinen Wagen so, dass es unmöglich war, dass der Verdächtige mit seinem Coupé flüchten konnte. Der Einsatzleiter war ebenfalls schon vor Ort und hatte seinen Wagen ebenfalls entsprechend positioniert. Der Mannschaftswagen wurde sicherheitshalber in einer Seitenstraße abgestellt. Telefonisch hatten beide bereits Kontakt zur Concierge aufgenommen und erfahren, dass der Verdächtige sein Zimmer bisher nicht verlassen hatte und dass das Frühstücksgeschirr noch nicht abgeräumt werden durfte.

Wahrscheinlich wird der Herr Eventmanager seinem Schönheitsschlaf frönen, um nachher entsprechende Taten walten zu lassen.

Der forensische Psychiater kam auch gerade an.

Der Einsatzleiter hatte seine Mannschaft bereits instruiert und eingeteilt. Um eine Geiselnahme im Hotel zu verhindern, waren Zivilbeamte an allen wichtigen Stellen des Hotels als Gäste positioniert. Rund um das Hotel wurden die einzelnen Plätze abgeriegelt. Fünf als Marktbesucher verkleidete bewaffnete Beamte schirmten alleine den Wochenmarkt ab. An der Burgstraße, dem Eingangsportal zur Universität, waren drei Beamte als Gärtner aktiv und gegenüber dem Bootshaus, auf das der Mordverdächtige über den kleinen Erker blickte, waren fünf Einsatzbeamte als städtische Arbeiter in der Grünanlage damit beschäftigt, die Platanen auszudünnen. Dafür war es zwar noch etwas zu früh, aber das dazu notwendige Gerüst gab die Möglichkeit, in das Zimmer zu schauen und die Situation zu beobachten.

Und tatsächlich kam ein Reisebus. Peter Kaspar war schockiert. Das jetzt auch noch.

Aber der Einsatzleiter beruhigte ihn.

>Ja, das ist ein Reisebus, aber die Reisegesellschaft macht die Burgenrundfahrt. Japaner lieben das. Wir haben hier eine Austauschdelegation, die den Fall mitbekam und uns zur Verfügung steht. Jeder der Teilnehmer ist bewaffnet und mit diesen Ausnahmesituationen vertraut. Das hier im Servicebereich, die die Koffer schleppen, sind auch meine Leute und das Gepäck der Reisegesellschaft ist sogar das Originalgepäck. Glück muss der Mensch haben, Verstand braucht er keinen. Für mich ideale Voraussetzungen im Team. Alle sind bewaffnet und das Tohuwabohu beim Ausladen und Anmelden wird ihn bremsen und wir werden ihn fassen, bevor er Dummheiten machen kann. Außerdem gehört das Zimmermädchen der ersten Etage bereits zu uns. Die zarte Johanna! Eher das krasse Gegenteil, lustig und ein wahrer Kampfgigant. Schwarzer Dan im Judo. Alles was unter siebzig Kilo ist, haut die Johanna zum Mond.

Der Abgang vom Kirchplatz ist gesichert, ebenso das kleine Schulgässchen neben dem Hotel. Die zwei ratschenden Alten mit dem Hackenporsche voller Gemüse gehören zu mir und unter dem Gemüse sind zwei Schnellfeuerwaffen und ein Präzisionsgewehr. <

Der anwesende forensische Psychiater nickte anerkennend.

>Kaum zu glauben, welchen Aufriss wir betreiben, um einen durchgeknallten Kriminellen im Zaum und als Gefahr von der Bevölkerung fern zu halten. Gestatten, mein Name ist Freudenberg. Ich bin forensischer Psychiater, gerade mal eine Woche hier in der Region im Dienst und soll Sie bei möglichen Verhandlungen unterstützen. <

>Schön. Wie war doch Ihr Name? Ich war, mit Verlaub, mit meinen Gedanken gerade schon beim nächsten Schritt. < Peter Kaspar hatte in Sorge was passieren könnte, gerade seine Aufmerksamkeitsspanne verlassen.

>Dr. med. Peter Robert Freudenberg<

Aha, jetzt hat er sich geärgert und lässt den Doktor raushängen. Jetzt auch noch den smarten Jüngling wieder einfangen.

>Ja Doktor Freudenberg, das was wir hier vorsorglich betreiben ist ausgesprochen teuer, aber der Verdächtige erscheint mir in der Reaktion unkalkulierbar. Drei Tote plus eventuell ein Suizid auf seinem Tatenblatt, da brauche ich nicht auch noch ein blindes Umherschießen auf dem Wochenmarkt einer Kleinstadt. Das Niveau der USA haben wir dann doch noch nicht erreicht und ich wünsche mir auch nicht, dass wir das je erreichen. Cola, Cadillac und Fitnesswahn sind gute Alternativen zu Riesling, Opel und Straußwirtschaften oder Besenwirtschaften wie die Österreicher es nennen. Ich glaube da einen kleinen Einschlag bei Ihnen zu hören. Der Terror muss nicht auch über den Ozean schwappen. <

Es zog ein flüchtiges Lächeln über das Gesicht des Psychiaters bei dem dezenten Hinweis auf den leichten Einschlag des Dialektes in seiner Sprache.

Charmant eingefangen, ein Lächeln ist immer gut.

>Na ja, Terror. Er ist eine einzelne Person ohne eine Organisation im Hintergrund, wie ich erfahren durfte. Andere Hinweise haben wir nicht. Lassen Sie uns doch erst einmal von einem Einzeltäter ausgehen, dessen Psyche gerade entgleist. Je nach Herkunft, Kindheits- und Lebenserfahrung sowie der Grundverletzung, die wir Menschen alle haben.

Es ist zuweilen kein Wunder, dass Menschen, deren Wohlstand gefährdet ist, sich merkwürdig entwickeln in der Hoffnung, ihren Luxusgedanken retten zu kön- nen. Ich hatte Gelegenheit, kurz in die Ermittlungsak- ten zu schauen und mich mit Ihren Leuten im Dezernat zu unterhalten. Terror, den ich grundsätzlich nicht überbewerten , aber auch nicht komplett ausschließen möchte, denn der Reiz auf den Empfang durch einund- zwanzig Jungfrauen im Jenseits gepaart mit der Angst der Bibelgläubigen ohne genaue Bibelkenntnis vor dem im allgemeinen unbekannten Koran, ist ein Antrieb für unkalkulierbare Reaktionen und Deutungen auf beiden Seiten. Bevor wir aber an Terror denken, gehe ich in unserem Fall ganz profan von einer armen Sau aus, die Angst davor hat, dass ihr die mühsam gesammelten Felle des persönlichen Wohlstandes davonschwim- men.

Ich denke, hier hat sich jemand mit kriminellen Ma- chenschaften durch ergaunertes Geld einen sozialen Status und einen Habitus geschaffen, auf den er nicht verzichten möchte. Und auch nicht verzichten kann, weil er, aufgrund des Verzichts in der Jugend diese Defizite heute kompensieren möchte. Allein die drei Namen – ja, ich sehe gerade Ihren verwunderten Blick und spüre Ihre Fragen - sind nicht nur ein Mittel, sich unterschiedliche soziale Leistungen zu erschleichen.

Sie spiegeln auch die verschiedenen Rollen, die Ihr Verdächtiger zu spielen glaubt. <

>Setzen wir uns unauffällig hier auf die Terrasse und bestellen einen Kaffee. So erwecken wir keinen Verdacht. Das Zimmer ist hier schräg hinter meiner linken Schulter, oben mit dem Erker. Setzen wir uns ein wenig hier Richtung Wand und hinter die Rebe, da bieten wir nicht gerade ein einfaches Ziel. Die Windverhältnisse lassen das momentan nicht zu. – Zurück zu dem Verdächtigen, Ihre Ausführungen lassen also hoffen, dass wir das hier ohne Blutbad bewerkstelligen können? <
Doktor Freudenberg nickte kurz.

Peter Kaspar hoffte jetzt doch ein wenig und sein Gefühl schwankte zwischen Fürsorge gegenüber der Bevölkerung dieser kleinen Gemeinde, in der er lange wohnte bis seine Tante ihm das Haus vererbte und dem Vorwurf der übertriebenen Maßnahme durch den Polizeipräsidenten im Hinblick auf die Kosten, die gerade entstanden.

>Ich hoffe und gehe noch davon aus, garantieren kann ich das nicht. Es ist schon außergewöhnlich, was in den letzten Tagen alles passierte und ich gehe davon aus, dass er seinen Wohlstand oder was er dafür hält, um jeden Preis verteidigen wird. Oder er verfällt in eine Lamorianz und macht das Universum für alle seine Probleme verantwortlich und richtet in dieser Phase gegebenenfalls auch die Waffe gegen sich, damit die ganze Welt sieht, welches Verbrechen an ihm begangen wurde.

Er hat kein Unrechtsgefühl zu seinen Taten. Ein Egomane mit bipolarer Störung, dessen bisherigen multiplen Tätigkeiten in Verbindung mit den jeweils im Kreis der Verdächtigen zugehörigen Arbeitgebern sind für mich nicht nur Zeichen für den harten Willen nach Machterhalt und ständiger Kontrolle, sondert deuten auf die manische Phase mit gesteigertem Antrieb und Rastlosigkeit, was mit einer gereizten Stimmung einher kommt. Die Fähigkeit, die Realität zu erfassen, ist stark eingeschränkt und die Betroffenen bringen sich in große Schwierigkeiten. Die Basis hierfür findet sich in der Adoleszenz. <

Der Einsatzleiter hatte sich zwischenzeitlich dazu gesetzt. Der Reisebus war vorgefahren, die Leute waren am Aussteigen und die restlichen Mitarbeiter alle in Position. Die Mitarbeiter der Baumgruppe hatten das Gerüst aufgebaut und waren in der Lage, in das Zimmer des Verdächtigen zu schauen, in dem sich keine Bewegung zeigte. Es ging bereits auf Mittag zu.

>Adoleszenz? Ist das was Schweinisches? Hat meine Mutter bisher nicht gekocht, Herr Doktor. <

Freudenberg musste lachen.

>Nein, es ist die Zeit des Heranwachsens von später Kindheit, über die Pubertät bis hin zum jungen Erwachsenen. <

Gerade als Doktor Freudenberg seine Ausführungen weiter vertiefen wollte, erreichte den Einsatzleiter über den Ohrhörer die Mitteilung, dass der Verdächtige über den Notausgang der Wäscherei auf der Rückseite des Gebäudes zur Auffahrt des Kirchplatzes das Haus verlassen hatte.

Im Moment stand er etwas unentschlossen vor der Tür der Wäscherei des Hotels und überlegte, wohin er gehen sollte. Vermutlich wollte er zu seinem Wagen. Entschloss sich aber nach rechts zu gehen und an der Kirche vorbei in Richtung der Burgstraße und der Universität. Eine enge Gasse, die nur durch eine kleine Pforte hinter der Kirche erreicht werden konnte. Unterhalb der Burg, die dreihundert Jahre lang der Sitz des Mittelamtes zur Verwaltung des Kreises in seiner Zugehörigkeit zum Bistum auf der anderen Seite des Flusses war, lag ein weiterer kleiner Parkplatz, der ausschließlich von ein paar Anwohnern und den Studenten der Universität genutzt wurde.

Peter Kaspar hatte sofort den Verdacht, dass dort vielleicht ein zweiter Wagen stand oder jemand auf ihn wartete.

Wenigstens weg vom Publikum und den Besuchern des Wochenmarktes.

Sebastian Szablinsky war auch gerade angekommen. Nachdem Marliese Westerhage ihn über die Entwicklung unterrichtet hatte, hatte er sich sofort auf den Weg gemacht.

>Ah, Sebastian, darf ich Dich mit Doktor Freudenberg bekannt machen. Er hat mir gerade einige Einblicke in die Psyche unseres Verdächtigen vermittelt. Hallo Herr Staatsanwalt, schön dass Sie auch hier sind. Darf ich auch Sie mit Doktor Freudenberg, dem forensischen Psychiater, bekannt machen und mit Josef Issberner, dem Einsatzleiter und Kind dieser Stadt. Unser Verdächtiger hat das Hotel verlassen und ist im Begriff, fünfhundert Meter weiter von hier die Burgstraße hinunter zu gehen, Richtung des kleinen Parkplatzes. Wir haben das Gelände gesichert und weiträumig umstellt. <

Was ein Zirkus und jetzt auch noch behördliche Prominenz. Als wäre dieses Unterfangen nicht ohnehin schwierig genug. Das flaue Bauchgefühl von Peter Kaspar hatte auch nach dem Kaffee nicht nachgelassen und die Ausführungen zur Theorie des Doktors waren für ihn auch nicht beruhigend. Der Tatverdächtige war für ihn von unkalkulierbarer Brutalität, egal in welcher Rolle seines manischen Lebens sich dieser Gauner gerade befand. Die Leute um Hab und Gut zu bringen ist das eine, Drogen zu konsumieren, zu dealen und Mord das andere.

Langsam gingen er mit und seine Mitstreiter am Bootshaus vorbei in Richtung des Parkplatzes und der Burgstraße. - Außer Sebastian, dem ging die Anwesenheit des Staatsanwaltes auf den Zünder, weshalb er sich über das „Schulgässchen" in die andere Richtung verdrückt hatte.

„Kreisen wir ihn ein" waren seine Worte, als er unbemerkt unanständig gestikulierend und frech grinsend die Kurve kratze. Peter Kaspar hatte noch nie in seinem Leben einen so fröhlichen Menschen gesehen. Egal in welcher Lage, Sebastian hatte immer einen lockeren Spruch auf den Lippen und ein Grinsen im Gesicht.

Unauffällig schlendernd passierten Sie gerade das Gerüst der Baumgärtner, die zwischenzeitlich die Heckenschere unauffällig gegen Präzisionsgewehre getauscht hatten, gingen an den Brunch-Gästen des kleinen Gartenlokals vorbei und setzten sich auf eine steinerne Bank mit hoher Rückenlehne am Ende der Grünanlage, die durch dicke Platanen die Grünanlage vom Parkplatz trennte.
Den Parkplatz im Auge behaltend lasen Peter Kaspar und Doktor Freudenberg die Inschrift der Bank, die zwei Herren der Gemeinde, die sich um deren Gestaltung verdient gemacht hatten, gewidmet war.

Die Baumgärtner rückten auch näher.

Ein unauffälliger Blick von der Bank in die Burgstraße ließ Peter Kaspar erkennen, dass sein Tatverdächtiger gerade dabei war, seine Pistole im Halbschatten der hohen Mauern der Burg zu prüfen und wohl auch zu entsichern. Er informierte den Einsatzleiter, der am Ende des Parkplatzes mit zwei seiner Männer hinter einem zivilen Dienstwagen augenscheinlich über den Inhalt des Kofferraumes diskutierte.

Der fehlende Autoverkehr ließ darauf schließen, dass er den Verkehr ebenfalls abgeriegelt hatte.

Neben der Pistole schien auch noch eine Granate oder ähnliches in der Jacke des „Eventmanagers" zu sein. Scheint ja ein schönes Event hier zu planen und vermutlich hatte er schon bemerkt, dass er beobachtet wurde.

Die Situation wurde von Minute zu Minute spannender und auch gefährlicher, der Staatsanwalt mitten drin und ewig in den Füssen. Gerade bog der Verdächtige von der Burgstraße in die Allee als der Einsatzleiter den Zugriff über die gesicherte Funkverbindung anordnete.

Peter Kaspar hörte, wie Fabian Figge-Bräuttel, der zwischenzeitlich bei einem Mercedes der S-Klasse angekommen war und einsteigen wollte, mit seinem Namen angerufen und aufgefordert wurde, stehen zu bleiben. Das war ein kleiner Fehler, denn darauf, dass sein richtiger Name bekannt war, würde er sich seinen Reim machen und zur Erkenntnis gelangen, dass all seine Missetaten bekannt seien. Wenn die Ausführungen des Psychiaters zuträfen, dann könnte jetzt ein Feuerwerk losbrechen.

Peter Kaspar sah nur noch, wie der Verdächtige unter seine Jacke griff, als aus den Platanen ein Schuss fiel.

Das Glas der Fahrertür zerbrach, der Verdächtige griff mit einer Hand nach dem Türrahmen und mit der anderen an Kinn und Hals und brach zusammen.

Die Beamten und der Notarzt waren Gott sei Dank schnell zur Stelle. Am Hals klaffte unterhalb des Kiefers eine tiefe Wunde, die Halsschlagader war verletzt und musste vom Notarzt versorgt werden.

Peter Kaspar war einverstanden, dass er in die nächste Klinik verbracht wurde, damit die Halsschlagader mit einer Plastik versehen werden konnte. Er ordnete allerdings die entsprechende Bewachung an.

Der Staatsanwalt war ob des Schusses nicht amüsiert und grantelte herum.

Der Einsatzleiter allerdings wiegelte ab.

>Herr Staatsanwalt, ein Ermittlungsverfahren wird ergeben, dass sich mein Beamter äußerst korrekt verhalten hat. Eine Untersuchung wird ergeben, dass wir Präzisionsgewehre aus den USA im Einsatz haben und Patronen 10,9 g einsetzen. Der Wagen hier hat aber auch an der Seite Verbundglasssscheiben, wie es beim Typ W140 häufig der Fall war. Die Kugel hat das Glas durchbrochen und ist durch das Verbundglas abgelenkt worden und hat so Kiefer und Hals des Verdächtigen getroffen. Eine Patrone oder Kugel mit 10,2 g oder 10,4 g hätte die Schulter getroffen. Gestatten Sie mir die Bemerkung, da ich nun mal Ihr Jagdhobby kenne, das dieses keine deutsche Munition ist. Sie verwenden bei der Jagd wahrscheinlich 10,5 g Torpedo Idial Geschosse oder maximal ein 11,2 g schweres H-Mantel-Geschoss mit Bleispitze. Ich bitte Sie, meinen Beamten nicht zu suspendieren bis Ihre Ermittlungen in der von mir bereits beschriebenen Gestalt abgeschlossen sind. <

Knorrige Worte vom Einsatzleiter, aber zutreffend. Bevor die Administration wieder wichtige Entscheidungen trifft, die daneben gehen, war es auch sinnvoll, gegenüber der Obrigkeit „das Maul aufzumachen".

Der Staatsanwalt sagte zu, der Einsatz wurde beendet.

Wo war eigentlich Sebastian abgeblieben?

Peter Kaspar ging ein Stück die Burgstraße hinauf, nachdem er sich vom Staatsanwalt und vom Einsatzleiter verabschiedet hatte. Der Krankenwagen war zwischenzeitlich abgefahren und ein Begleitfahrzeug der Bereitschaft folgte ihm, um die Bewachung des Verdächtigen zu übernehmen.

Jetzt begann er sich doch Sorgen um Sebastian zu machen. Hoffentlich war nichts passiert. An sein Mobiltelefon ging er im Moment nicht. Peter Kaspar beschleunigte seinen Schritt, als plötzlich neben ihm die Seitenpforte des ehemaligen Weingutes Gläser aufging und Sebastian mit Herrn Scharhag, den Peter Kaspar aus früheren Jahren auch noch kannte, lachend heraus kam. Beide wischten sich Laub und Erde von der Garderobe.

>Entschuldige, wir sind etwas ins Laub geraten. Gerade als ich vorüber ging und über meinen kleinen Mann im Ohr der Einsatzbefehl zum Zugriff kam. Just in dem Moment ging hier das Türchen auf und Herr Scharhag wollte mit seiner Schubkarre und Besen raus. Ich drängte ihn recht rüde zurück, allein zu seinem Schutz und dabei kamen wir beide mit der Schubkarre zu Fall. <

>Guten Tag Herr Scharhag, wie geht es Ihnen? <

>Aach an Dich Lausbub erinnere ich mich auch noch. Mit Deinen Eltern hattet ihr doch das Haus in der Westendstraße gemietet und nebenan wohnte der Schlawiner – er deutete auf Sebastian – mit seiner Mutter. <

>Der Schlawiner wohnt da immer noch! <

>Ja, aber jetzt mit dem annern Bub. Deine Mutter ist ja schon vor vielen Jahren gestorben und hat jedem von Euch ein gut gefülltes Sparbuch hinterlasse! Immer gespart! Ein fleißiges Mädel.<

>Ja, erinnern Sie sich noch, Herr Nachbar, als Peters Mutter aus der Stadt kam und neue Spanngardinen für die beiden Küchenfenster hatte? Beim Anblick dieser Gardinen fing meine Mutter an zu weinen, weil sie sich so etwas nicht leisten konnte. Peters Mutter nahm die Gardinen, die sie gerade aufgehängt hatte, spontan wieder ab und schenkte sie meiner Mutter. Habe ich mich geschämt, aber die Gardinen hängen heute noch. <

>So, kommen Sie, ich bring Sie nach Hause bevor ich zurückfahre, wir haben noch viel Arbeit. <

>Was wolltet ihr überhaupt hier? - Außer mich erschrecken?

>Ach, wir haben eine kurze Ortsbegehung wegen des Betriebsausfluges gemacht. So, auf jetzt, mein Auto steht vorne auf dem großen Parkplatz. <

Warum den alten Mann beunruhigen?

>Peter fahr ins Präsidium. Ich bin auch gleich dort. Der Junkie hat gestanden, dass der Messerstich im Gerichtsvollzieher von ihm stammte. Er wollte ihn nur erschrecken, so seine Aussage. Den Umzugsunternehmer und den Anwalt hat angeblich der Eventmanager auf dem Gewissen, den Ihr gerade flach gelegt

habt. Ich hoffe, er bleibt bei der Aussage wenn er wieder voll da ist. Im Verhör war seiner Einer noch ein wenig auf Droge, insofern muss ich noch vorsichtig sein, sonst haut uns der Richter das um die Ohren. <

Alle Einsatzkräfte zogen sich diskret zurück.

Die Delegation der Japaner durfte bleiben und wurde in das Hotel einquartiert, um am folgenden Tag die Rheinfahrt mit dem Polizeipräsidenten zu machen, die jetzt auf die Schnelle organisiert worden war. Der Staatsanwalt war auch mit von der Partie, denn er hatte gute Beziehungen zum Kapitän des Rheindampfers *Robert Stolz*, der mit seiner Musik schon gerne mal diesen Komponisten ehrte, was die Japaner mehr als amüsieren dürfte.

Peter Kaspar ging erleichtert von der Burgstraße aus hinter der Kirche entlang durch schmale Gässchen zurück an seinen Wagen. Dort angekommen informierte er sicherheitshalber die Kriminaltechnische Untersuchung, dass diese bitte den blockierten BMW des Verdächtigen nicht vergessen sollten. Der stand ja auch noch hier. Allerdings hatte der Einsatzleiter der Einheit ebenfalls diesen Gedanken gehabt und einige Minuten vorher auch dort angerufen, was natürlich im Unterton der Antwort deutlich wurde. Peter Kaspar entschuldigte sich sicherheitshalber, um den Unmut einzudämmen. Er kannte den Leiter der Kriminaltechnischen Untersuchung schon lange und erfreute sich immer an dessen schwäbischem Dialekt. Er hörte ihn im Geist wieder granteln mit seiner dafür reservierten Redensart, die immer wieder für Erheiterung sorgte „Was soll ich dann nit noch alläs mache, scheiße, Kraut hacke un em Pfarrer de Hand gäbet". Peter Kaspar musste immer wieder darüber lachen und wahrscheinlich gebrauchte der technische Urschwabe deswegen diesen Spruch.

Er öffnete das Schiebedach seines Volvo und fuhr die Gartenstraße hinauf zur alten Bundesstraße. Er wollte jetzt nicht mehr an dem Tatort vorbei, an dem die kleine Stadt an einer möglichen Katastrophe vorbei gegangen war. Nicht auszudenken, was durch Fanatismus oder durch Angst hier noch alles hätte passieren können. Gut, dass es nur eine verletzte Schlagader war und sonst niemand zu Schaden kam.

Der Wagen verließ die kleine Stadt. Mit leichtem Auspuffgebrabbel näherte er sich der Schnellstraße, Kaspar warf noch einen sentimentalen Blick auf die Weinberge und dachte dabei wieder einmal an Doktor von Kadenbeerg, dessen Tod am Anfang dieser vergangenen zehn Tage Ermittlungsarbeit stand. Niemals hätte er gedacht, dass sich das alles so auswachsen würde und die Ereignisse in einem solchen Zusammenhang stünden, wie sie sich entwickelt hatten.

Was dieser Mann wohl empfunden oder gar gesagt hätte, wenn er noch einige Tage am Leben geblieben wäre? Würde er es als gerechte Strafe empfinden, was hier geschehen war?
Peter Kaspar würde das wohl nie erfahren, da Doktor Kadenbeerg ja tot war. Wäre er hingegen noch am Leben, hätte er den Mann wahrscheinlich nie kennen gelernt, es sei denn, er hätte zum Kreise der Verdächtigen gehört. Und wären diese Machenschaften ohne seinen Tod überhaupt ans Tageslicht gekommen?

So in Gedanken versunken, durchfuhr ihn gerade der Schreck, als Sebastian mit seinem dunkelgrünen, sehr eleganten Peugeot 504 Cabrio der ersten Serie laut hupend an ihm vorbeirauschte und winkte. Freundlich winkte mit dem Hinweis „Beeil Dich".

Also gab Peter Kaspar Gas um keine Zeit zu verlieren. Dabei war er war so müde. Schöner wäre es gewesen, früher abzubiegen und sich auf dem Sofa lang zu machen.

Im Präsidium angekommen, rief Peter Kaspar zuerst im Krankenhaus an. Daten und Telefonnummer hatten seine Mitarbeiterin bereits ermittelt und ihm auf den Schreibtisch gelegt. Sie waren eben seit vielen Jahren ein eingespieltes Team.

Die OP war gut verlaufen, die Halsschlagader von Fabian Figge-Bräuttel geflickt und morgen früh war er nach Auskunft des Arztes vernehmungsfähig. Die Verlegung in die forensische Psychiatrie konnte nach Auskunft des Arztes am Tag nach der Vernehmung erfolgen. Ein Krankenhaus hinter Gefängnismauern, das die weitere Versorgung des Patienten übernehmen kann ohne dass ein Mitarbeiter der Bereitschaftspolizei hier zur Bewachung abgeordnet werden muss.

Er ging nach dem Telefonat gleich in das Büro von Marliese Westerhage. Sebastian lümmelte schon im Sessel mit einer Tasse Kaffee in der einen Hand und einer Zimtschnecke in der anderen. Mit vollem Mund natürlich gleich ein Kommentar.

>Alter Schwede, auch schon da?<

Der Schwede war nicht als Beleidigung gedacht, sondern bezog sich auf seinen Volvo, den Sebastian als schwerfällig empfand und sich lieber seit Jahren seinem Peugeot Cabrio, dass ja viel eleganter und leichtfüßiger mit seinem Sechszylinder war, vergnügte und es über den grünen Klee lobte. Der ewige Kampf der Autofahrer, wer hat den besseren.

>Mein Guter, ab zwanzig Gramm im Mund wird es undeutlich und was mein Auto betrifft, so ist das Wertarbeit mit der Betonung auf Arbeit und nicht ein flüchtiges Leichtgewicht für das Dolce Vita. <

>Also meine Lieben, wendet Euch mal von Eurem alten Blech ab. Das wird nämlich von meinem edlen und neuen Gute-Laune-Gefährt ohnehin überschattet, wenn nicht sogar in den Schatten gestellt. Peter nimm´ Dir einen Kaffee und iss ein Kaffeestückchen. Nach der ganzen Aufregung tut Dir das gut.

Ich habe zwischenzeitlich einige Zahlen ermitteln können, nachdem ich die letzten Tage mit meiner Mannschaft hier nach Konten und Schließfächern gefahndet habe. Dabei stand zunächst das Umzugsunternehmen im Vordergrund, der Liebergaad war ein Nebeneffekt in nicht unerheblicher Summe. Allein in dem Schließfach in der Frankfurter Bank hatte dieser Mann knapp siebenhundertfünfzigtausend Euro in Bargeld deponiert. Dazu ein Sackerl Diamanten in einem Karat-Bereich, den der Finger einer Dame, sofern sie denn wirklich eine ist, nicht zu tragen vermag. Der Arm wäre am Ende eines Abends deutlich länger als der andere. Auf seinem Girokonto bei derselben Bank ruhten weitere neunhunderttausend Euro und in der Schweiz hatte er, mit Hilfe seiner privaten Bank über zwei Millionen Euro deponiert - nach Aussage des zuständigen Bankiers. Den habe ich mir hier vorgeknöpft, wobei ein Beschluss des Oberstaatsanwaltes, dass alle Kontenverbindungen offen zu legen sind und wir uns gegebenenfalls eine strafrechtliche Verfolgung des Bankhauses bei Hinweis auf die Drogengeschäfte vorbehalten, seinen Informationseifer anstachelte. Ferner werden wir das natürlich den Steuerbehörden melden müssen. Die Bank hatte auch die Vermutung, dass diese Gelder bei einem jungen Anwalt, der gerade Sozius in einer renommierten Kanzlei geworden war, nicht auf dessen Umsatz als Freiberufler zurück zu führen seien, konnte aber keinen Nachweis dafür finden, woher die Gelder stammten. Die Überweisungen erfolgten immer durch eine GmbH bzw. S.A.R.L. mit Sitz in Luxemburg, deren Eigentümer ihren Sitz als Aktiengesellschaft in Lichtenstein haben und die Aktienmehrheit hat wiederum eine Limited auf den Kanalinseln. Der Rest der Aktiengesellschaft steht im Eigentum von einigen Kleinaktionären, die wohl alle im sozialen Umfeld unseres Anwaltes zu finden sind. <

>Also mein Ressort, alles Kiffer. Die „Haute Valaute", die zum Charity des täglichen Lebens die Leistungsfähigkeit auf dem Level halten muss, damit sie ihr Schickimicki-Leben durchhält. Gib´ mir mal die Liste. Wir quetschen die schon aus, da hat garantiert jeder einzelne Dreck am Stecken oder eine Leiche mit unserem Drogenanwalt im Keller. <

>Siegst Peter, nix Dolce Vita, eher Rambo. Aber so stellte ich mir das vor und hier ist eine Kopie für Dich. Der Umzugsunternehmer und der Gerichtsvollzieher haben besonders harmoniert. Der letztere hat Wertsachen ausgekundschaftet und gepfändet. Schnellstens wurden Expertisen gefertigt und die Werte geschätzt. Dann wurden die Sachen möglichst kurzfristig versteigert, damit die Leute auch ja keine Chance hatten, sie auszulösen. Am Versteigerungstermin waren meist geladene Leute anwesend, die größtenteils aus der Familie akquiriert wurden. Die bekamen dann die Wertsachen unter einem schnellen Zuschlag zugeteilt, die dann über die Antiquitätenläden der Landeshauptstadt sehr schnell vertickt wurden. Für diese Form der Umsätze führten die Herren zwei gesonderte Kontonummern, der Herr Gerichtsvollzieher sogar ein weiteres Gerichtsvollzieherkonto über das er auch gewisse Bestechungsgelder vereinnahmte und immer darstellen konnte, dass dieses Gelder aus laufenden Fällen

sind. In einem Vermerk hat er festgehalten, dass das zweite Konto für Vertretungsfälle geführt wird, falls man ihn einmal darauf ansprechen würde. Im kleinen Amtsgericht ist das niemandem aufgefallen und ich denke, auch niemand hat danach gesucht. Ich hatte bei meinen Besuchen dort eher den Eindruck, dass man sich zu sehr an der Macht des Geldes ausrichtet und die Besitzer dieser Macht zu sehr hofiert. Die Rechtspflegerin Josephine Billerbaum ist übrigens die Schwester des stellvertretenden Vorstandsvorsitzenden einer hiesigen Großbank. Kontenprüfung steht noch aus, konnte erst gestern angefordert werden. Danach geben wir das gegebenenfalls an das Dezernat für Korruption zur weiteren Ermittlung. Unser Umzugsunternehmer hat nach bisherigen Erkenntnissen seinen Umsatz in den letzten drei Jahren mit der Enteignung von in eine Misere geratenen Leuten um circa dreihunderttausend Euro per Annum gesteigert. Wir konnten allerdings noch nicht feststellen, ob die jeweils einhunderttausend Euro, die auf dem Konto des Gerichtsvollziehers jährlich Einzug hielten, dem noch hinzuzurechnen sind. Unabhängig davon ist das ein interessantes Sümmchen für einen Angestellten des öffentlichen Dienstes mit treuhänderischen Vollmachten. Das wird einfach Konsequenzen haben müssen und wird auch vor dem Amtsgerichtsdirektor nicht Halt machen können. Hier wird der Landgerichtspräsident in den sauren Apfel beißen müssen.

Ich habe meinen Bericht an den Oberstaatsanwalt weitergereicht und der hat heute Morgen bereits die Suspendierung des Amtsgerichtspräsidenten beantragt und die Innenrevision der Gerichte informiert. Die Prüfung läuft bereits, ob der Landgerichtspräsident bereits gehandelt hat, entzieht sich meiner Kenntnis. Beide Konten des Gerichtsvollziehers habe ich beschlagnahmt, damit die Ehefrau als mögliche Erbin hier nicht zugreifen kann. Die Konten des ermordeten

Umzugsunternehmers sind ohnehin durch Dich, Marliese wandte sich nickend zu Peter Kaspar, geschlossen und die Firma versiegelt. Die Mitarbeiter haben wir alle vernommen, aber von den wenigsten etwas Brauchbares für unsere Ermittlungen erfahren können. Konspirative Sitzungen unserer Verdächtigen erfolgten immer erst nach Geschäftsschluss. Die meisten der Angestellten der Umzugsfirma arbeiten auf Aushilfsbasis und sind uns alle bekannt. Nicht einer ohne Akte, wegen Vergehen im Bereich Diebstahl, Erpressung, Schlägerei, Hehlerei usw., allesamt vorbestraft. Interessant ist die Rolle des Hausmeisters des Herrn Liebergaad für die zwangsverwalteten Objekte, die er nicht betreut, aber monatlich mit vierhundert bis siebenhundert Euro abrechnet und alles aus den Gärten mitnimmt was nicht niet- und nagelfest ist, um das dann über die Gartengestaltungsfirma seiner angeblichen Freundin zu verkaufen. Inklusive Pflanzen. Bei einer Neuanlage von Gärten, graben sie diese Pflanzen in den Gärten der zwangsverwalteten Objekte aus und verkaufen diese weiter. Nicht zu fassen. Auch hier sind wir weiter am Ermitteln. Der Bericht über den Hausmeister ist bereits beim Staatsanwalt, der Bericht über die Gartenbaufirma ist im Dezernat Diebstahl. In beiden Fällen ist mit einem Entzug der Gewerbeerlaubnis zu rechnen. <

>Ich kann Euch vermelden, < Sebastian hatte seine Zimtschnecke aufgegessen und sein Mund war nicht weiter mit Essen belastet, >dass der Junkie mir einige Informationen zu den beiden Todesfällen gegeben hat. Aber wie bereits erwähnt, bitte mit Vorsicht genießen, damit wir vor dem Richter nicht scheitern. Fabian Figge–Bäuttel scheint der Koordinator all dieser Dinge zu sein. Der Junkie gehörte zu seinem Gefolge und machte anscheinend die Drecksarbeit, wie zum Beispiel den Messerstich aus der Tiefe des Taxis in die

Niere des Gerichtsvollziehers. Belastbares und unterschriebenes Protokoll gehen Euch morgen zu. <

Peter Kaspar nickte anerkennend, bedankte sich und ging in die Pathologie und die Kriminaltechnische Untersuchung, um schnell zu den Ergebnissen und Indizien zu kommen.

Während der notärztlichen Versorgung von Figge-Bräuttel hatte der Arzt dessen DNA sichergestellt, die dann auch gleich in der Pathologie landete.

Doktor Ott war darüber sehr erfreut und konnte endlich die restlichen Daten abstimmen, die für die pathologische Untersuchung noch erforderlich waren. Wie immer hatten sich die Todesopfer gewehrt und entsprechend Fremd-DNA unter den Nägeln, die erst zugeordnet werden musste.

>Hallo Herr Kommissar, ich kann ihnen vermelden, dass die DNA unter den Fingernägeln beider Mordopfer mit der DNA Ihres Verdächtigen identisch ist. Der Umzugsunternehmer wurde erst mit einem dünnen Draht, wie zum Beispiel von einer Harfe erwürgt und dann an dem Seil des Flaschenzuges aufgehängt. Todeszeitpunkt wie vermutet am Freitag spätnachmittags gegen achtzehn Uhr plus/minus zehn Minuten. Der Anwalt wurde erst mit dem Golfschläger, Eisen sieben übrigens, die richtige Wahl für kurze Schläge, erschlagen und dann ebenfalls nochmals erwürgt. In dieser Stellung hatten wir ihn ja an seinem Schreibtisch gefunden. Todeszeitpunkt ist auch hier der Freitag, hier aber gegen fünfzehn Uhr. Zu diesem Zeitpunkt muss man allerdings sagen, war der Herr Rechtsanwalt schon sehr mit Kokain aufgeputscht. Eine weitere Dosis hätte er schon nicht mehr vertragen. Wäre der einfachere Weg gewesen, ihn um die Ecke zu bringen.

Der Schlag mit dem Golfschläger war bereits tödlich und dann noch das Erwürgen, da geht jemand ganz auf Nummer sicher.

Den Umzugsunternehmer hat er auch doppelt gemoppelt gemeuchelt. Ich denke, ohne Psychiater zu sein, da sucht jemand Sicherheit in seinem Tun und hat Angst, zu versagen. Könnte ein totaler Kontrollfreak sein. <

>Dem Anschein nach ist er es, Doktor Ott. Näheres erfahre ich morgen im Verhör, wenn der Herr aus seiner Narkose vollständig erwacht und vernehmungsfähig ist. <

>Ja ich habe schon gehört, ein guter Schütze hat ihm nur die Halsschlagader getrennt und nicht gleich de Kopp weg geschosse´. <

>Also, die durch die Gerichtsmedizin und wohl auch durch die KTU gesammelten Indizien, wie jetzt die unter den Fingernägeln befindliche DNA, die Spuren in den Fahrzeugen, die Fingerabdrücke auf dem Golfschläger, an den Türen sind schon erdrückend. <

>Aber die an den Türen usw. kann aber schon aus der Vergangenheit stammen. <

>Grundsätzlich ja, aber nicht in Verbindung mit dem Schweiß und dem Blut der Todesopfer, das beim Erwürgen mit einer so feinen Drahtschlinge austritt, auch wenn der Tod schon eingetreten ist. Und das war bei beiden der Fall. Und der Fingerabdruck des Fabian Figge-Bräuttel mitten drin. Wie soll der sonst dahin gekommen sein? Kommissar, Schau Dir morgen einmal seine Finger an und Du wirst feststellen, dass er Eindrücke oder Einschnitte im Bereich der ersten und dritten Fingerglieder und am zweiten Fingerknöchel

auf der Oberseite hat. Das Blut findet sich jeweils auch an den Griffen der Fahrertür seines BMWs außen und innen, und an der Rückseite des Lenkrades unten an der Strebe. Geh mal nach unten in die Werkstatthalle. <

>Danke Ihnen. Ich sause mal gleich nach unten bevor der Feierabend zuschlägt. <

Peter Kaspar nahm die Treppe, zwei Stufen auf einmal, nach unten und griff dann doch sicherheitshalber einmal an das Geländer. Mit den falschen Schuhen war dieser eilige Schritt hervorragend geeignet, die ganze Treppe hinunter zu fallen und sich zum Gespött der KTU zu machen. Im Geiste hört er auf dem Treppenabsatz schon den Spott „Un sin mer uff die Fress´ gefalle", der Dialekt hier in der Region gab ja nun einiges her, um Spott als tröstendes Amüsement darzustellen und dem Geschädigten im Geiste die Hand zu reichen. Allein der Gedanke an einen Sturz hatte ihn derart aus dem Takt gebracht, dass er die letzten vier Stufen sportlich übersprang.

Er musste dann doch mal über die Macht der Gedanken schmunzeln, als er die Tür zur Werkstatt der KTU öffnete.

Klaus Bastmeier hatte Dienst und schaute gerade aus dem Fußraum des BMW.

>Was war en das fürn Knall? Trepp´ abgesegelt? <

>Nein, nicht, aber fast – die Macht der Gedanken und des Nachdenkens erklär ich Dir später mal. Wie sieht es aus? <

>Du wirst das Spiel gewinnen. Am Bremspedal war ein blutverklebter Faden des Shiraz auf dem Boden unter

dem Schreibtisch der Anwaltskanzlei. Blut und Schweiß am Türaußengriff und – innengriff, am Lenkrad. Die Drahtrolle des Drahtes der beiden Tatorte im Kofferraum, Munition in Tücher eingewickelt im Reserveradkoffer. In der Summe also sehr viele Spuren hier in diesem Auto. Der Mercedes dort hinten war gestohlen gemeldet. Gehört zum Fuhrpark einer hiesigen Firma und wird nicht regelmäßig genutzt, sondern nur zu bestimmten Anlässen. Dieser Wagen ist für uns clean. Lediglich die Fingerabdrücke des Chauffeurs am Lenkrad und der Türinnenseite Fahrer. Ansonsten war der Wagen geputzt und nicht ein Stäubchen. Mit Ausnahme jetzt der Diebstahlspuren und den Fingerabdrücken Deines Tatverdächtigen. Den Bericht kannst Du morgen früh gleich haben. Den mache ich Dir nachher noch fertig, bevor ich gehe. Wir hatten heute das Glück, mit allen zur Verfügung stehenden Kräften Deinen Fall unterstützen zu können. Abgesehen davon hat es uns Dein Stümper besonders leicht gemacht. Würden wir eine Faser vergessen, so hätten wir hundert andere, die ihn belasten und überführen. Ich frage mich, was in den Leuten zuweilen vorgeht und wie die glauben, ihre Missetaten verbergen zu können. Handlungen im Affekt schaffen nie etwas g´scheites zu Tage. <

>Ich danke Dir, beziehungsweise Euch allen, für den Einsatz. Ich geh´ jetzt mal nach Hause. Für heute gibt es nichts mehr, was ich noch tun könnte. <

>Hollodio< erklang es gerade von hinten als die Werkstatttür gegen einen Werkzeugwagen schepperte.

>Sebastian, Du gehst niemals verloren. Wenn man Dich nicht sieht, hört man Dich. Alter Krawallo. Geh´ mal da vorn an den Tisch zu Peter und schau in die grüne Box. Passend zum grünen BMW von uns ausgewählt. Lag alles unter der ausgehöhlten Rücksitzbank.

Raffiniert hatte er jeweils eine der Federn pro Quadrat des Federkernes entfernt und mit einem Stahlgerüst ausgekleidet damit er die Beutel mit Kokain sicher transportieren konnte. Es sind sogar Spuren von vergammelten Fischflossen daran. Wohl in der Hoffnung, dass unsere Drogenhunde im Zweifelsfall reagieren wie Jagdhunde, denen man einen alten Fisch über die Fährte gezogen hat, damit sie diese nicht weiter verfolgen können. Dumm nur, dass die Flossen hier geräuchert waren. Ich vermute mal Wisperforelle. <

>Guter Vorschlag für das Abendessen. Ich könnte hinten durch den Wald nach Hause gondeln. Peter hast Du Lust zum Abendessen zu kommen? Gegen acht bei uns? Frag Marliese, ob Sie auch kommen will. Es gibt Forelle, Kartoffeln, Meerrettichsauce und Feldsalat aus meinem Garten. < Sprach es und wuselte vergnügt davon.
>Na Peter, Dein Abendessen ist dank mir gesichert. <

Peter Kaspar ging zu seinem Wagen. Er wollte schnell nach Hause und sich umziehen.

XXV

Es war ein schöner Abend mit der Einladung zu einem spontanen Forellenessen bei Sebastian. Marliese hatte natürlich noch eine Überraschung als Gastgeschenk. In Ihren Unterlagen fand sich eine entsprechende Liste der am Drogenschmuggel und -vertrieb Beteiligten mit deren anteiligen Einnahmen. Die Liste zu finden war ein purer Zufall. Sie lag in der Kanzlei des getöteten Anwaltes in einer Mandantenakte auf dem Schreibtisch als Lesezeichen abgelegt und würde morgen dafür sorgen, dass bei verschiedenen Prominenten der Region die Freude aus dem Gesicht entweicht. Bei einigen Abnehmern würden dann auch die Mundwinkel auf zwanzig nach acht hängen, wenn die übliche Frühstücksdosis fehlt. Er fuhr gerade durch den kleinen Wald und näherte sich der Klinik. Dort angekommen parkte er seinen Wagen wie immer in der letzten Reihe. Das verhinderte Beulen im Blech durch rücksichtslose Mitparker, denn die letzte Reihe war aufgrund der Lauffaulheit der Menschheit immer sehr schwach frequentiert. Allerdings war der kontinuierlich bergauf führende Weg aus der letzten Reihe in die Klinik nicht gerade angenehm.

Und wo lag der Täter? Natürlich im Westtrakt der Klinik, was einen schier unendlichen Weg in die Richtung bedeutete, aus der er gerade mit dem Wagen gekommen war. In den sechsten Stock nahm er aber den Aufzug. Die Treppe war ihm am frühen Morgen dann doch zu viel.

Als er das Krankenzimmer betrat, residierte der Herr Eventmanager im Bett wie Graf Koks von der Gasanstalt und beschwerte sich bei ihm über das karge Frühstück ohne das höfliche „Guten Morgen" des Kommissars zu beantworten. Peter Kaspar blieb ruhig und ließ sich durch den Rotzlöffel nicht provozieren.

Allerdings hatte Dr. Ott Recht, die Fingerknöchel wiesen an der Oberseite deutliche Spuren der Drahtschlinge auf. Als Fabian Figge-Bräuttel sich dann, für einen so jungen Mann etwas ungelenk, an der Serviette abwischte, waren auch für einen Moment die Innenseiten seiner Hände zu sehen, die die gleichen Verletzungen aufwiesen. Das spielte Peter Kaspar während des anstehenden Verhörs in die Karten. Er klärte den Verdächtigen über seine Rechte auf und verwies dabei besonders auf das Recht, einen Rechtsbeistand oder Anwalt zuziehen zu dürfen.

>Herr Figge–Bräuttel, Sie werden vorläufig festgenommen unter dem Tatverdacht, den Rechtsanwalt Friedrich Liebergaad in seiner Kanzlei und den Umzugsunternehmer Johann Blaschewsky in seinem Büro im Unternehmen am Freitag ermordet zu haben. Ich beziehe mich auf vorliegende Indizienbeweise der DNA Spuren unter den Fingernägeln der Opfer und den Tatspuren in Ihrem Fahrzeug. Sie stehen ferner unter dem Tatverdacht der Anstiftung zum Mord in Tateinheit des Mordes an dem Obergerichtsvollzieher Reginald Mohl. Ihnen wird vorgeworfen, den drogenabhängigen Malte Lobe angestiftet zu haben, das Opfer an der Quelle unterhalb der Schanze in der Nähe des Hofguts Rappe durch einen Stich in die Niere zu töten, während Sie es unmittelbar danach durch einen Kopfschuss getötet haben. Haben Sie hier etwas zu Ihrer Entlastung und Verteidigung zu sagen? <

>Fick Dich. < war die Antwort des Mannes, der mit richtigem Namen Figge hieß.

Peter Kaspar dachte nur in klassischem regionalen Dialekt *eh ich mich aufrege, is´ mer's eher egal.*

>Nun, Ihrer Äußerung entnehme ich, dass das nicht der Fall ist. Ich darf Ihnen eröffnen, dass Sie nach

unserem Gespräch in die Krankenabteilung der Forensischen Psychiatrie verbracht werden und dass weitere Anschuldigungen durch das Drogendezernat und das Wirtschaftsdezernat des hiesigen Polizeipräsidiums erfolgen werden. Das werde Sie aber noch schriftlich zugestellt werden. Das formelle Verhör führen wir dann in der Forensik unter Anwesenheit Ihres Anwaltes. Damit ist meine Aufgabe hier erledigt. Ich darf mich verabschieden. <

Peter Kaspar entfernte sich und die Bereitschaftspolizei begleitete die Verbringung des Täters mit einem begleitenden Arzt per Hubschrauber in die Forensik. Das kostete den Steuerzahler zwar etwas mehr Geld, war aber sicher und in weniger als einer Stunde abgewickelt. Dumm war nur, dass er zum formellen Verhör jetzt mit dem Auto fast drei Stunden dorthin fahren durfte. Unglücklicherweise bestand auch noch die Möglichkeit, kein Geständnis zu bekommen. Dann dürfte er den Staatsanwalt in einem Indizienprozess unterstützen. Gegen einen gestellten Verteidiger gerade von der Universität oder einen reifen und erfahrenen Strafverteidiger, der dann mit der schweren Jugend des Täters argumentieren wird, die ihn ja gar nicht anders handeln ließ, weil er sich auch wegen der alkoholabhängigen Tante seiner Oma so schämte und dass das Gericht sich doch bitte entschuldigen solle, wegen der Untersuchungshaft.

Peter Kaspar fuhr zurück ins Präsidium.

Er verfasste seinen Bericht für den Staatsanwalt, damit dieser seine Anklage fertigen konnte. Der Bericht ging natürlich aufgrund der Vielzahl der Delikte weiter an Marliese Westerhage, die für ihr Dezernat berichtete und dann an Sebastian Szablinsky, der wiederrum für sein Dezernat berichten musste. Jetzt war die Auswertung der Ermittlungsergebnisse Sache des

Staatsanwaltes, der auch Anklage erheben musste. Er verfasste einen ausführlichen Vermerk bezüglich der Aussageverweigerung, als welche man das herzliche „Fick Dich" am Morgen deuten konnte, und stellte die gesammelten Indizien weiter heraus.

Er ordnete seine fünf Akten in entsprechender Reihenfolge, machte einen Aktengurt darum, fügte seinen Bericht bei und gab diese weiter an Marliese Westerhage. Er brachte ihr die Akten persönlich. Als er ihr Büro betrat, war auch Sie gerade dabei, ihren Bericht zu beenden. Sie grinste ausgesprochen süffisant und zufrieden.

>Marliese, was erheitert Dich? Wen hast Du zur Strecke gebracht? <

>Einige! Ich habe mich mit den Ergebnislisten der Versteigerungen befasst und da fielen mir die Nachnamen von zwei immer wieder bietenden Damen auf. Bezahlt wurde jedes Mal, wie heute üblich, mit der Kreditkarte des Mannes. Auffällig war, dass ein Frankfurter Schrank im Wert von fast fünfzigtausend Euro für Eintausendzweihundert Euro versteigert wurde. Noch auffälliger war eine Rubinkette mit Expertise aus einem im Namen einer bekannten Bank der Region gepfändeten Adelshaus, die für lausige fünfhundert Euro den Zuschlag erhielt. Der Frankfurter Schrank wurde von der Ehefrau des Leiters der Abwicklungsabteilung dieser Bank ersteigert und die Kette von der Ehefrau des Anwaltes dieser Bank. Als ich dort anrauschte, Sebastian und Du wart ja gestern anders gebunden, meinen Dienstausweis vorzeigte und sehr resolut den Zerberus aufgefordert hatte, mich durchzulassen, haben die beiden Herren gleich angefangen, zu singen wie d´ Zeiserl. Die hatten so die Hosen voll, dass sie mir mit wildem Geplapper auch frühere Vergehen gestanden. Kalkulatorische Summe der Vor-

teilsnahme durch internes Wissen um Wertsachen einmal von vierhunderttausend Euro, im anderen Fall sogar siebenhunderttausend Euro, weil sie ein Haus mit Zustimmung des Leiters der Abwicklungsabteilung im ersten Aufruf von deutlich unter dem gesetzlich vorgeschriebenen Titel von einem Drittel des Gutachtenwertes ersteigern durften. Mit dabei die Rechtspflegerin des kleinen Amtsgerichts, die hier eine Prämie von zwanzigtausend Euro für den Zuschlag bekam. Der entsprechende Kontoauszug liegt mir vor. Die Innenrevision beim Landgericht ist mit Belegkopie unterrichtet, die Rechtspflegerin seit gestern vom Dienst suspendiert. Der Herr Amtsgerichtsrat sieht wahrscheinlich seine Felle durch seine nicht ausgeführte Dienstaufsicht davon schwimmen. Der Landgerichtspräsident steht jetzt auch in Zugzwang und muss handeln. Bin gespannt wer hier jetzt das Bauernopfer wird. Komm´ wir bringen unsere Akten zu Sebastian. Der war heute Morgen seit fünf Uhr dreißig im Einsatz und vielleicht schon wieder hier im Büro. <

Sebastians Büro war leer. Marliese Westerhage und Peter Kaspar hievten ihre Aktenberge und die Berichte auf seinen Schreibtisch als eine kichernde Stimme aus dem Hintergrund ertönte:
>Sind wir jetzt hier bei Hertie aufm Krabbeltisch? Was schleppt Ihr denn da an? Habt Ihr Streber Eure Berichte schon wieder fertig? <
>Wir waren eben fleißig. <
>Ja, sehe ich. Ich komm´ ja nur zu spät, weil mich das Nase bohren heute Morgen so aufgehalten hat. <
>Deine Nase oder die von anderen? <
>Nase bohren ist keine Form des Insichgehens meine Lieben. Ich habe anderen Leuten aufgrund Deiner Liste ein paar Würmer und andere Befindlichkeiten aus der Nase gezogen. Angefangen habe ich mit dem hässlichen Hausmeister, den ich heute Morgen aus dem Bett warf. Der war gleich so unverschämt und fing an, zu

pöbeln und zu randalieren Da haben wir ihm gleich mal feines Geschmeide an die Hände gelegt. Abgeführt haben wir ihn dann in Unterhosen. Bereits im Einsatzbus hat er geplaudert und gehofft, wieder frei zu kommen. Es gab aber nur seinen Bademantel. Er war einer der Haupt-Dealer und hatte in der Tasche des Bademantels einen kleinen Zettel mit den heute auszuführenden Lieferungen. Das haben wir dann für ihn erledigt und als Ergebnis sitzen nun führende Mitarbeiter einer hiesigen Bank im südlichen Teil dieser Stadt in den Verhörräumen eins bis drei. Dass die Herrschaften Kokain bezogen und konsumierten, wird aller Voraussicht nach durch Bluttests und Haaranalysen nachgewiesen werden, die gerade zum Auswerten im Labor sind. Inwieweit die Abnahme von fast einem halben Kilo pro Monat weiter vertickt wurde, erhoffen wir aus den erwarteten Geständnissen zu erfahren. Dass mit dem Kokain in der Bank gedealt wurde und gegebenenfalls auch außerhalb, erscheint jedenfalls erwiesen, aber ohne weitere Ermittlungen noch nicht beweisbar. Warten wir erst mal die Verhöre ab. Die Drogenmenge ist für eine Verurteilung aber bereits ausreichend. Hier bin ich zuversichtlich, dass wir noch an die Kanäle der Verteilung kommen. Es reicht schon, wenn nur einer singt. Lasst Eure Akten mal hier, ich habe mit meinem Bericht schon angefangen und muss nur noch die letzten Ergebnisse ergänzen. Der Staatsanwalt wird sich freuen.

Für Peter Kaspar war der Fall abgeschlossen, bis vielleicht auf das noch anstehende Verhör von Fabian Figge–Bräuttel in der Forensik. Marliese nahm schon mal ihre Handtasche und bewegte sich in Richtung Ausgang.

>Ich hole jetzt ein bisschen mein verlorenes Wochenende nach und genieße den Nachmittag. <

Peter Kaspar wünschte ihr ein paar schöne Stunden und ging zurück in sein Büro. Irgendwie war er nachdenklich geworden - fast sogar beunruhigt. Sein Bauchgefühl meldete sich gerade wieder. Er trat an das Fenster und schaute hinaus auf die Straße. In die Pappeln, die das Gebäude zur Straße hin abgrenzten. Er sah Marliese, die in diesem Moment mit offenem Verdeck das Pförtnerhaus passierte.

Peter Kaspar dachte gerade darüber nach, wie er weiter vorgehen sollte, als sein Blick wieder einmal auf die Akte des Doktor von Kadenbeerg fiel. Wie dieser wohl die Entwicklung betrachten würde, wenn ihm das alles noch bekanntgeworden wäre? Welch´ ein sinnloser Tod dieses Mannes und vor allem zum falschen Zeitpunkt. Das Leben hat wieder einmal bewiesen, dass diese Leute sich in der Regel ihre Grube selber schaufeln, in die sie dann auch hineinfallen. Oder wie Peter Kaspars Vater immer zu sagen pflegte: „Gottes Mühlen mahlen langsam, aber sicher!" Irgendwie hatte es sich hier bewiesen, dass ein Gottesglaube nicht unbedingt ein Fehler war, allerdings auch viel Geduld abforderte, denn die Schöpfung hatte eine andere Zeitrechnung als diese uns Menschen zu Eigen war. Wie immer war das schwierigste im Leben, nicht die innere Gelassenheit zu verlieren. Doktor von Kadenbeerg hatte diese wohl im falschen Moment verloren und das erschien zu diesem Zeitpunkt so sinnlos.

Er hörte ein Räuspern hinter sich.

>Ah, Sebastian, was kann ich für Dich tun? <
>Komm´ erst mal zurück in unsere Welt. Ich habe zweimal geklöpfet, aber der Herr stehen schon eine ganze Weile träumend und murmelnd am Fenster. Was geht Dir denn so nahe? <

>Ich sinnierte über die Unsinnigkeit des Suizides des Doktor von Kadenbeerg, dessen Akte noch immer auf meinem Schreibtisch liegt und den die straffälligen Herrschaften auf ihr Gewissen geladen haben ohne auch nur ein Funken Unrechtsbewusstsein zu haben. Ich gehöre nicht zu den absolut gläubigen Menschen. Ich gehöre auch nicht zu den Anhängern einer Kirche oder Glaubensgemeinschaft, aber das sind die Momente, an denen ich an unserem Schöpfer zweifle und diesen auch für grausam halte. Es erscheint mir ungerecht. <

>Peter, komm bitte wieder runter auf die sachliche Ebene. Du machst Dich gerade selbst fertig. Mich verwundert es ein wenig, dass Du gerade in Sachen von Kadenbeerg emotional so tief drin bist. Allerdings ist unser Junkie endlich im hier und jetzt angekommen. Laut seinen Papieren heißt er, jetzt halte Dich fest, Björn Malte Mohl und ist der Neffe des ermordeten Gerichtsvollziehers. Stammt aus erster Ehe des Bruders des Reginald Mohl. Er hat seinen Onkel deswegen erstochen, weil er ihm, nicht wie früher, Geschenke machte, sondern ermahnte, sich von den Drogen zu lösen. Ein Onkel, der direkt oder indirekt mit Drogen dealt, der mit dem Dealer seines Neffen Geschäfte aller Art macht und dann den Moralapostel spielt. Der kleine Knecht war über alle Schritte des Onkels informiert, wusste detailliert alles und hat den Mordverdächtigen, Fabian Figge-Bräuttel, in meinem Verhör mit allem belastet. Hier mal eine Kopie seiner Aussage für Dich. Den Messerstich in die Niere des Onkels hat er zugegeben. Es sollte eine Überraschung sein, den Onkel abzuholen und nach Hause zu fahren. Aber dann ist dieser sich mit dem Taxler, Deinem Mordverdächtigen, bezüglich der Gewinnverteilung in die Wolle geraten, weil Gerichtsvollzieheronkel einen höheren Anteil wollte. Dabei ist herausgekommen, dass Dein Mordverdächtiger schon mal einen Anschlag auf ihn verübt

hatte indem er ihn in den Ameisenhaufen setzte. Allerdings wusste er nicht, dass die deutschen Ameisen nicht so aggressiv wie einige amerikanische Arten sind. Da hat die Bildung nicht ausgereicht. Laut dem Junkie-Neffen ist der Onkel dann vollkommen ausgerastet und wollte als erster Informant fünfzig Prozent der Einnahmen aus den Geschäften mit den Wertsachen der Pfandkammer. Es folgten dann wohl entsprechende Beschimpfungen wie in diesen Kreisen üblich mit den entsprechenden Ausdrücken, die Dir maximal aus den Akten bekannt sein dürften. Im Rahmen dieses Ausbruches erfolgte dann auch die Bezeichnung von Eventmanager und Neffen als Megaloser, was wiederrum diese zum Ausraster führte, daher die beiden Verletzungen. Mit dem Auto war man zwischenzeitlich auf dem Weg in die Höhengemeinde, in der das Onkelchen wohnte, als dessen Prinz ihm das Jagdmesser in die Niere schob und umdrehte.

Laut Pathologie starb Reginald Mohl wohl an dieser Stichverletzung. Der Kopfschuss, der Minuten später durch Fabian Figge-Bräuttel gesetzt wurde, konnte ihn nicht mehr töten, war also nur die Schändung einer Leiche.

Bei den beiden anderen Morden war mein Junkie zugegen! Honorar für sein Schweigen waren entsprechende Dosen von Drogen, deswegen war der Herr eine Weile nicht vernehmungsfähig. Schätze, er hätte irgendwann dieser Tage eine tödliche Dosis bekommen, um nicht mehr aussagen zu können. Aber da hast Du mit recht schneller Aufklärung den Zeitplan durchkreuzt. Ein Leben hast Du gerettet, auch wenn unseren Junkie jetzt eine Verurteilung wegen Mordes erwartet und er im Gefängnis zwar ohne Drogen, dafür aber mit der Erkenntnis leben muss, seinen Onkel umgebracht zu haben.

Die Anklage gegen Fabian Figge-Bräuttel musst Du auf den Mord am Anwalt Liebergaad und am Umzugsunternehmer Blaschewsky beschränken. Wann fährst Du denn in die Forensik? <

>Ich will an sich übermorgen fahren. Ich habe bereits einen Dienstwagen reserviert, der etwas schneller als mein Volvo die Autobahnsteigungen meistert. <

>Warum nimmst nicht den ICE? Das ist doch bequemer, als auf der Autobahn in den Hügeln im Stau zu stehen, weil die Straßenkämpfer das Tempo nicht halten können oder stur links beziehungsweise in der Mitte fahren, weil Mutti sich nichts traut. Steigst in den Zug, nimmst Dir ein Taxi zur Strafanstalt und machst auf dem Rückweg das gleiche. Außer einer Aktentasche hast Du doch nichts. <

>Auch wieder wahr. Ich rufe gleich in der Geschäftsstelle an. Die können mir noch ein Ticket ausdrucken und dann geh´ ich nach Hause und früh ins Bett. Morgen komme ich später, um ein paar Überstunden abzufeiern und mich für das durchgearbeitete Wochenende zu entschädigen. Hoffe, dass die Welt sich nicht wieder meuchlings mit dem Dolch im Gewande nähert, um sich für irgendetwas zu rächen. <

Sebastian lächelte und Peter Kaspar nahm seine Jacke vom Kleiderständer. Gemeinsam verließen sie das Büro, Sebastian zurück in das seine und Peter in Richtung Treppe und Heimweg.

Im letzten Abendrot genoss er den Abend bei einem Glas trockenem Riesling am Weinprobierstand beim großen Fluss bei leisem Geplätscher der Wellen. Die Partikuliere ankerten wohl bereits, denn es war ruhig am Strom. Ein leichter Wind strich durch die Platanen und Pappeln, die typischen Bäume hier in der Kleinstadt. Er nahm den letzten Schluck und gab sein Glas zurück. Langsam spazierte er durch die alten Gassen mit dem Kopfsteinpflaster nach Hause. Schon bald machte die Straße eine Kurve um die Sandsteinkirche, um dann den Blick auf wunderbare Fachwerkhäuser frei zu geben.

Er schlenderte durch die Häuserreihen und fand es wunderbar. Allerdings wurde ihm auch bewusst, dass er jetzt noch den ganzen Berg hinauf musste, per pedes, mit durch den herrlichen Riesling beschwerten Beinen.

Er ging am Bahnhof vorüber, über den Bahnübergang, den er als Kind schon benutzte und hing seinen Gedanken nach.

Der sinnlos anmutende Freitod des Doktor von Kadenbeerg kam ihm wieder in den Kopf.

Da waren drei oder vier Anführer eines Clans von Drogendealern, die wohl aus unendlicher Gier auch noch mit Gescheiterten dieser Welt, die sich in den Fängen der Banken und der Justiz befanden, betrügerische Geschäfte machten und sich von jemandem ohne bürgerlichem Ausbildungs- oder Studienabschluss kontrollieren und einsetzen ließen wie Rekruten im ersten Ausbildungsmonat. Allein der Anwalt hatte genug kriminelle Energie, um Drogengelder zu einer Privatbank zu schaffen und diese in einem Schließfach aufzubewahren. Ob der Figge–Bräuttel darüber Informationen hatte? Nun, das musste er im Verhör noch erfragen in der Hoffnung, dass der Mörder in Anbetracht der Indizienlage die Wahrheit der Geschehnisse schildern würde. Für eine lebenslange Verurteilung reichten Indizien und Beweise ohnehin aus.
Dazu kamen noch der Betrug mit Sozialleistungen und die Drogengeschäfte. Das dürfte reichen.

Er war zwischenzeitlich zu Hause angekommen, schloss die Haustüre auf und nahm ausnahmsweise den Fahrstuhl in den dritten Stock, statt der Treppe.

Er öffnete noch die Tür zur Dachterrasse, um die kühle Nachtluft in die Wohnung zu lassen.

Kaspar goss sich noch ein Glas Wein ein, nahm auf seiner Terrasse in seinem Strandkorb Platz und schaute in den Nachthimmel. Seine Gedanken um die menschliche Gier beschäftigten ihn noch eine ganze Weile.

Welche Rolle spielte hier der Obergerichtsvollzieher aus der Akte des Doktor von Kadenbeerg, der für die ominöse Zwangsräumung verantwortlich war und der Hausmeister des Zwangsverwalters, der alle unter Verwaltung stehenden Immobilien versorgte?

Der nächste Morgen brachte Sonnenschein und strahlend blauen Himmel. Peter Kaspar hatte offiziell frei als Äquivalent zu dem verpatzten letzten freien Tag und wollte diesen Tag jetzt genießen. Golf wäre nicht schlecht. Ein solches Wetter lud zu Aktivitäten in der Sonne ein. Er wollte einfach kein Stubenhocker sein, wenigstens heute nicht.

Er entschloss sich, einen großen Spaziergang mit dem Hund zu machen. Quer durch die Weinberge, oben auf dem Kamm des Hügels mit einem wunderbaren Blick auf den Strom, die Schiffe und das blaue Wasser, das an manchen ruhigen Stellen etwas grünlich wirkte, genauso wie im oberen Flusslauf, der weniger industrialisiert war. Irgendwie machte sich in Peter Kaspar ein romantisches Gefühl breit, so wie es schon Goethe und Brentano empfunden haben mussten. Ja, das sollte er heute tun. Er holte feste Schuhe aus dem Schuhschrank in der Diele und rasselte laut mit Leonards Leine. Dieser verstand das Signal und kam im Tiefflug aus seinem Schlafzimmer. Aha, wieder mal auf Peter Kaspars Bett gelegen, obwohl er genau wusste, dass er das nicht sollte. Alter Schlawiner! Aber warum aufregen? Zwecklos. Hundeblick entschuldigt doch alles.

Beide nahmen den Fahrstuhl in den Garagenhof; die frühere Remise war nach dem Kriege umgebaut worden und Herr und Hund verließen über diese das Haus und gingen über den kleinen Weg, der nicht nur an das Schulzentrum und die Alte Ziegelei führte, sondern auch auf den Höhenweg durch die Weinberge flussabwärts.

Hund und Peter kamen auf den gesandeten Weg und folgten einfach der Strömung des großen Flusses, dessen leichtem Wellengang, der von hier oben so schön sichtbar war.

Auf dem Kamm wehte ein leichtes Lüftchen. Es war warm, aber nicht heiß und Leonard tollte schnuppernd von Wegesrand zu Wegesrand.

Ein viel zu seltener Genuss für beide.

Großen Schrittes waren sie bereits zwei Ortschaften stromabwärts gelaufen ohne dass es körperlich bemerkbar gewesen wäre.

Peter Kaspar nahm auf einer Bank mit freiem Blick über den Fluss Platz und reichte seinem Hund Wasser. Dieser nahm anschließend den Platz auf der Bank neben ihm ein und legte seine nasse Schnauze auf Peter Kaspars Oberschenkel und weichte so langsam dessen Hose an. In einer Region, wo ihm anschließend niemand glauben würde, dass das nur Wasser vom Hund sei.

Peter Kaspar ließ seinen Blick wieder schweifen. Er heftete sich an den Pappeln am Flussufer fest.

An so einem Ort hatte sich Doktor von Kadenbeerg das Leben genommen, weil er seine Lage als aussichtslos empfand und mit der von ihm als schändlich empfundenen Situation nicht mehr umgehen konnte oder gar wollte.

Was dieser wohl jetzt über die Ereignisse der vergangenen Wochen denken würde, wenn er denn von ihnen noch Kenntnis erlangt hätte. Ob er dann Befriedigung empfunden hätte? Ob ihm das Leben leichter und erträglicher geworden wäre? Mehrfach hatte er sich schon diese Frage gestellt. Sie wollte nicht aus seinem Kopf. Doktor von Kadenbeerg hatte wohl eine ähnliche Symptomatik mit seinen Erlebnissen. Peter Kaspar begann zu verstehen, wie Gedanken einen verfolgen und nicht loslassen können.

Doktor von Kadenbeerg war der erste Leichnam der vergangenen Woche und der erste Fall, den er zu klären hatte. Dann kamen die anderen Mordfälle. Wären diese Ereignisse doch nur in umgekehrter Reihenfolge eingetreten, so wäre vielleicht ein Leben nicht verloren gewesen, sondern hätte das geringe Maß der Gerechtigkeit dieser Welt erlebt und in dem Maße als Genugtuung empfunden, dass er auf seinen Suizid verzichtet hätte.

Das Leben war allerdings nicht zu dieser Gnade bereit gewesen und wenn es einen Gott gab, so erschien ihm dieser im Moment recht grausam, da er das zugelassen hatte.

Warum war das Opfer eines unbescholtenen Menschen erforderlich, wenn sich die gierigen Sünder dann doch selbst überführten und sich gegenseitig ermordeten?

Er hatte das schon im Religionsunterricht in der Schule nicht verstanden. Wenn Gott so allmächtig war, warum verhinderte er nicht die Katastrophen dieser Welt. Der Bezug auf einen Zeitraum x als Beweis dafür, dass die menschliche Herrschaft auf Gottes Erde nicht zum Guten führen kann, sollte in solchen Fällen ausgesetzt und unterbrochen werden.

Peter Kaspar haderte noch eine Weile im Geiste, das laut zu tun, könnte doch peinliche Situationen herbeiführen, mit den Himmlischen Mächten und den Zuständen dieser Welt, als sein Mobiltelefon klingelte.
Sein Büro war dran.

>Hallo Peter, wir haben Deinen Trip morgen in die Forensische Psychiatrie gecancelt. Der Strafgefangene Fabian Figge-Bräuttel hat sich mit einem Streifen Stoff aus dem Laken am Bettgestell erhängt und war nicht mehr zu retten. Das Gehirn war so lange ohne Sauerstoff, dass wohl ein Wachkoma eingetreten und der Patient jetzt bis auf weiteres nicht vernehmungsfähig ist. Den Staatsanwalt habe ich bereits unterrichtet, den schriftlichen Bericht über diese Information mache ich fertig und lege diesen zur Unterschrift auf Deinen Schreibtisch. Wenn Du möchtest, so unser Präsident, der ebenfalls bereits unterrichtet ist, hast Du auch am morgigen Tag noch Gelegenheit, einige Deiner vielen Überstunden abzufeiern. <

>Ich bedauere sehr, dass unser Verdächtiger jetzt im Wachkoma liegt. Der absolut ungewisse Zustand einer selbst herbeigeführten Erkrankung, von der wir über die Empfindungen und Gefühle dieser Menschen nichts wissen. Welche Tragik, das ist schlimmer als Gefäng-

nis. Und ja, ich nehme dann morgen noch einen Tag frei. <

Peter Kaspar beendete das Gespräch und war noch nachdenklicher als zuvor. Kein Demokrat mit dem Glauben an Gerechtigkeit in einem Land oder System konnte diese Entwicklung gut heißen. Ein Wachkoma mit ungewissem Ausgang, Gefühlen und der Unklarheit über das Leben in dieser oder einer anderen Welt, resultierend aus einem gescheiterten Selbstmordversuch war für ihn schlimmer als der Tod oder eine Gefängnisstrafe.

Irgendwie war der Tag jetzt gelaufen und er trat mit seinem Hund den Heimweg an. Ein nachdenklicher Heimweg. In allen Berufsjahren in der Mordkommission hatte er sich nie an einen Suizid gewöhnt, egal ob dieser von einem verzweifelten Menschen oder von einem verzweifelten Straftäter ausgeübt wurde. Für sein Empfinden und Denken war ein Suizid immer ein falscher Schritt, denn niemand kann in seine Zukunft sehen und den Ausgang einer momentan ausweglos erscheinenden Situation wissen oder bestimmen.

Zu Hause angekommen verspürte Peter Kaspar das Bedürfnis, dem verstorbenen Doktor von Kadenbeerg noch einen Brief zu schreiben.

Er setzte sich an seinen historischen Reederei-Schreibtisch, der so vor dem großen Fenster postiert war, dass er, wenn er nachdenklich den Kopf hob, direkt einen Blick in die Weinberge und auf die kleine Kapelle mit dem Mandelbaum davor hatte.

Langsam griff er zu seinem gelben Briefpapier und seinem Füller, den bereits sein Vater schon benutzt hatte.

Sehr geehrter Herr Doktor von Kadenbeerg!

Als der ermittelnde Kommissar, den Sie so freundlich post mortum anschrieben und über die Hintergründe ihres Suizides informierten, verspüre ich nach den Ereignissen der letzten Tage das Bedürfnis, Ihnen diesen Brief zu schreiben.

In Ihrem Brief lag sehr viel Bedauern über den Zustand dieser Welt und der Ausführung von Gesetzen und Maßnahmen durch die Obrigkeit.

Diesem möchte ich hier ein wenig, wenn auch mit dem Gefühl der Scham, entgegentreten.

Sie haben mit Sicherheit Recht, wenn Sie das Vorgehen der Mitarbeiter der Behörde, die Sie so vernichtend behandelte und im Auftrag Ihrer Gläubigerbanken agierte, so deutlich kritisieren und als unverhältnismäßig empfinden.

Ich durfte mittlerweile ermitteln, dass der Anlass für die Unverhältnismäßigkeit nicht in der Rechtsanwendung dieses Staates zu finden war, sondern vielmehr in der menschlichen Gier einzelner Staatsbediensteter und deren Freunden.

Die Initiative dieser Herrschaften nahm allerdings ein besonders trauriges Ende, weil drei der Beteiligten ermordet wurden und nach aktueller Indizienlage der Täter nach einem missglückten Suizid in einem Wachkoma liegt, von dem er voraussichtlich, wenn überhaupt, nur schwer erwachen wird.

Insofern hat die Gier dieser Herren ihnen kein Glück gebracht.

Bedauerlich insbesondere ist allerdings, dass gerade Sie kurz vor den tödlichen Ereignissen der Täter selbst, aus Ihrer Verletzung heraus den Freitod suchten.

Sie als unmittelbar Betroffener dieser Gaunereien mit dem Verschachern gepfändeter Möbel an Verwandte als Strohmänner zur Ergänzung der eigenen Einrichtung. Mich bewegt nun die ganze Zeit die Frage, was Sie zu der Entwicklung wohl gesagt hätten und ob diese Ereignisse Ihre Verletzung wohl geheilt hätte. Traurig insbesondere, dass die menschliche Geduld in Ihrem Falle so sehr der inneren Verletzung nachgegeben hat, ja nachgeben musste, weil es der Wille Ihres bestimmenden Gehirnes war.

Ein Gehirn, das mit seinen Synapsen kein Glück mehr empfinden wollte oder konnte, dass nur noch diesen einzigen Ausweg aus der Traurigkeit seines Seins sah.

Wohl aber auch mit dem Suizid dem Rest der Welt beweisen wollte, welches Schicksal diesem Leben widerfahren war.

War dieser Suizid nicht vielleicht auch der Aufschrei, der die noch Lebenden endlich wachrütteln sollte. Sie dazu zu bringen endlich human zu leben und eben nicht zu solchen Maßnahmen wie einer Zwangsräumung zu greifen, die der Welt doch nur demonstrieren, dass sie von Geld regiert wird?

Geld hat die Macht und damit seine eigenen Gesetze. Sie, die Macht, wird vielleicht durch unser Strafrecht begrenzt oder gar in einen Rahmen gepresst, wird aber dennoch immer wieder entgleisen und den eigenen, nicht immer humanen Weg suchen.

Ich stimme Ihnen bedingt zu, dass aus unserer Geschichte heraus Verwaltungsstrukturen entstanden sind, die nicht immer dem Verständnis eines liberalen Demokraten entsprechen, aber administrativ zuweilen nicht anders zu handhaben sind.

Ich hatte gerade die Aufgabe, den Urheber des Unglücks, das auch Sie so hart getroffen hat, der sich auf der Flucht befand und bei dem die Gefahr bestand, dass hier an einem ruhigen Standort in einem Hotel möglicherweise eine Geiselnahme erfolgen könnte, zu ermitteln und zu verhaften.

Für mich eine unschöne Situation in der es galt, Nerven zu bewahren und zu verhindern, dass hier die Gewalt die Situation übernimmt.

Ein großes Aufgebot an Polizisten, die den Täter verfolgten und dann noch anschossen.

Eine Not-OP rettete ihm das Leben und er erhängte sich danach in der forensischen Abteilung mit dem Resultat, von nun an im Wachkoma zu liegen, nachdem er drei seiner Mitstreiter im Geschäft der Gier ermordet hat.

Eine Aufgabe, die ich als Polizeibeamter zum einen interessant und spannend fand, als Mensch beschämend, dass ich mich mit den Wirkungen der Gier so auseinander setzen musste und dass der Faktor Neid meine Mitmenschen so nach unten zieht, sich solcher Taten zur Vermögensmehrung zu bedienen.

Aber das führte wiederrum eben zu dem beruflichen Interesse, die Täter zu fassen und einer möglichst *gerechten Strafe zuzuführen, auf die deren Opfer in einer funktionierenden Demokratie einen Anspruch haben.*

Der Tod gehört nicht dazu und kein Mensch hat das Recht, über einen anderen Menschen mit der Strafe des Todes zu richten.

Ich gehöre nicht unbedingt zu den Manschen, die zur Ausübung eines christlichen Gottesglaubens die Institution einer Kirche benötigen, aber die Entscheidung über den Eintritt des Todes obliegt unserem Schöpfer. Insofern verurteile ich leider auch Ihren Suizid, der durch die Ereignisse der Woche danach vom Schicksal so ad absurdum geführt wurde, dass ich es außerordentlich bedauere, dass Sie diese Zeilen nicht mehr erreichen. Sicher, wir hätten uns vielleicht nicht kennen gelernt, aber die Wahrscheinlichkeit, dass wir uns lebend begegnet wären; die Möglichkeit, dass Sie zum Kreis der Verdächtigen gehört hätten, war bei den abgeschlossenen Ermittlungen nicht klein.

Sie hätten erlebt, wie ich Sie vielleicht auf der Suche nach der Wahrheit etwas intensiver befragt hätte.

Sie hätten aber auch die Genugtuung gehabt, dass die Täter einer Strafe, vielleicht nicht unbedingt der gerechten, zugeführt werden.

Ich bin nach reiflichen Überlegungen zu der Erkenntnis gelangt, dass auch Ihnen das Leben wieder gefallen hätte und dass die durch einen übereifrigen Gerichtsvollzieher verursachte Grundverletzung ausgeheilt wäre.

Sie beschreiben zu Beginn Ihres Briefes so freundlich das Rauschen der Bäume und das Plätschern der Wellen, das Sie nie mehr hören werden.

Das Sie im Moment des Todes vielleicht sowohl genossen, als auch schon vermisst haben, im Bewusstsein, diese Welt, die Sie so verletzt hat, für immer zu verlassen.

Wie viele dieser schönen Stunden auf der Bank am Fluss hätten Sie noch genießen können im Bewusstsein um die Schönheit dieser Erde und die göttliche Gerechtigkeit, die zuweilen härter durchgreift als unsere menschlichen Gesetze.

Wie überflüssig Ihr Freitod ist, wird mir beim Abfassen dieser Zeilen an Sie richtig klar.

Welchen Verlust Sie durch Ihren Freitod erlitten haben und welch ein Verdruss und welche Qual das Leben für Sie war, damit Sie sich zu diesem Schritt entschlossen haben.

Die Schuld, die ich hier suche, liegt sicher im Bereich des Menschlichen, des Versagens in unseren zwischenmenschlichen Beziehungen und im Umgang von uns Menschen untereinander.

Unserer fehlenden Empathie, der Gleichgültigkeit und auch der Rücksichtslosigkeit.

Aber das wäre ein Grund gewesen, es besser zu machen und mit einem besseren Beispiel voranzugehen und sich eben nicht nach unten anzupassen.

Dieses ist durchaus auch ein Vorwurf an Sie, ein gutes Leben zu vernichten, statt die Schönheit auch in den traurigen Stunden zu finden und zu genießen.

In allem liegt ein tieferer Sinn.

Mein Beispiel hierfür ist das Buch Hiob in unserer Bibel.

Ein gottestreuer Mann, der trotz seines festen Gottesglaubens nicht nur sein Hab und Gut, sondern auch seine Familie verliert, aber dennoch durch seine Beharrlichkeit und sein Vertrauen mit einem langen Leben und einer neuen Familie und vielfachen Gütern belohnt wird.

Ich wünschte, Sie hätten dieses Gottvertrauen gehabt. Dann wäre doch noch ein Mensch in dieser leidvollen Geschichte am Leben und würde dieses genießen.

Ich verabschiede mich von Ihnen und hoffe, dass Sie den Ihnen zustehenden Frieden finden.

Herzlichst
Peter Kaspar

Aus psychologischer Sicht empfand er es nicht als Selbstmord, der es ja aus strafrechtlicher Sicht nun mal war.

Aus seiner Ermittlersicht erfüllte es aber schon den moralischen Tatbestand des Mordes.

Auch wenn kein absolut direkter Zusammenhang, wie zum Beispiel bei Mobbing oder Stalking gesehen werden konnte.

Schade, dass hier ein Mann seiner Lebensjahre beraubt wurde, die er noch hätte genießen können.

Schade, dass ein Mensch so verzweifelt war, nicht mehr weiter leben zu können oder zu wollen.

Was müssen die Flüchtlinge aus den Krisengebieten dieser Welt denken, die ihre Heimat verlassen mussten? Nur mit den Kleidern, die sie am Leibe trugen, nur mit den Sachen, die sie tragen können.

Ohne Arbeit und zunächst ohne Aussicht, bleiben zu dürfen, um sich ein neues Leben wieder aufbauen zu können. Was empfinden diese Leute?

Was empfanden die Flüchtlinge nach dem Zweiten Weltkrieg, die ja nun Heimatvertriebe waren? Wertsachen teilweise nicht mitnehmen konnten oder durften, keine Chance hatten, etwas zu verkaufen. Die alles zu Fuß liefen und dann nicht immer willkommen waren in einem zerstörten Land, dessen Männer noch in Gefangenschaft waren und dessen Frauen und Kinder teilweise selbst nichts zu essen hatten.

Warum war kein Mediziner in der Lage, diesen Mann entsprechend aufzustellen, damit er seinen Erfolg, den er ohne Zweifel hatte und um den er zu beneiden war, genießen konnte und sich eben nicht das Leben nahm?

Noch immer in diese Gedanken versunken, nahm Peter Kaspar, der zwischenzeitlich doch kurz ins Büro gefahren war, seinen Brief an Doktor von Kadenbeerg und heftete ihn in seine Akte, die sich noch auf seinem Schreibtisch befand.

Er nahm die Akte und legte sie in seinem Schrank in das oberste Regal.

Obwohl der Fall abgeschlossen war, sollte sie nicht im Archiv verstauben.

Er empfand das als einen letzten Akt der Humanität an die geraubten Lebensjahre des Doktor Jonathan Sibelius Constantin von Kadenbeerg.

Leise klopften Regentropfen an die Bürofenster des Kommissariats. Es war, als ob auch der Himmel weinte und dem Brief, der nie abgeschickt werden sollte, zustimmte.